ÁNGEL CAÍDO

ANYTA SUNDAY

Traducido por
VIRGINIA CAVANILLAS

Primera publicación en 2018 por Anyta Sunday.
Contacto: Bürogemeinschaft ATP24, Am Treptower Park 24, 12435
Berlin, Alemania.

Una publicación de Anyta Sunday
http://www.anytasunday.com

Copyright 2019 Anyta Sunday

ISBN 978-3-947909-17-9

Traducción: Virginia Cavanillas
Corrección: Pilar Medrano

Diseño de portada: Meredith Russell

Ángel caído

ANYTA SUNDAY

Basado en *La doma de la furia* de Shakespeare

(Aunque esta adaptación podría titularse
Haciéndose amigo de la Furia)

Esta historia tiene lugar en 1999

Capítulo Uno

Patrick «Pax» Polo llamaba a la puerta de madera, caliente por el sol, con un ritmo alegre que parecía desmentir el dolor de mano que tenía.

Eran las seis de la tarde, pero estaba muerto. Sus necesidades en ese preciso momento eran bastante básicas: conseguir alquilar la habitación que había visto en el tablón de anuncios del supermercado, dejar sus cosas en la primera superficie plana que encontrara y tirarse en plancha sobre una cama.

Una buena noche de sueño y todo volvería a la normalidad. Dejaría de estar confundido por el hecho de que sus amigos, con los que llevaba media década, le hubieran echado del grupo. Dejaría de sentirse herido y se repondría de la inesperada patada que le habían dado en su enorme e infladísimo ego. Una noche de sueño y no necesitaría esconderse tras unas gafas de sol.

Se pasó su adorada guitarra por el hombro y la dejó al lado de su bolsa, sobre un banco que había en el porche. Llamó de nuevo y, esta vez, una ventana se abrió en el piso de arriba, dejando salir una nube de vapor. Un chico,

quizá un par de años más joven que Pax —que tenía vein-
titrés— se asomó, inclinándose sobre el alféizar. Tenía el
pelo negro cubierto de champú; tras él podía oírse el agua
cayendo y golpeando algo de plástico.

Pax fingió una sonrisa despreocupada. Ese simple gesto
hizo que un aguijonazo de dolor recorriera su mejilla
magullada y, cuando habló, la montura de las gafas le rozó
la zona hinchada, haciendo que el dolor fuera aún mayor.

—Me quedo con la habitación.

—Eres Patrick, ¿no? —El mismo acento melódico que
había escuchado antes por teléfono, así que este debía
ser Luca.

—El mismo. —Sus fanes y compañeros de banda le
llamaban Pax, pero él solía usar su nombre completo para
este tipo de cosas.

—Dame un momento para que me aclare y te enseño
la casa. Nos vemos en el lateral, donde están las tumbonas.

—¿Tumbonas para el sol? ¿En Dunedin? Pues sí que
eres optimista.

—*Sì*[1] —asintió alegremente Luca antes de desaparecer.

Pax se dirigió hacia allí arrastrando los pies, los
cordones desatados de sus zapatillas repiqueteando sobre el
suelo de madera. El porche rodeaba toda la casa y se
ensanchaba en un lado, a modo de terraza. La casa era
una especie de U ladeada. O quizá fuera más una J,
porque la fachada sobresalía un poco hacia la valla que
separaba la que esperaba fuera su nueva residencia, de la
de los vecinos.

Se quedó mirando su reflejo en un ventanal de marcos
blancos, se quitó las gafas y se las colocó en la cabeza.
Tenía el pómulo hinchado y un cardenal había engullido el
pequeño lunar que tenía bajo el ojo izquierdo. Era una
suerte que las gafas de sol le sentaran tan bien, porque ese
era su rasgo más característico, la marca de la casa.

Y todo por el imbécil de Blake.

O, quizá, el imbécil había sido Pax por empezar la pelea. Él era un hombre de música, no de músculo. Las palabras eran sus armas. Era de los que atacaba con sonrisas, buen humor y canciones.

El olor dulce de algo horneándose flotaba en el aire; también se oía un piano en la planta de arriba, acompañado de suaves murmullos. Parecía que los vecinos estaban en casa y tenían las ventanas abiertas de par en par.

Pax miró a través del enorme ventanal del salón. Justo enfrente, había un árbol de Navidad sin decorar que ocupaba tanto espacio como la batería en el local de ensayo de Serenity Free. Y el árbol era del mismo tamaño que el que había ido a comprar ayer con los miembros del grupo.

Al pensar en ello, Pax sintió cómo se le empañaba la vista, así que volvió a ponerse las gafas.

Seguía perteneciendo a la banda. Por supuesto que sí. Uno de ellos podría volver a Serenity Free. Uno de ellos recuperaría su antigua vida. La cosa era: ¿sería Pax o sería Blake?

Los otros tres miembros: Tim, Ted y Tony, conocidos por los fanes como las Tres Tes, habían acordado que lo someterían a votación en Navidad.

Pax tenía tres semanas para congraciarse con ellos.

Blake era bueno, pero él también. Y había dos cosas que les diferenciaban y jugaban a su favor: que a Pax la fama le sentaba de miedo y que conocía a las Tres Tes desde primer año de universidad. Eran sus mejores amigos.

Las voces que llegaban desde la casa vecina se elevaron. Parecía una discusión entre un chico y una chica y ella, por su tono quejicoso, sonaba más joven que él.

—Cliff, por favor…

Justo en diagonal de donde él se encontraba había una

ventana abierta y, dado que no era de los que pensaba que cotillear fuera caer bajo, estaba más que preparado para distraerse con el drama de otros.

—Estoy un poco harto de repetir lo mismo una y otra vez como si fuera un loro.

El tono mordaz captó toda la atención de Pax, que se movió furtivamente por la terraza tratando de echar un vistazo dentro y ver a la pareja que estaba discutiendo. No hubo suerte. Lo único que pudo vislumbrar fue una pared color mostaza que reflejaba la luz del sol que entraba desde el exterior.

—Es verano, estoy de vacaciones. ¡Y tengo diecisiete años!

—Tú lo has dicho, Bianca —dijo el tal Cliff—. No hace falta que pierdas el tiempo con chicos ahora. Ya tendrás tiempo de sobra en la universidad para que te rompan el corazón.

—¿La mayoría de mis compañeras de clase van por ahí echando *kikis* con sus novios y yo ni siquiera puedo tener una cita?

—¿Echando *kikis*? ¿En serio has dicho eso? Entonces lo retiro. Claramente, estás lista.

—Papá y mamá no eran así, eres mucho peor que ellos —fue la respuesta ahogada de Bianca.

Pax se tensó, empatizando al instante. Su mente empezó a rellenar los espacios en blanco. Podía ser que a sus padres les hubiera pasado algo y que Bianca estuviera ahora al cuidado de su hermano mayor, Cliff.

Cliff contestó con calma:

—Mientras vivas en casa, olvídate de chicos.

—Vale. Pues me escaparé.

Cliff se rio.

—Si consigues escaparte sin que me entere, es que eres lo suficientemente lista para lo de los *kikis*.

—Pues lo haré.

—Vas por la casa como un elefante en una cacharrería. Y te bañas en colonia. Así que si no me entero de que te estás escapando, ten por seguro que te oleré intentándolo.

Corrección: Bianca había quedado al cuidado de su sarcástico hermano mayor.

—No me extraña que no tengas amigos, Clifford. Eres un ser humano despreciable.

Puede que hace unos días Pax hubiera aplaudido esa respuesta, pero en esos momentos, tras recibir un puñetazo y que le echaran del grupo, le fastidió. Como sentir el constante zumbido de un mosquito en el oído. Como si algo le estuviera diciendo que necesitaba prestar atención, pero... ¿a qué?

La puerta corredera tras él se abrió y el que esperaba fuera su nuevo compañero de piso, Luca, salió a la terraza. Llevaba una camiseta negra y pantalones sueltos. Tenía el pelo echado hacia atrás, formando una especie de uve en la parte delantera. Se parecía a Leonardo DiCaprio, pero en moreno. Y con las cejas más pobladas. Y con más músculos. A Pax le sacaba, al menos, una cabeza.

Luca le miró de reojo.

—Tu cara.

Pax se encogió de hombros.

—Es solo un moratón.

—No, quiero decir, que reconozco tu cara. Eres Pax Polo, el guitarrista de Serenity Free.

Exguitarrista.

¿Lo sería de nuevo en un futuro cercano?

Dedicó a Luca una sonrisa de medio lado y, al hacerlo, una ola de dolor se extendió por toda su cara.

Luca se acercó más a él y bajó la voz para decirle:

—¿De verdad te tiraste a la hermana de vuestro batería? ¿Detrás del escenario? ¿Entre canciones?

La historia se volvía cada vez más enrevesada. Y no había nada de cierto en ella, pero Luca no necesitaba saberlo, así que Pax le deslumbró con su blanquísima sonrisa y no dijo nada más.

Su compañero de piso, encantado con la situación, le señaló la puerta y le indicó que entrara. Pax se disponía a hacerlo, pero al oír de nuevo la voz de Cliff, se paró en seco.

Tenía un problema con lo de escuchar a escondidas, lo sabía. Le gustaba un cotilleo más que comer con los dedos.

Le hizo un gesto a Luca para que no dijera nada y este se quedó muy quieto, alzando la mirada hacia la ventana del primer piso con una familiaridad que hizo que Pax enarcara una ceja.

—¿Que te ayude? —dijo Bianca con la más dulce de las voces—. Por supuesto.

Una chica muy guapa, de pelo largo y castaño, se asomó por la ventana, balanceando en un dedo una bolsa de papel.

No les vio. Ni siquiera miró en la dirección en la que ellos estaban.

—¿Qué haces? —preguntó Cliff desde algún punto de la habitación, tras ella.

—Ayudándote.

—Vamos abajo, anda. Y trae la bolsa.

Bianca dejó caer la bolsa, que aterrizó con un sonido sordo. Pax la miró, parecía estar conteniendo las lágrimas. Unos segundos después su preciosa cara desapareció dentro de la casa y, cuando la oyeron hablar, había perdido el tono quejumbroso.

—Odio esa mierda de adornos. No dicen nada. Es como si estuvieras tratando de olvidarles.

Pax bajó de la terraza de un salto y se asomó por encima de la valla que separaba ambas propiedades. Unos brillantes adornos navideños se habían salido de la bolsa y ahora yacían sobre los helechos.

—Esto. —La voz de Bianca se elevó—. Esto es lo que debería ir en el árbol.

Cliff sonó tenso cuando dijo:

—¿Dónde lo has encontrado?

—¿Cómo? ¿No me oliste esta mañana cuando subí a la buhardilla?

—Bianca…

—Cógelo.

—No.

—Has quitado todas sus fotos. No estoy pidiendo tanto. Solo este recuerdo. Cógelo —imploró Bianca.

—Es demasiado pronto.

—Son las terceras navidades sin ellos.

—Pues eso. Demasiado pronto —dijo Cliff.

—Pero, ¿qué pasa contigo? Les quería. Les echo de menos. Quiero recordarles. —Bianca parecía estar llorando—. Y quiero que *tú* también les recuerdes. ¿Puedes bajar y ponerlo en lo más alto del árbol? ¿Por favor?

—No.

Pax redujo el firme agarre que tenía sobre la valla y se alejó un poco. Le hubiera gustado poder decir que ya había tenido suficiente, que ahora dejaría a los vecinos tener su privacidad, pero sería mentira.

—Tócalo —demandó Bianca—. Tócalo y recuerda. Quizá sea mágico, tal y como ellos pensaban. Quizá al tocarlo derrita ese bloque de hielo al que llamas corazón. ¡Que lo cojas!

Cliff rugió y un objeto dorado salió disparado por la ventana hacia Pax, que levantó la mano y lo cogió al vuelo. El impacto debería de haber dolido, pero, en su lugar, lo que sintió fue una extraña calidez extendiéndose por la palma.

Abrió los dedos y miró su recompensa: un ángel. Uno de esos que se ponen para adornar la parte superior de los árboles de Navidad. Era una preciosa talla de una mujer, con intrincadas alas doradas y con unos ojos que parecían verle, seguirle. Que parecían saber lo vanidoso que era, que sus compañeros habían considerado necesario echarle, que tenía miedo de no ser aceptado de nuevo en la banda.

—Son mis amigos —murmuró Pax—. Entrarán en razón.

Un rayo de sol iluminó la cara del ángel creando una ilusión y dando la impresión de que parpadeaba. Bueno, esperaba que fuera una ilusión, porque era eso o que Blake le había pegado más fuerte de lo que creía.

En la casa de al lado se oyeron pasos y el sonido lejano de un portazo.

Nadie se acercó a la ventana en busca del ángel caído. Igual que ninguno de sus compañeros había ido tras él para pedirle que se quedara.

Pax apretó los dedos alrededor de la delicada túnica del ángel. Debería meter la figurita en casa y ponerla a salvo.

Luca miraba hacia la fachada de los vecinos con cara de ensoñación.

—Déjame adivinar, te gusta la tal Bianca.

Luca parpadeó y le dedicó una sonrisa de lo más infantil.

—¿Gustar? ¡Ja! Es la chica más preciosa que he visto en mi vida.

—¿Conoces mucho a los vecinos? —le preguntó Pax mientras ambos entraban en casa.

El salón tenía bastantes cosas: varios pufs, un sofá inflable tipo colchoneta, otro normal, un póster verde fosforito con el lema «El efecto 2000 será el fin» y una televisión enorme con un reproductor de video y una PlayStation. Todas las novedades de 1999 estaban apiladas en el mueble de la tele: Final Fantasy VIII, Crash Team Racing, Need for Speed, High Stakes.

Luca suspiró.

—Me gustaría conocerla mejor, la verdad. Pero dado que su hermano es algo así como… ¿cómo se dice…? —Hizo un movimiento circular con el dedo, buscando la palabra correcta—. ¡Furia! Es como la furia del vecindario, y vigila cada paso que da su hermana. Así que tengo suerte si logro verla de lejos en la calle.

—O en su salón, ¿no? —dijo Pax con tono irónico.

—¡Sì! —contestó Luca alegremente—. Me encantan esas enormes cristaleras.

—Que son algo así como los espejos del alma… o de tu alma gemela. —El ángel pareció calentarse al tacto de nuevo. ¿Estaba intentando decirle algo?

—È un bell'angelo —dijo Luca, que observaba el adorno con curiosidad.

Pax le dedicó una mirada confundida.

—Es un ángel muy bonito —tradujo Luca—. Parece que ve cosas.

Pues Pax esperaba que no demasiado. Forzó una risa.

—A saber qué tipo de cosas, viviendo con la Furia.

—Seguro que ya lo echan de menos —dijo Luca, como sugiriendo que Pax lo devolviera.

—Lo han tirado por la ventana.

—Pura pasión… Eso es porque el ángel significa mucho.

Lo mismo que dormir para Pax.

—Vamos a dejar que los hermanos arreglen las cosas. Mañana se lo devolveré.

Luca resplandeció.

—Y cuando lo hagas, yo podría esconderme en el árbol de la entrada. En ese grande con flores rojas y la corteza superrugosa.

—Es un pohutakawa. Lo llaman el árbol de Navidad de Nueva Zelanda.

—Tiene una vista estupenda de su jardín delantero, así que si Bianca abre la puerta, te ayudo a devolver el ángel.

Pax se puso las gafas de sol en la cabeza y contempló a Luca. Era un chico alegre. De esos que irradiaban romanticismo. De los que no dudarían en abrazar a otro tío. Con ese delicioso carácter europeo.

—¿Cuántos años tienes?

—Diecinueve.

Joven e ingenuo. La edad perfecta para un enamoramiento de verano.

—He oído a la Furia decir que si Bianca consigue escaparse sin que él se entere, podrá tener citas.

Luca pareció crecer varios centímetros al oírle y sus ojos brillaron llenos de esperanza.

—¿En serio?

—Te lo juro. —Le dolía mucho la cabeza y el cansancio estaba consumiéndole—. Pero si ahora pudieras enseñarme dónde hay una cama…

Luca le agarró por la muñeca y le arrastró hasta la puerta principal para que cogiera su bolsa y la guitarra.

—Vamos a llevar las cosas a tu habitación.

—Perfecto.

—Y vamos a empezar a tramar un plan.

Pax forzó una sonrisa. Él era Pax Polo. Conspirar —y estar tremendamente obsesionado con su cara— era lo que mejor sabía hacer.

Se tragó un bostezo. La cama podía esperar.

Parecía que ahora era el momento de urdir un plan.

Capítulo Dos

E l cardenal de la cara le estaba matando.

No solo había arruinado su estupendo perfil, sino que, además, hacía que masticar fuera imposible. Y eso que estaba comiendo *fish 'n' chips*, su comida favorita del mundo entero.

Devolvió el trozo de pescado de nuevo a la cesta y se lamió la sal de los dedos.

El sitio estaba abarrotado, pero tenía muchos rincones para que los clientes pudieran sentarse a gusto y disfrutar de las delicias grasientas que servían.

Frente a él, Luca no paraba de hablar con ese acento suyo mientras daba enormes mordiscos a un buñuelo de maíz.

El cristal del establecimiento actuaba como un espejo, devolviéndoles su reflejo, pero Pax logró no mirarse a sí mismo en él y fijar la vista más allá, en las luces que brillaban en la lejanía.

En algún lugar, al otro lado de la ciudad, sus compañeros estarían cargando la furgoneta para ir a picar algo antes de ir al Untamed, el club en el que eran asiduos.

Tony tocaría la guitarra eléctrica y Ted se encargaría de la batería. No serían tan buenos sin Blake y sin él, pero se apañarían. Lo que más le escocía era que consiguieran dar algún concierto medio decente sin él.

Les llamaría a primera hora de la mañana. Intentaría encandilarles.

Pero, ¿sería suficiente?

Luca le dio una patada por debajo de la mesa.

—Perdona —dijo Pax.

—La casa es de mi tía. —Ah, vale, la respuesta a la pregunta que le había hecho antes de que cómo un chico de diecinueve años podía permitirse vivir en esa casa—. Vengo de una familia de dinero. Y como ella vive en Italia, me deja quedarme en su casa hasta que termine los estudios. Y tú, ¿por qué necesitas compartir piso? ¿No eres rico?

Pax suspiró.

—Solo soy famoso a nivel local y, aunque tengo algo de dinero, no soy rico. Además, prefiero vivir con gente. El ruido me hace sentirme como en casa.

Luca se inclinó sobre las patatas acercándose más a él.

—Pues yo te conozco mucho: eres el intrépido Pax Polo. Y, ahora, urdamos un plan para liberar a mi bella Bianca.

—¿Y no podríamos haber hecho esto en casa?

—¿Y que la Furia oyera nuestras maquinaciones?

Pax alzó una ceja, burlón.

—Míranos, vaya par de conspiradores hipócritas.

—Pues sí, y muchas gracias por *empollarme* en esto.

—Espero que quieras decir *apoyarme*.

Un chico con chaqueta de terciopelo y pelo rizado, que estaba sentado en una mesa cercana, dirigió una mirada en su dirección.

Pax le dedicó una sonrisa despreocupada y se centró de nuevo en Luca.

—¿Por qué no intentas caerle bien a Cliff? Podrías averiguar qué le gusta y sobornarle con ello.

—Me crees más valiente de lo que realmente soy. Deben de ser los músculos, que engañan.

—No puede ser tan horrible. Quizá es un poco sobreprotector, sí, pero solo estará intentando ser un buen hermano.

Luca dejó caer una patata frita y se acercó más para decirle:

—¿Lo que has oído hoy? De lo más suave. Cliff no es alguien con quien juguetear.

—Con quien jugar.

—Pues lo que he dicho.

—Tío, si conocieras a mis amigos, Cliff te parecería Mary Poppins.

Luca se rio de la comparación y se metió otra patata en la boca. Le miró con detenimiento.

—¿Cómo se te da hacer amigos?

Pax resopló. Lo de hacer amigos era algo innato en él. El fin de semana pasado, sin ir más lejos, se había pasado horas hablando con... un chico con rastas que tocaba el banjo. Y el anterior había conocido a Maree, quien le había hecho de guía en una visita nocturna al museo de la universidad. No había vuelto a tener noticias de ella, pero tampoco es que él le hubiera pedido su teléfono.

—¿Hacer amigos? Puedo hacerlo con los ojos cerrados.

Luca tamborileó sus dedos grasientos, satisfecho.

—Excelente. Serás tú, entonces, quien juguetee con la Furia.

Pax bufó.

—Yo ya tengo bastante drama con lo mío.

Luca frunció el ceño.

—Ah, pero yo creí que había conseguido que Pax Polo me ayudara…

Pax cogió la cesta con los trozos de pescado que quedaban, y que Luca llevaba rato mirando, y se la pasó.

—A urdir un plan, sí.

—¿Y cuál es tu drama?

Pax podría haber jurado que el de la chaqueta de terciopelo había girado su silla para poder escucharles mejor. Ya le daba igual. Si los periódicos de la ciudad aún no se habían enterado, lo harían en breve, así que le contó una versión resumida de la historia.

Luca le escuchó mientras engullía *fish 'n' chips* y, cuando ambos hubieron terminado, se echó para atrás en el asiento, se cruzó de brazos y le preguntó a Pax:

—¿Qué vas a hacer para que vuelvan a admitirte en el grupo?

—Aún no lo sé.

—¿Dar una fiesta con litros y litros de cerveza, o algo así? —sugirió Luca.

—Pero eso también podría hacerlo Blake.

—¿Qué les gusta? Podrías comprárselo.

Pax suspiró.

—Les gusta lo mismo que a mí: los conciertos multitudinarios, bañarnos en la atención del público, ganar pasta.

La silla del de la chaqueta de terciopelo chirrió contra el suelo cuando la movió para mirar a Pax abiertamente. Un momento…, no le miraba a él. Miraba a Luca.

—Hmm —musitó Pax.

Luca se quedó mirándole esperando a que siguiera.

—¿Qué?

—¿Conoces a mucha gente por aquí? —le preguntó al italiano.

—Sí, más o menos, ¿por qué?

—Porque hay un chico detrás de ti que no para de mirar en nuestra dirección.

Luca miró hacia la ventana y cuando vio el reflejo del chico en el cristal, se dio una palmada en la frente.

—¿Cuánto lleva Henry mirándonos?

—Desde que llegamos.

—¿Y no has pensado que era un poco sospechoso?

—No. La gente suele mirarme. De hecho, estoy muy decepcionado de que fuera a ti a quien observaba. ¿Quién es?

—El Hugh Hefner del vecindario. Y el que tiene alquilada la casa con vistas a la habitación de Bianca.

—No voy a preguntar cómo sabes eso.

—¿Qué? Nunca, nunca la espiaría.

Pax le miró impasible.

Luca se aclaró la garganta.

—No de forma indecente, al menos —terminó diciendo.

Pax negó con la cabeza y se metió en la boca una patata empapada en kétchup.

Luca bajó la voz.

—Henry también quiere una cita con Bianca. Comprueba su buzón tres veces al día para ver si se encuentran *por casualidad* cuando ella vuelve de ensayar.

—¿Y cómo sabes tú eso?

—Porque desde la ventana de mi habitación se ven los jardines delanteros de ambos. —Pax soltó una risotada y Luca continuó—: Siempre está coqueteando con ella, soltándole frases de Shakespeare cada vez que la ve.

¿Shakespeare? A ver, que a Pax le encantaba su obra, pero ¿empezar a soltar frases del siglo XVI para impresionar a una chica…?

—¿Y le funciona?

—Bianca adora todo lo que tenga que ver con *Shakespeare*. Hace teatro. Y de vez en cuando practica en el salón.

—Sabes demasiado de esta chica para no haber hablado nunca con ella.

—Sí que he hablado con ella. Una vez.

—¿Y qué le dijiste?

—*La mia unica occasione di fare colpo su di te e ho dimenticato l'inglese.*

—¿Qué significa?

—«Primera ocasión que tengo para impresionarte y se me ha olvidado hablar tu idioma».

—Qué labia.

—La próxima vez todo saldrá perfecto.

Qué feliz sonaba. Al escucharle, Pax pensaba en sonidos alegres y en la luz radiante del sol filtrándose entre las copas de los árboles.

—Pues te advierto de que tu competencia está viniendo hacia aquí.

Henry se acercó andando con chulería mientras se alisaba la chaqueta. Apoyó la mano en el respaldo de la silla de Luca, cruzó una pierna sobre la otra y les sonrió.

—Luca, Luca, Luca…

Luca tragó de forma audible.

—Hola, Henry.

—Parece que tienes una oportunidad de oro, ¿no?

—¿Lo has oído todo?

—Si algo tiene relación con Bianca Wilson, mis oídos no me fallan. Y tengo la solución perfecta.

Al tal Henry le brillaban los ojos y a Pax eso no le gustaba nada.

Mejor dicho: no le gustó hasta que oyó el plan.

Porque cuando le hubo escuchado, le encantó. Como era de esperar, Luca protestó, pero compartir a Bianca era mejor que no ver a Bianca en absoluto, así que el plan de Henry al final fue un *todos ganan* en toda regla.

—Y, ahora, si estamos los tres de acuerdo... —Henry dejó de mirar a Pax y ofreció la mano a Luca para que se la estrechara—. Que el mejor de nosotros se lleve el corazón de Bianca.

~

¿Quién hubiera imaginado que el chico de la chaqueta de terciopelo era Henry *Alabaster*? El adorado sobrino de John Alabaster-Green, el mánager del grupo favorito de Pax: Lone Whistle and the Deserted.

Y era como si Henry se hubiera metido en su cabeza y encontrado el mayor de sus deseos: la oportunidad de ser telonero de Lone Whistle en el concierto que darían en la Universidad de Otago en Nochebuena.

Pax no tenía ni idea de cómo él y Luca habían vuelto a casa. No se dio cuenta de dónde estaba hasta que se descubrió a sí mismo tarareando una canción mientras entraba en su recién alquilada habitación.

El cuarto era de buen tamaño y tenía todo lo necesario, incluida una gran ventana que daba a la casa de los vecinos. La funda de su guitarra yacía sobre un puf de rayas blancas y negras y su bolsa estaba en el suelo cerca de una gran cama de agua. El ángel estaba sobre la mesilla de noche.

Tocar con Lone Whistle and the Deserted había sido su sueño durante años.

Tan importante como volver a Serenity Free.

Encendió la lámpara que había en la mesilla y llamó a Tony, el líder de las Tres Tes. Nada de esperar a mañana para camelárselos. La noticia que tenía que darles era demasiado importante.

Se lo contó.

Silencio. Seguido por un bufido de incredulidad.

—¿Estás de coña?

—Nop.

—¿Lone Whistle and the Deserted? ¿En serio? ¿En el campus?

—Según parece, podrían ser persuadidos para coger a una banda local.

—¿En serio?

En serio. Al parecer el tío de Henry le debía un favor después de enrollarse con su ex. Los detalles eran un poco sórdidos, pero el caso era que Henry podía conseguirles el concierto de Nochebuena.

—Tengo que hacer una cosilla antes, pero sí, va en serio. Vamos a ser teloneros de Lone Whistle and the Deserted.

—¡Hostia puta! —El entusiasmo de Tony era más que palpable. Si había sacado toda esa energía esta noche en el escenario, Serenity Free habría vuelto loco al público.

Y Pax odiaba la idea.

—Creo que hablo por todos si te digo que si nos consigues ese concierto, vuelves al grupo.

Colgaron.

Pax se frotó la cara, haciendo una mueca de dolor cuando sus dedos rozaron la piel aún sensible.

Había perdido algo del aturdimiento inicial, eso era verdad, pero hablar con Tony le había hecho sentir como una mierda. Y le había cabreado. Aunque todo esto no era culpa de las Tres Tes; ellos creían que Pax se había tirado a la hermana de Blake y que, por ello, se merecía estar fuera del grupo. Y también tenía lógica que ahora dijeran que solo uno de ellos podría volver.

Pero seguía escociendo.

Iluminado por la luz de la lamparita, el ángel pareció brillar.

—Yo me lo he buscado, lo sé.

Había tenido la oportunidad de explicarse y, aun eso, se había callado como un muerto.

Se rio de sí mismo. Parecía mentira que alguien como él, que solía hablar antes de pensar, tuviera tantos problemas para hablar de asuntos personales.

Vaya mierda. Pero ahora tenía cosas más importantes de las que preocuparse que esa pesadez que empezaba a sentir en el estómago.

Le acababan de ofrecer un bufé de sueños musicales para que comiera lo que quisiera. Solo tenía que hacerse amigo de la Furia. Distraerle un poquito.

Pax miró hacia la casa, ahora a oscuras, de sus vecinos.

—No puede ser tan difícil, ¿no? —se dijo a sí mismo.

El ángel pareció brillar y cuando Pax lo miró, hubiera jurado que la figurita estaba riéndose de él.

Por todos los santos, al final iba a resultar que sí tenía un traumatismo craneoencefálico.

Capítulo Tres

P uede que poner en marcha su plan de forma tan prematura fuera un poco arriesgado, pero tras una noche soñando con un estadio a rebosar y con el público pidiéndole un bis a él y a la banda, Pax necesitaba que el sueño se hiciera realidad.

Se puso unos pantalones de camuflaje, una camiseta ajustada que dejaba ver el caballo que llevaba tatuado en un brazo y se pasó los dedos por el pelo, dejándoselo despeinado para que se secara al aire. Gafas de sol, botas, una sonrisa deslumbrante… lo iba a dar todo con tal de conseguir abrir para Lone Whistle and the Deserted.

Cogió la figurita de la mesilla y le dedicó una sonrisa.

—Le caeré bien. Le haré reír. Haré que me quiera en su vida para siempre.

Metió al ángel en uno de los bolsillos laterales del pantalón, se besó los dedos y tocó con ellos la guitarra, antes de dirigirse escaleras abajo. Luca estaba en la cocina, tomando un tazón de cereales frente al fregadero y mirando de forma soñadora por la ventana, hacia un monovolumen verde menta un poco oxidado que estaba aparcado frente a la puerta.

—Te has levantado pronto —le dijo Pax mientras cogía una manzana de un cuenco de cristal y le daba un mordisco.

Luca se metió otra cucharada en la boca.

—No se mueve —dijo con la boca llena de Weet-Bix.

—¿Qué no se mueve? ¿Esa belleza de coche?

Luca masticó y tragó.

—Que *son las nueve*. No es pronto.

—En mi mundo, las nueve es de madrugada.

—¿Cómo tienes la cara?

—He estado más guapo, pero ya no me duele. ¿Listo para esconderte tras el árbol mientras llamo a la puerta de tu Bianca?

Luca tiró tazón y cuchara al fregadero y se dirigió hacia la puerta.

—¿A qué estamos esperando? —dijo.

Pax fue comiéndose la manzana hasta que llegó al porche lleno de plantas de los vecinos. Si era ella quien abría la puerta, Luca bajaría raudo y veloz de la rama del pohutakawa a la que se había subido.

El problema con ese plan era que, si era Bianca quien abría, Pax tendría que autoinvitarse y entrar a la casa en busca de su hermano mayor.

Con las botas firmemente plantadas en un mullido felpudo, dio un último mordisco a la manzana y lanzó el resto por encima de su hombro, hacia el jardín.

Se lamió los restos de zumo de los dedos y tiró de la cadena de la campanita de bronce que había junto a la puerta. Su ruido metálico resonó dentro de la casa y pareció meterse también dentro de Pax, llenándole de anticipación. Volvió a tocar la campana.

La puerta se abrió y, con ella, un rico olor a *aftershave* y una torpe interpretación en piano de Beethoven invadieron el porche.

Y ahí, en el rellano, estaba la Furia.

Alto, veintitantos, descalzo, con bermudas oscuras a la altura de la rodilla y un polo; tenía una mandíbula fuerte, intransigente, una nariz un poco respingona, gafas rectangulares y unos astutos ojos verdes.

Y cuando esos ojos se encontraron con los de Pax fue como recibir una descarga eléctrica.

—No —dijo Cliff, y cerró la puerta dejando tras de sí un tornado del dulce aroma a *aftershave*.

Pax frunció el ceño y se sacó las manos de los bolsillos para pasarse los dedos por el pelo. Tenía las gafas colocadas de forma que cubrían la mayor parte del moratón. No tenía mala pinta. Era demasiado delgado para resultar intimidante y su ropa, aunque de marca, estaba bastante usada para parecer uno de esos tipos que iban de puerta en puerta difundiendo la palabra de Dios.

Volvió a hacer sonar la campana.

Cliff le abrió de nuevo. Un ceño fruncido ensombrecía un rostro que, ya de por sí, mostraba cierta cautela. Lo que impactaban esos ojos suyos podría haber resultado perturbador si no fuera por esas arruguitas en las comisuras de la boca que indicaban que tenía experiencia sonriendo. Había diversión ahí, en algún sitio dentro de él. Lo único que tenía que hacer Pax era encontrarla.

—He venido a mostrarte la luz —le dijo—. Y no hablo de la religiosa —terminó, dedicándole una encantadora sonrisa que hizo que Cliff presionara los labios.

—Has venido a ligarte a mi hermana. Me da igual lo que me cuentes —contestó Cliff, empezando a cerrar la puerta otra vez.

—He venido a presentarme —dijo Pax—. Soy tu nuevo vecino.

Cliff se quedó con la mano en la puerta y le miró con desinterés.

—Hola y adiós.

Le cerró la puerta en toda la cara.

Otra vez.

Pax frunció el ceño. ¿Darle un portazo en las narices? ¿Dos veces? Este niño pijo no tenía ni idea del nivel de vanidad al que se estaba enfrentando.

Así que, pasando de la campana, empezó a aporrear la puerta confiriendo a sus golpes toda la fuerza, determinación y obstinación que llevaba dentro.

La puerta se abrió de golpe y el gesto de impaciencia de Cliff casi hace que Pax rompa a reír. Contuvo la carcajada —a duras penas— y se quedó mirándole por encima de las gafas de sol.

—Podríamos ser unos vecinos excelentes.

Eso fue recibido con una mirada escéptica, así que siguió hablando:

—Podríamos ir juntos a trabajar o algo así.

Pax no tenía coche, pero bueno. Era el que solía conducir la furgoneta de la banda, eso sí, lo que pasaba es que la furgoneta se había quedado con el grupo.

—Suelo trabajar desde casa. Trabajo que, por cierto, estás interrumpiendo. Búscate a otro vecino.

Esta vez, Pax estaba preparado y se apoyó contra el marco de la puerta, para evitar que la cerrara.

—He oído que te llaman la Furia, ¿lo sabías?

Cliff soltó una risa cargada de ironía.

—Está claro que quien me llame así es porque no sabe que las furias eran mujeres; seres mitológicos que personifican la venganza y el castigo.

—Pues eres un hombre-furia, entonces. Un hombre con mal carácter. Muy, muy mal carácter.

Cliff se acercó un poco más y Pax pudo apreciar de nuevo su dulce aroma.

—¿Y aun eso sigues aquí dándome conversación?

—Es que yo tampoco soy un ángel. Prefiero formarme mi propia opinión sobre cómo eres.

—Déjame que te ayude un poco: os quiero a ti y a tu sonrisa de sabelotodo fuera de mi porche, ya.

¿Sonrisa de sabelotodo? Normal que le llamaran la Furia. El apodo encajaba a la perfección.

—No es de sabelotodo, es más una sonrisa presumida así que…

—Vete.

—Mira, va a ser complicado que nos hagamos amigos si me sigues hablando así.

Cliff le miró como si Pax estuviera loco.

—¿Amigos?

—Sí, amigos. Colegas que pasan tiempo juntos, se ríen, se putean…

—No quiero amigos. Y, aunque lo hiciera, el guapito de Pax Polo no estaría ni siquiera en la lista.

Ahora la sonrisa de Pax sí que era presumida.

—Así que sabes quién soy.

—Ojalá no lo supiera, pero dado que tienes la molesta costumbre de estampar tu cara en cada portada de cada periódico de esta ciudad…

—Admítelo, lees los artículos que hablan sobre mí.

—Lo que voy a admitir es que no escucho esa música del infierno.

Eso dolía. Vaya mala leche se gastaba el tío.

—No pienso irme hasta que no apagues esa pobrísima versión de la *Quinta Sinfonía* de Beethoven.

Cliff hizo una pausa. Volvió a mirarle. Esta vez con más cautela.

Pax también le estudió a él: el *look* de niño pijo le favorecía mucho y parecía tan seguro de sí mismo que, durante un segundo, Pax se imaginó a sí mismo vestido así. Su madre se pondría más feliz que una perdiz. Y ya, si dejara de oscurecerse el pelo y consiguiera que le desapareciera el tatuaje del brazo por arte de magia…

Un rayo de sol hizo que uno de los mechones castaños de Cliff brillara con tonos dorados y fue tan impresionante que Pax, en un impulso, metió la mano en el bolsillo del pantalón para poder tocar el ángel.

Había venido a devolverlo, pero para ser sinceros, no quería hacerlo. Sentir su peso era agradable, cálido; como si fuera un amuleto de la buena suerte. Y él necesitaba toda la buena suerte que pudiera reunir.

Cliff fijó su mirada verde bosque en él.

—No puedo *apagarla*. Porque esa pobrísima versión de la *Quinta Sinfonía* de Beethoven es mi hermana.

—Si necesita un profesor…

—Qué bolas tienes. No. Porque, además, las únicas bolas permitidas en esta casa son las mías.

Cliff estaba buscándole y le estaba encontrando.

Pax soltó una risa.

—Creo que al final nos haremos amigos. Porque de verdad que pareces necesitar a alguien como yo en tu vida.

—¿Alguien como tú? ¿A qué te refieres?

—Alguien que te diga que eres un mandón hijo de perra. Y que, de paso, te enseñe lo que es tener un colega.

La mirada tensa de Cliff pareció centrarse en algo detrás de Pax. ¿Habría visto a Luca?

Empezó a andar hacia lo que quiera que hubiera llamado su atención y cruzó el jardín. Pax alzó una ceja y le siguió.

Cliff negaba con la cabeza mientras se agachaba y recogía del suelo la manzana a medio comer. Así, totalmente erguido, sacaba como media cabeza a Pax. Se giró hacia él, la manzana agarrada por el tallo, balanceándose de un lado a otro.

—¿Es tuya?

—Estaba deliciosa.

—¿Por eso has tirado la mitad en mi jardín?

—Vale, tampoco estaba tan deliciosa.

—Tirar desperdicios al suelo es delito.

¿Hablaba en serio?

—Es biodegradable. Abono para la tierra. Buena para los gusanos. ¡Oye, a lo mejor te gusta!

—¿Insultarme forma parte de todo este numerito de ser amigos?

—Es para hacerte sentir como en casa.

Un movimiento a su izquierda llamó la atención de ambos: Luca se cayó del árbol con un golpe tremendo. Gimió, se puso en pie y se sacudió la ropa.

Cliff se quedó mirándole en silencio durante un segundo que pareció eterno y luego volvió a mirar a Pax, sus ojos impasibles.

Pax retrocedió ante el impacto que le causó esa mirada.

—¿Y si te digo que una vez que se nos conoce somos superdivertidos?

Cliff empujó la manzana, pegajosa y ya oxidada, contra el pecho de Pax quien, por instinto, agarró la resbaladiza pieza de fruta.

—No sé qué juego te traes entre manos, pero vete a casa. Ya.

Cliff no esperó su réplica y, en cinco enormes pasos, ya estaba dentro de su casa.

Hacerse amigo de la Furia quizá fuera un poquito más complicado de lo que había pensado en un primer momento.

En cuanto la puerta se cerró, Pax tiró de nuevo la

manzana; esta vez hacia los helechos que bordeaban el jardín. Se giró hacia Luca con una sonrisa de satisfacción y se lo encontró mirando hacia el otro lado de la valla, a Henry, que parecía estar comprobando el buzón.

Pax se puso al lado del italiano.

Henry irguió la cabeza y les miró con una risilla burlona.

—Ser, o no ser miembro del grupo otra vez, esa es la cuestión.

Dicho lo cual fue contoneándose hasta su puerta, con sus rizos al viento.

Pax pasó un brazo alrededor de los hombros de Luca.

—Así que le llamas Hefner, ¿no?

—*Sì*. He oído que cuando trae una chica a casa la recibe solo con la chaqueta de terciopelo. Sin nada más.

—Es un gilipollas.

—*Sì*. Uno muy grande.

Pax hizo una mueca.

—Pero me temo que vamos a tener que ceder y hacerle la pelota.

Luca se quitó varios pétalos rojos de la camiseta.

—Has hablado mucho con la Furia. ¿Ya sois amigos?

—Sí. Más o menos. No te preocupes por eso —contestó Pax empujando a Luca hacia casa.

—Entonces, ¿te encargarás de distraerle?

—Se va a distraer tanto que no sabrá qué está pasando a su alrededor.

Porque puede que Cliff hubiera ganado esta primera batalla de *mis bolas son las únicas permitidas en esta casa*, pero eso había sido porque Pax no había desayunado como era debido. Solo necesitaba un poco de calentamiento. Y ganaría la guerra.

Capítulo Cuatro

L a música le daba la vida. Necesitaba tocar. Así que convenció a Luca para que le llevara al apartamento que compartía con el grupo y recoger algunas de sus cosas. Un par de horas después, volvían a casa con su amplificador, un pedal y un multiefectos. Instaló todo en su nueva habitación mientras el ángel, que había puesto en el alféizar de la ventana, le observaba.

Pax también miraba a la figurita de vez en cuando. O, mejor dicho, a la casa de los vecinos que había detrás de esta.

A la habitación en la que Cliff y Bianca se habían peleado el día anterior.

Era algo entre una sala de música y un despacho, con estanterías que se desbordaban y un gran piano colocado contra la pared de un lateral. La ventana estaba abierta y podían verse montones de libros abiertos sobre el escritorio, donde también había un ordenador y un llamativo teléfono amarillo.

Una vez que el amplificador y la guitarra estuvieron conectados, Pax se pasó la correa por el hombro y quitó el ángel del alféizar. Le distraía demasiado. Hacía que quisiera mirar hacia el despacho todo el rato. Y le recordaba la batalla que había perdido contra la Furia esa misma mañana.

Colocó la preciosa figurita contra la almohada y le dijo:

—Mejor mírame desde ahí, cariño.

Entonces, rasgueó las cuerdas de la guitarra. Seguía doliéndole la mano de la pelea de ayer, pero no demasiado.

Se sumergió en su música. La energía emergía de sus dedos callosos e iba directa a su alma. Con los ojos cerrados, dejó que el ritmo se encargara de todo.

Había pocas cosas en la vida que le abrumaran; y, menos aún, que le sobrepasaran. Excepto la música, que lo poseía por completo. Y él lo aceptaba con los brazos abiertos.

Los primeros acordes se apoderaron de él, serpenteando y revolviéndose en su interior, poseyéndole de pies a cabeza. Y se dejó llevar, cediendo ante su poderoso rugido.

El ritmo le atravesaba la piel y corría por sus venas, endureciéndole la polla.

Los oídos le zumbaban con la melodía; tenía la piel de gallina por la estática; las fosas nasales en llamas por el olor del metal calentándose y el aroma de su propio sudor; salivaba por más. Hasta que abrió los ojos y, entonces, el color lo invadió todo.

Cuando su visión se aclaró y dejó de ser un borrón vio a Cliff sentado en su escritorio, mirándole. Sus ojos se encontraron durante un nanosegundo antes de que la Furia volviera su atención a sus libros. Pero ya no podía ocultar que le había estado mirando y la cara de Pax se iluminó con una enorme sonrisa.

Siguió tocando. Más alto esta vez. Con una única intención: que su vecino le mirara de nuevo. Porque ahora Pax estaría preparado para pillarle infraganti. A la mierda con lo de que no escuchaba *su música del infierno*. Cliff había visto a la estrella del rock en acción y se había sentido seducido.

Pax ajustó el volumen y tocó algo que seguro haría que el Hombre Furia le mirara. Lo que su hermana había destrozado esta mañana: la *Quinta Sinfonía* de Beethoven.

Cliff estaba pasando una página cuando se escucharon los primeros acordes y se quedó congelado a mitad de movimiento.

Pax tocó cada nota de forma impecable.

Cliff pasó de página y se levantó, libro en mano. Rodeó el escritorio, caminando con la vista fija en el libro mientras Pax tocaba con toda la chulería de la que era capaz, su mano bailando por el cuello de la guitarra.

Cliff se paró frente a la ventana.

Iba a mirarle. Lo haría en cualquier momento. Alzaría esa barbilla cuadrada y esos ojos verdes malhumorados, le sonreiría y…

Sin dedicarle ni siquiera una mirada furtiva, Cliff levantó el brazo y cerró la ventana.

Pax dejó de tocar y soltó, incrédulo:

—¿Qué?

Cliff volvió a su mesa sin mirar atrás.

Pax dejó la guitarra sobre la cama y se dirigió al único testigo de esta segunda derrota:

—Esta vez no cuenta. Yo también hubiera cerrado la ventana. Y las cortinas, ya que estamos.

La cara del ángel pareció escéptica ante sus palabras. O quizá fuera una simple sombra atravesándole el rostro en ese preciso instante. Fuera como fuere, Pax se dirigió de nuevo a la figurita, malhumorado:

—Vale, ya está bien. Ha llegado la hora de intentarlo de verdad. Voy a hacerme amigo de la Furia.

Enchufó el micrófono, puso el volumen nivel «ahora te jodes» y levantando el ángel frente a la ventana dijo:

—En cinco minutos en la valla o te daré una serenata que oirá todo el vecindario.

Cliff levantó la cabeza de golpe.

Cinco minutos más tarde, Pax estaba en la valla, de brazos cruzados. El sol se filtraba a través de las nubes esponjosas y sus cálidos rayos le acariciaban la piel. Tenía el ángel contra el pecho y no paraba quieto con el pie, dando paraditas contra la valla al ritmo de la canción que cantaría si a Cliff se le ocurría no bajar.

Tres, dos, uno…

Cliff apareció por un lateral.

—Oh, con las ganas que tenía de dejarme el alma cantándote.

Cuando Cliff habló lo hizo en tono monocorde, extendiendo una mano.

—Otra vez será. El ángel.

—No tan rápido, Hombre Furia.

Cliff le miró con ojos serios a través de sus gafas de montura de pasta.

—Deja ya lo de que quieres que seamos amigos. Ya tengo suficientes *colegas*.

Pax trató de contener la risa, pero no lo consiguió.

—Que lo hayas dicho haciendo el signo de las comillas con los dedos me dice lo contrario. —Se metió el ángel en el bolsillo y se inclinó más sobre la valla, apoyándose sobre un brazo. Así tenía una mejor vista de Cliff. Seguía descalzo—. Pero, a ver, veamos, cuéntame quiénes son tus colegas.

Cliff abrió la boca y volvió a cerrarla.

—Muchas mujeres me consideran interesante.

—Eso es porque se centran solo en tu físico y pierden el norte, o algo así.

Cliff parpadeó, despacio.

—¿En mi físico?

Pax hizo un gesto con la mano, restándole importancia. No estaba aquí para alimentar el ego de este tío.

—Ahora eso es irrelevante. Estoy aquí para ayudarte con tu carácter y que pases de Furia a… *furiabuloso*.

Cliff fue a hablar, pero Pax le paró levantando una mano.

—No, no. Esto no es una discusión. Es un monólogo. Vamos a hacernos amigos. Punto.

Se quedaron mirándose. Cliff hizo una mueca que podía haber sido diversión, pero los ojos le brillaban con algo que no era risa contenida, sino puro fuego, del que quema de verdad.

Era el amor de Pax por la música lo que le hacía tener la osadía de meterse con este ser iracundo.

Ahí estaba, frente a él, todo digno, con ese halo de orden y autoridad. Todo él exudaba un rollo muy «soy el hombre de la casa, y aquí mando yo». Y parecía muy tenso; daba la impresión de que toda esa energía iba a explotar en cualquier momento.

—¿Has terminado? —preguntó Cliff.

—¿Con mi análisis silencioso de tu personalidad?

—No. Con tu monólogo.

—Sí, con ambos.

Cliff estrechó la mirada en él.

—Dime la verdad: ¿haces esto para acercarte a mi hermana?

—Ni siquiera la conozco.

—Reconozco a un mentiroso a kilómetros.

—No estoy mintiendo.

Cliff centró todo el poder de su mirada en él, estudiando su cara.

—Pero estás ocultando algo.

—De hecho, varias cosas. Y no solo a ti. Mira, soy Pax Polo. Estoy aburrido. Es verano. Hacerse amigo del Hombre Furia me parece de lo más divertido.

—Mira, Apolo…

—Pax *Polo*.

Cliff puso los ojos en blanco y se negó a corregirse.

—¿Y eso es lo que buscas? ¿Divertirte?

—Te lo aseguro.

La ventana del salón se abrió por detrás de Cliff y Bianca se asomó: tenía una cara muy dulce, con forma de corazón, mejillas sonrosadas, y pelo largo y castaño.

—Cliff, ¿qué haces….? —Bianca vio a Pax y se calló de golpe. Su mirada fue de él a su hermano varias veces, como si estuviera en un partido de ping-pong—. ¿Quién eres?

Pax la saludó alzando la barbilla y contestó en ese tono profundo que usaba con la prensa:

—Pax. Pax Polo.

Y no pasó nada. Nada en absoluto. Ni un atisbo de reconocimiento.

Se movió un poco hacia la derecha, donde Cliff no le tapara y su hermana pudiera verle bien. Pero, aun eso: nada.

—¿De verdad que no sabes quién soy?

Cliff resopló, parecía estar conteniendo la risa. Cabronazo.

—Tienes diecisiete años —dijo Pax, como suplicando—. Eres chica. ¿Acaso no tienen todas tus amigas mi foto en la pared de sus cuartos?

—Pues… ¿no?

Pax miró a uno y a otro. Al menos alguna de sus amistades tenía que conocerle, a no ser que… Señaló con un dedo a Cliff y, fingiendo susurrar, preguntó a Bianca:

—¿Te deja tener amigos?

Bianca se rio.

—Siempre que sean chicas, sí.

Pues seguía sin tener sentido que no le conociera.

—¿Estás segura de que no tienes un póster mío por ahí? ¿O una taza con mi nombre?

Cliff puso los ojos en blanco.

—Bianca tiene buen gusto. No escucha música *rock* mierdera.

¿Música *rock* mierdera? Pax volvió a marcar un ritmo con el pie, dando golpecitos contra la valla, que se tambaleó un poco entre ellos. Buscó los ojos de Cliff.

—Métete conmigo todo lo que quieras, Hombre Furia. Aún así, nos haremos amigos este verano.

Bianca se rio bajito, lo que hizo que su hermano se girara para mirarla.

—Por favor, dime que no te hace gracia este loco.

Bianca fingió estar pensándolo mientras miraba a Pax con ojos brillantes. Puede que no lo conociera, pero quería. Pax sonrió con triunfo y Cliff le frunció el ceño.

—¿De verdad quieres ser amigo de mi hermano? —preguntó ella.

—Sí. Mucho, mucho.

Cliff murmuró algo ininteligible. Bianca se dio la vuelta abruptamente y desapareció dentro de la casa. Pax estaba a punto de preguntar qué había pasado, cuando la chica apareció de nuevo con un trozo de papel, se subió a la repisa de la ventana y se inclinó hacia él.

Pax dio un salto y se inclinó sobre la valla para coger el papel antes de que lo hiciera su hermano.

Echó un vistazo a la nota y soltó una carcajada. Un número de teléfono.

—Creo que tu hermana no tiene ningún problema con los locos como yo. —Pax miró la cara de escepticismo de Cliff y le guiñó un ojo—. Nos vamos a ver mucho.

A Bianca se le iluminó la cara.

—¿Eres amigo del italiano?

—Y vivo con él. —Daba igual lo temporal que fuera la cosa—. Es el chico más agradable del mundo. Muy optimista. Y, además, está enamorado de... —Cliff se cruzó de brazos y Pax tuvo que contenerse para no soltar una carcajada— Johann Sebastian Bach.

—Una vez me habló —dijo Bianca—. Fue…

El timbre de un teléfono cortó a Bianca a media frase. Se bajó del alféizar y ya de pie en su salón, dijo:

—Será Debbie, por lo de los decorados. —Cliff permaneció impasible—. Para la representación de *Noche de Reyes*.

—Ah, ya. Los decorados para la obra de Navidad.

Bianca miró hacia los helechos.

—Y hablando de Navidad, ¿encontraste nuestro ángel?

Cliff asintió, tenso.

—Sé donde está.

—¿Y podrías ponerlo en el árbol, por favor?

Bianca desapareció dentro de la casa, dejándoles solos. Cliff se giró despacio y miró a Pax como si fuera un bichejo que había que aplastar, y rápido.

De nuevo, Pax marcó un ritmo contra la valla, esta vez en señal de triunfo.

—Si quieres a tu ángel, tendrás que ganártelo.

—¿Me estás chantajeando?

—Yo lo llamaría soborno, pero vale, sí.

Cliff se apoyó contra la valla y Pax pudo sentir su calor filtrarse contra su cuerpo.

—¿Sabes qué? Deberíamos pasar tiempo juntos.

Pax alzó la cabeza y tragó saliva.

—Llámalo como quieras: chantaje, soborno... pero parece estar funcionando.

—Mi decisión no tiene nada que ver con el ángel —dijo Cliff. Algún tipo de emoción le cruzó el rostro, pero enseguida la enmascaró apretando la mandíbula.

Pax hizo una pausa. Suavizó un poco la voz, intentando parecer interesado, sin más, pero lo que sonó fue ronco y sugerente.

—¿Ah, no? ¿Y a qué se debe ese repentino cambio de opinión?

—Ya sabes lo que dicen. —Los ojos de Cliff ardían en llamas y, esta vez, Pax tembló bajo su mirada—. Ten a tus amigos cerca. —Bajó la voz—. Y a los ligones que algo traman, más cerca aún.

En un movimiento de lo más fluido, Cliff se apartó de él.

—En el jardín delantero. A las cinco. Trae zapatillas de deporte.

Lo había conseguido. Había logrado quedar con la Furia.

De repente, su sonrisa presumida, murió.

—Un momento, ¿zapatillas de deporte? No creerás que vamos a salir a correr o algo así, ¿no?

Pax no corría. Jamás de los jamases.

Cliff ya no estaba a la vista, pero le oyó decir:

—A las cinco. Veamos si tus piernas son tan rápidas como tu lengua.

Capítulo Cinco

En el mismo instante en que Pax entró por las puertas correderas, Luca le agarró por la muñeca y le arrastró hasta el sofá inflable, donde aterrizó con un sonido hueco. Luca se sentó en el otro extremo, haciendo rebotar los cojines arriba y abajo.

—Lo he escuchado todo. ¡Se acuerda de mí! —dijo el italiano, pasándose la mano por su cara sonriente, como si no lo creyera—. Si no la hubiera interrumpido el teléfono... ¿Qué crees que iba a decir? ¿Que fue exótico? ¿Romántico?

—Vas a tener que preguntárselo a ella. No tengo opinión al respecto —dijo Pax—. Pero así, a bote pronto: «enamorado perdido» es lo primero que se me viene a la cabeza.

—Sì. —Luca era todo energía. Se levantó del sofá y el movimiento hizo que Pax se hundiera aún más en la superficie aterciopelada de la colchoneta. Iba paseando de un lado a otro de la habitación mientras se pasaba la mano por su bien peinado pelo—. Pero es que Henry y sus frases de Shakespeare... —Se paró de golpe y señaló a Pax con el dedo—. Necesito frases hechas, ¿qué crees que podría decir para hacerla sonreír?

—No sé si esa es la mejor forma de proceder.

—Frases hechas o hablar italiano: elige.

Venga, pues frases hechas.

—Nena, si fueras la letra de una canción, serías poesía pura.

—Perfecto. Necesito un bolígrafo.

Pax se rio y una extraña satisfacción le invadió. Satisfacción que tenía su origen en el bolsillo donde guardaba el ángel misterioso. Era consciente de que lo estaba proyectando todo. Que el ángel estaría presionándole un nervio o algo así. Pero, a pesar de ello, le parecía una idea estupenda que este adorno de navidad fuera una especie de amuleto de la suerte. O aún mejor: un ángel de la guarda.

Quizá había caído en su vida como una señal de que todo iba a mejorar, de que volvería al grupo y de que imbéciles como su batería no le molestarían de nuevo.

Luca apareció de nuevo con una libreta y un lápiz que tenía una cabeza de trol en un extremo. Se dio varios toques en la barbilla con el pelo naranja del monstruito y dijo:

—Dame más frases. Solo tenemos tres horas antes de que salgáis a correr.

—Espera, espera. —Pax sacudió un pie—. No pienso salir a correr con él.

—¡Pero si le has convencido de que seáis amigos! Tienes que ir.

—También tengo su número. —Se palpó el bolsillo donde lo había puesto—. Le llamaré y le convenceré para hacer algo mejor. Como ir a comprar ropa de segunda mano para la fiesta de Navidad que se celebrará la semana que viene en el castillo de Larnach.

—Suena bien.

—Deberías venir.

Pax no solía invitar a nadie fuera del grupo y su círculo más íntimo. Es más, nunca había invitado a nadie que no tuviera relación directa con los miembros de la banda.

Siempre había una primera vez para todo.

—¿En serio? Vale, lo haré. Pero tú tienes que salir a correr con la Furia esta tarde. —Luca le puso ojos de cachorrillo abandonado mientras apretaba libreta, lápiz y trol contra el pecho—. ¿Por favor? ¿Por este italiano enamorado al que acabas de conocer?

—Un argumento muy convincente —dijo Pax con una sonrisa—. Está bien. Participaré en la tortura. —Paró a Luca con una mano antes de que se emocionara demasiado—. Pero se lo contaré a Henry. Ambos tendréis las mismas oportunidades de mancillar nuestro idioma con todas esas frases horripilantes vuestras.

Luca suspiró.

—De verdad quieres ganarte a Henry, ¿eh?

—Necesito hacerlo —dijo Pax, apesadumbrado—. Tiene en sus manos el concierto de mis sueños.

—Eso, y la posibilidad de que vuelvas a Serenity Free.

—Claro, claro, eso también. Ese es el motivo por el que estoy haciendo todo esto.

Luca frunció el ceño y asintió despacio.

—Vale, entonces, Henry y yo soltaremos nuestras frases horripilantes juntos, pero lo más importante: ¿dónde estará Bianca mientras vosotros estáis corriendo?

Pax se levantó del sofá, sacó su Nokia y marcó el número que Bianca le había dado. Se dirigió escaleras arriba, a su habitación, con Luca tras sus talones.

—Que no te vean —le dijo, instándole a quedarse en el pasillo—. Yo me encargo.

Le dio a la tecla de *llamar* y entró en la habitación. Un solo vistazo a través de la ventana confirmó sus sospechas:

Cliff estaba en el despacho, inclinado sobre la pila de libros de su mesa.

El teléfono empezó a sonar y Cliff gritó algo por encima de su hombro. Tal y como Pax había predicho, unos segundos más tarde, Bianca descolgó el teléfono.

—¿Hola?

Pax se puso el teléfono entre la oreja y el hombro y abrió la ventana.

—Bianca, hola, soy Pax Polo. ¿Sigues sin reconocerme? Vas a tener que leer más la prensa de Dunedin.

—Buah. Los periódicos de hoy en día están llenos de tragedias y de cotilleos.

—Shakespeare puro, como a ti te gusta.

Bianca hizo una pausa.

—Pues ahí te voy a tener que dar la razón. ¿Qué querías?

—Que cuelgues y que dejes que suene hasta que tu hermano lo coja.

—Qué buena forma de intentar caerle bien.

Su sarcasmo igualaba al de su hermano.

—Hablaremos de cómo caerle bien en otro momento. ¿Aguantarás que el teléfono suene y suene sin cogerlo?

—Me da la sensación de que vas a ser mi héroe, Pax Polo.

Bianca colgó y él volvió a marcar. Se subió al enorme alféizar de la ventana y apoyó la espalda contra el marco; una pierna doblada contra el pecho y la otra estirada.

El teléfono sonó de nuevo en la casa de al lado y, una vez más, Cliff llamó a Bianca. Cuando no recibió respuesta de su hermana, descolgó el teléfono, sus ojos aún fijos en el libro.

—Soy Cliff —ladró.

—Hey, ¿qué haces?

Cliff se puso rígido. Cerró el libro, se echó para atrás

en su silla giratoria y levantó la vista hacia él. Sus miradas se encontraron y, a pesar del cristal y de la distancia que les separaba, unos seis metros, Pax sintió la severidad de unos ojos en los que también podía apreciarse un resquicio de curiosidad.

—Estoy intentando trabajar en la tesis de mi doble máster en psicología y criminología.

—Así que eres inteligente... ¿Y qué quieres hacer cuando acabes?

Cliff le estudió detenidamente, intentando averiguar sus intenciones.

—Trabajar en la policía.

Predecible.

—Se te dará bien.

—No me conoces lo suficiente como para afirmar algo así.

—Pero soy muy bueno haciendo perfiles psicológicos, Clifford.

Una risa ronca llegó hasta Pax a través del teléfono.

—¿Me llamas para cancelar lo de salir a correr?

Ojalá.

—No, qué va, estoy deseando que mis pulmones colapsen por inhalación de demasiado aire puro.

Un asentimiento.

—¿Qué quieres?

—Solo me preguntaba cuánto duraría esta salida tan superdivertida.

Cliff hizo una pausa.

—Ocho kilómetros.

¿Ocho kilómetros? Eso era casi como un maratón.

Pax frunció el ceño a Luca, al que podía ver acechando al otro lado de su puerta entornada. Más le valía al italiano aprovechar la oportunidad que iba a brindarle.

Tocó el ángel en su bolsillo.

—Y... Esto... ¿Tu hermana se nos unirá?

Cliff pareció dudar.

—Así que sí estás detrás de mi hermana.

—No. ¡No! —Pax se rio. ¿Se rio demasiado, quizá? Pero es que no estaba para nada interesado en su hermana —. ¿No le gusta correr tanto como a nosotros?

—Tiene ensayo hasta las cinco y media.

Vale. Así que estaría en casa hacia las seis menos cuarto. Todo por esta zona estaba a unos quince minutos en coche.

¿Cuánto se tardaría en correr ocho kilómetros? ¿Cuarenta y cinco minutos? ¿Una hora?

Era posible que la Furia planeara sus salidas al dedillo para no darle ni un minuto de libertad. El muy controlador.

Que quisiera entrar en la policía era lo que más le pegaba del mundo.

—Entonces seremos solo tú y yo —murmuró Pax. Bien. Le gustaba—. Eso está bien. Mejor.

—Si ya hemos acabado, tengo que volver a la criminología —dijo Cliff con su siempre tajante tono de voz.

—Yo también.

Cuando colgaron, Pax trotó hacia Luca, que estaba mordiendo la cabeza del trol.

—Le distraeré y evitaré que vuelva a casa hasta las seis y cuarto. Eso os da a Henry y a ti, como mucho, media hora desde que Bianca vuelva a casa. Da lo mejor de ti, por favor.

Luca dejó caer la libreta y arrojó los brazos alrededor de Pax. Le abrazaba tan fuerte, que le estaba dejando sin aire y además tenía una cabeza de trol rechupeteada pegada a su cuello.

—Señoras y señores, este es Pax Polo, mi nuevo mejor amigo.

Pax se rio, pero su estómago le dio una especie de vuelco raro.

Sería un eco del efecto que aún tenía que le hubieran echado del grupo. Sí, seguro que era eso.

Esperaba que fuera eso.

Quizá salir a correr le sentaría bien.

No le estaba sentando bien. Correr iba a matarle. Por Dios, se estaba muriendo. Literalmente.

Habían corrido por caminos llenos de baches y arbustos hasta que llegaron a un sendero bien cuidado. Grandes árboles se cernían sobre ellos e hileras de helechos se alineaban a un lado y a otro del camino de tierra. Los pulmones y la garganta le ardían más con cada doloroso paso que daba y, cada pocos metros, las hojas de los helechos le arañaban los tobillos.

Si no fuera por el ruido de sus pisadas contra el suelo terroso, su trabajosa respiración —más cercana al jadeo que a otra cosa—, y el graznido de los pájaros, el camino hubiera estado en completo silencio.

Cliff iba corriendo unos metros por delante, muy centrado todo él: ojos al frente, respiración controlada y una leve marca de sudor entre los omóplatos.

Casi no habían hablado desde que Pax apareciera en su puerta. Nada más verle, Cliff le había quitado las gafas de sol, había plegado las patillas y las había metido en el buzón. Y, durante apenas un segundo, su mirada se había detenido en su ojo morado.

—No las vas a necesitar —le había dicho.

No habían dado ni tres pasos y Pax ya había perdido toda capacidad vocal que no fuera jadear.

Ahora, los jadeos habían subido de nivel y podían ser considerados ahogos.

Si fuera posible que los cielos se abrieran y cayera una tormenta, sus músculos lo agradecerían; cesaría la tortura y podría resguardarse en algún sitio y recuperar la respiración.

Pero los rayos de sol se filtraban entre los árboles y los pájaros cantaban aún más alto.

Pax soltó unos cuantos insultos en voz baja.

Cliff se dio la vuelta para mirarlo pero siguió corriendo. Hacia atrás.

—Uno de nosotros tiene que bajar un poco el ritmo —dijo Pax en un resuello.

—Si reducimos el ritmo, iremos andando.

—Andar está bien, también.

Cliff se giró y retomó el paso. Cabrón. El camino se ensanchó, si quisieran podrían correr a la par, pero cogerle a estas alturas de la película sonaba más a chiste que a algo probable.

—Es que… no llevo la ropa adecuada.

—Ya, los vaqueros… bueno, ya es demasiado tarde para eso —dijo Cliff sin el más mínimo rastro de cansancio en la voz.

—Pues el problema no son tanto los vaqueros, como lo de debajo…

Cliff giró la cabeza y le miró por encima del hombro.

—¿Qué?

Daba igual lo cercano a la muerte que Pax estuviera, siempre tendría energía para sonreír.

—Se me han metido los calzoncillos por el culo y me arde todo.

Cliff redujo la velocidad y Pax se puso a su lado.

—Gracias. Esta velocidad es más o menos agradable.

Cliff levantó la vista al cielo y dijo en el más sarcástico de los tonos:

—Gracias, Dios, por traerlo aquí conmigo, es una auténtica bendición.

—Está claro que nunca has tenido este... problemilla.

No hubo respuesta.

Pax soltó una risa ahogada. O, quizá, solo se ahogó.

—¡Sí que te ha pasado! Por eso sabes que esta velocidad funciona.

—¿Estás haciéndolo a propósito?

—¿Haciendo qué?

—Deja de mirarme el culo.

Pax siguió con el tema.

—O puede que sea verdad que no te ha pasado nunca.

Un gruñido.

—Quizá no se te puedan meter los calzoncillos por el culo, por el palo que ya tienes dentro.

Cliff se paró de golpe, y Pax participó en la acción encantado.

—Si vas a seguir insultándome, espero que estés preparado para que yo también lo haga.

—Soy todo oídos.

—¿En qué estabas pensando poniéndote vaqueros y esa camiseta superajustada? Pues claro que te sudan las pelotas y casi seguro se te estarán achicharrando los pezones. No estás en el escenario. Aquí no tienes a todos tus fanes babeando por esa cara de ángel que tienes y, aunque lo estuvieran, no sabrían si están viendo a una estrella o a... una estrella de mar: todo rojo y empapado en sudor. Y, ahora, si no te importa, tengo que seguir corriendo.

Y, con eso, se alejó, corriendo aún más deprisa que antes. Por Dios, sí que se había estado conteniendo.

Si seguía a esa velocidad, estropearía los planes de Pax. Terminarían demasiado pronto. Así que le siguió.

—Espera —gritó tras él, tropezándose con las raíces de los árboles—. Vuelve. Me he caído y me he dado un golpe en la cabeza. Hay sangre por todas partes.

Cliff se dio la vuelta y Pax paró, apoyando las manos sobre sus rodillas e intentando recuperar el aliento.

—No veo sangre. Aún.

—Ah, pues me habré confundido. Habrá sido mi alma goteando mientras se me salía del cuerpo. —Se tocó el lado izquierdo de la cabeza—. Pero duele.

Cliff no parecía comprar su argumento.

—¿Qué? —preguntó Pax indignado—. Me he dado un golpe con… esa rama. —Señaló hacia una ramita baja y luego volvió a tocarse la cabeza—. Me duele.

Nada. Los ojos de Cliff decían que no estaba convenciéndole.

—Me duele de verdad —dijo Pax.

—Te estás tocando el lado derecho de la cabeza.

—Parece que estás leyendo un manual de instrucciones. ¿Dónde te has dejado la empatía?

Cliff le dio una colleja.

Pax contuvo la risa de milagro; en su lugar, fingió sentirse ultrajado.

—Y con eso, me quedo sin otras dos neuronas.

—Ah, ¿es que tenías alguna?

Pax iba a soltar una réplica ingeniosa, pero Cliff se le adelantó. Puso el pie en una roca para estirar el gemelo y dijo:

—Empezaste tocándote el lado izquierdo de la cabeza y luego te pasaste al derecho. Si vas a mentir, al menos, sé convincente.

—Bueno, es que a lo mejor me duele toda la cabeza. Y, si antes no lo hacía, te aseguro que ahora sí.

Una risotada.

—Te he dado muy flojito.

De hecho, casi ni lo había notado. Había sido como sentir el fantasma de unos dedos contra su pelo.

Cliff levantó el pie de la roca y le señaló la cara.

—Eso sí que debió de doler.

Pax se puso tenso y evitó lo que para él era un tema delicado con un encogimiento de hombros.

—¿Qué pasó? —preguntó Cliff y sonó diferente. Un poco más suave, quizás.

Pax se retorció, incómodo, sin saber muy bien cómo tratar la situación. *Tratar* con el Hombre Furia era más fácil. Las emociones y preguntas serias le atolondraban.

Se plantó una de sus sonrisas y esperó engañar a Cliff con ella.

—Lo que quieras creer que pasó: pasó.

Cliff frunció el ceño.

—¿Y eso qué significa?

—Que me pillaron tirándome a la hermana de mi batería; que le robé la marihuana; que le llamé gilipollas sin talento delante de un posible agente. Ha ocurrido como más te excite a ti. Así es como funcionan las cosas en mi mundo.

Cliff tensó la mandíbula.

—Ninguna de esas historias me excita. No tienes por qué contármelo, pero, si lo haces, quiero solo la verdad.

La verdad. Ni siquiera se lo había contado a su grupo, a sus amigos.

Puede que su cara revelara lo incómodo que se sentía, porque Cliff se echó hacia atrás, como sorprendido, y cambió de tema.

—Se acabó el descanso. Sigamos.

Seguir, sí, se centraría en eso.

—¿Cuánto queda?

—Hemos hecho una tercera parte del recorrido.

Pax se tragó un gemido, le dolían todos y cada uno de sus músculos.

—¿Solo una tercera parte? ¿Estás de coña? Llevamos corriendo media vida.

Cliff echó un vistazo a su reloj deportivo.

—Hemos corrido veintidós minutos.

Pax estaba a punto de tirarse al suelo, hacerse un ovillo y romper a llorar.

—¿Y eso es solo una tercera parte del recorrido?

—Es que llevas un ritmo espantoso.

Quería darse la vuelta. Su cuerpo le estaba pidiendo a gritos un descanso. Le estaba rogando que se desplomara en el sofá hinchable. Pero si volvía a casa, Cliff haría el resto del camino a buen ritmo y regresaría muy pronto.

Cliff le miró de reojo.

—Vuélvete, si quieres.

Sí, quería.

Pero no lo haría. Tenía que dar tiempo a Luca y Henry para que coquetearan un rato.

—¿Volver? ¿Qué clase de hombre crees que soy?

—Uno que no está en forma.

—No estoy en forma, pero mi cabezonería puede con todo.

—Das pena.

Pax hizo como que tosía y cubriéndose la boca con el puño, dijo:

—Hombre Furia.

Cliff le miró de refilón.

—Perdón, me he atragantado —dijo, y tosió un par de veces para darle más credibilidad.

Tras lo que parecieron días, pararon en una ladera cubierta de hierba.

—Haz unos estiramientos y, después, cogeremos el atajo —le dijo Cliff.

Pax alzó la cara en la dirección del viento y abrió los brazos, como si así pudiera hacerse con su frescura.

—¿Qué hora es?

—Las cinco y cuarenta y cinco. Dos terceras partes hechas.

Pax necesitaba retrasarle, al menos, diez minutos más.

—¿Qué tal si nos damos un chapuzón en el lago? Seguro que refrescarnos un poco nos viene de puta madre.

—Es un arroyo —dijo Cliff—. Esta agua no está simplemente fría. Está helada.

—Como tú. —Pax se quitó la camiseta—. A mí me apetece bañarme.

Metió los dedos en las hebillas de los vaqueros y Cliff le agarró por el codo. Pax sintió el suave toque deslizándose por su piel.

—¿Qué haces? —preguntó Cliff.

Pax se giró hacia él; ahora estaban cara a cara.

—¿No he sido claro?

—Déjate los pantalones puestos.

Manteniéndole la mirada, Pax se empezó a quitar las zapatillas. Gimió cuando sintió la hierba blandita en sus doloridos pies.

El calor de la mano en su codo desapareció y la mirada de Cliff se desvió hacia el agua.

Pax se rio.

—Te estás poniendo de los nervios de pensar que me voy a desnudar aquí mismo, ¿verdad? No te preocupes. Estoy bien dotado. —Bajó la voz—. Y, como mi nombre indica, *paxo* de todo.

Le gustaba ver cómo Cliff cada vez se mostraba más impaciente.

—Es un camino bastante transitado, Apolo. Un grupo de jubiladas va a aparecer en cualquier momento así que, dotado o no, yo *paxaría* de enseñarles el temita.

Pax hizo un espectáculo de bajarse los pantalones: primero los deslizó hasta las caderas, por debajo de su culo firme, la base de su polla…

Una estampida de mujeres mayores salió de entre los arbustos hacia el claro en el que ellos estaban. Y, sin duda, iban a mucho mejor ritmo que Pax. Silbidos y gritos de alegría resonaron a su alrededor según pasaron a su lado.

Así que no era un farol.

Otra victoria para Cliff.

¿Quién era este hombre?

Pax lanzó a las mujeres unos cuantos besos en el aire como guinda del espectáculo que estaba dando, pero toda su atención estaba en Cliff. Tenía un raro presentimiento sobre este sobreprotector, pijo, aprendiz de policía.

Un presentimiento que no le gustaba nada.

¿Habría conocido a su igual?

Capítulo Seis

L a solución era simple: vencer a la Furia. Y, para eso, tenía que aprender todo sobre él. Qué desayunaba, qué hacía en su tiempo libre, qué es lo que le hacía saltar, qué le hacía feliz... ¿habría algo que hiciera feliz a un Hombre Furia?

Estaban a tres calles de la suya y Pax no le quitaba ojo: esos gemelos duros y cubiertos por un suave vello dorado; su postura erguida, con los hombros echados hacia atrás y la barbilla alzada; la forma en la que la camiseta se le pegaba al cuerpo, marcando abdominales; y esa mirada de «aquí mando yo» que parecía dirigirnos al resto de los mortales.

—¿Por qué me estás mirando? —preguntó Cliff, con la vista al frente.

Otra cosa más para la lista: tremenda visión periférica.

Pax le dio una palmadita en la espalda y, al hacerlo, pudo sentir la húmeda tela de la camiseta, caliente al tacto y, bajo ella, sus músculos ondulantes.

—Estoy recabando información.

Cliff redujo el paso y empezó a caminar, haciendo breves paradas para estirar los tendones de las piernas.

—¿Y qué es lo que buscas exactamente?

—Algo que pueda usar contra ti, por supuesto.

Cliff soltó una risa seca.

—Suerte con eso.

—Cuéntame cosas.

Cliff se levantó la camiseta para quitarse el sudor de la cara y sí, Pax había tenido razón: tenía una tableta de chocolate por abdomen. Pero lo que más le sorprendió fue que estuviera bronceado, porque eso sugería una personalidad capaz de tomarse su tiempo y relajarse al sol y eso no era algo que asociara con la idea que tenía de él. La camiseta cayó de nuevo, cubriéndole el ombligo.

—¿Qué cosas?

Pax levantó la vista y se encontró con los ojos serios de Cliff.

—¿De qué estábamos hablando?

Cliff elevó una ceja de forma casi imperceptible.

Pax le sonrió.

—Es broma. ¿Cómo sabías que ese grupo de jubiladas pasaría por ahí en ese preciso momento?

—Porque pasan por ahí cada sábado y domingo hacia las seis menos cuarto. Solemos saludarnos antes de mi último *sprint* hasta casa.

—¿Son estas las mujeres que decías que te encuentran interesante?

Cliff se agarró a su hombro, usándole como apoyo para estirar el cuádriceps y Pax se vio invadido por una enorme ola de calor. Notó el deslizar de sus dedos, cómo pasaron rozando el tirante de su camiseta en su búsqueda de un buen punto para mantener el equilibrio.

—Entre otras, pero sí.

Cliff cambió su agarre de un hombro al otro y empezó

a estirar la otra pierna. En esa posición el sol de la tarde se reflejaba en la esfera de su reloj y Pax giró un poco la cara para poder comprobar la hora: la seis y cinco.

Cuando Cliff se dio cuenta de lo que hacía, le dijo:

—Hacerte correr durante una hora ha sido una satisfacción enorme.

—Una satisfacción, sí —estuvo de acuerdo Pax, que aunque intentó esconder el sarcasmo en su voz, no lo consiguió del todo—. Ha sido lo más satisfactorio que he hecho en años.

Cliff se acercó más a él, su respiración bailando sobre su mejilla.

—Te lo merecías, ¿no crees?

Pax le miró con los ojos entrecerrados.

—¿Me estás diciendo que estabas castigándome por lo de la manzana?

Cliff le dio un apretón en el hombro.

—No. Por la manzana, no.

—Y, entonces, ¿por qué?

—Por intentar jugar con las reglas que tengo establecidas para mi hermana.

—¿De qué estás hablando? —preguntó Pax en un agudísimo tono de voz.

Cliff le soltó y giró hacia su calle.

Pues sí, parecía que había conocido a su igual. En un solo día, hacerse amigo del Hombre Furia había pasado de ser un deber profesional a convertirse en algo personal.

Pax se puso a su lado y bajaron la cuesta caminando a la par. El suelo reflejaba el color ámbar de los últimos rayos de sol.

—No soy tonto —dijo Cliff, su perfil encuadrado por las casas y jardines de los vecinos—. Supe que tramabas algo en cuanto me preguntaste si Bianca saldría a correr con nosotros. Me apuesto diez dólares a que cuando lleguemos, tu amigo el *trepaárboles* estará en mi jardín soltándole cursiladas a mi hermana.

—Eso no lo sabes —contestó Pax—. Hay muchas posibilidades de que Luca esté hablando italiano ahora mismo.

—A las pruebas me remito.

—¿Sabes qué? Condenar a alguien antes de ser juzgado es muy arrogante por tu parte. ¿Y si estás equivocado? Podría haber muerto corriendo y todo para nada.

—Si estuviera equivocado, al menos salir a correr te ha venido bien. Correr es bueno para la salud.

A Pax se le escapó una carcajada. Todo esto le divertía y frustraba a partes iguales. Pero bueno, se debía a su misión de reconocimiento.

—¿Lo de estudiar y ser un idiota posesivo es algo del fin de semana, o he de esperar esta actitud también de lunes a viernes?

—Soy así también de lunes a viernes.

—Serás un amigo muy divertido.

—Y tú uno muy canalla.

Se miraron el uno al otro durante un segundo que se hizo eterno. Pax tragó saliva.

Ya podían divisarse sus casas y Cliff dirigió la mirada hacia la suya. Sus pasos resonaban en el asfalto a medida que se acercaban al jardín, que, para asombro de ambos, estaba desierto. Nadie estaba recitando a Shakespeare. Y Henry y Luca no estaban a la vista.

Cliff miró a Pax esperando una respuesta, pero Pax estaba tan confundido como él.

—No me mires así —le dijo—. Yo también pensé que estarían aquí charlando. —Cliff forcejeó con el cierre de la valla y Pax paró su intento de abrir la puerta poniéndose en medio. Cliff no se movió ni un milímetro, su cuerpo era un muro caliente contra la parte delantera de Pax, a quien los postes de la valla se le estaban clavando en el culo—.

Mírame. Tienes que calmarte. —La mirada que Cliff le dirigió era puro fuego. Le costó no sonreír—. Seguro que están echando un *kiki* en el cuarto de Bianca. O en el de Luca.

Cliff le agarró por la parte superior de ambos brazos y lo apartó a un lado. El contacto envió una corriente eléctrica a través del cuerpo de Pax, pero su sonrisa murió en el momento en el que notó el temblor en las enormes manos de Cliff. Abrió la puerta con la cadera.

Cliff entró a zancadas en el jardín delantero y Pax tuvo que agarrarle por el codo para detenerle. Su mano tensa sobre su piel suave.

—Espera —le dijo.

Cliff se paró, mirando hacia la casa con tal intensidad que parecía que tuviera rayos X en los ojos y pudiera ver desde fuera lo que ocurría en cada habitación, cuando todo lo que estaba a la vista era el árbol de navidad aún sin decorar.

—Tenían quince minutos para impresionarla. Nadie está en la cama con nadie.

Y, para reafirmar lo dicho, desde dentro de la casa les llegó el sonido del piano. Los hombros de Cliff se relajaron de forma más que evidente.

Se escucharon varias notas desafinadas y ambos hicieron un gesto de dolor.

—No le vendría mal un profesor de música —dijo Pax.

—¿Te estás ofreciendo?

No, no era eso lo que estaba haciendo; a pesar de que había recibido tantas clases de piano en su vida que podría considerarse pianista profesional. Lo que quería era restar importancia a lo que acababa de suceder y sacudirse ese cosquilleo de encima. Y qué mejor manera, que entrar de lleno en su juego.

—No, yo no. Estaba pensando en Luca.

Eso fue recibido con una risotada.

—Es un músico excelente. Y está muy puesto en los clásicos. Tiene mogollón de alumnos en el vecindario. Tiene folletos informativos y todo. Me extraña que no le hayas oído tocar nunca. Practica a diario.

Cliff le miraba con desconfianza.

—¿Cuándo?

Ummm…

—Por las mañanas, temprano. Muy temprano.

—¿Y hay folletos, dices?

Pax asintió, su mente a mil por hora pensando en cómo venderlo bien, cómo resultar convincente.

—Mira, piénsatelo, ¿vale?

—Espera —dijo Cliff acorralando a Pax contra la valla. Todo ese calor corporal contra él hizo que levantara una ceja, sorprendido. Los ojos verdes de Cliff estaban fijos en los suyos.

—Si no quieres hacerlo conmigo más, está bien.

—¿Hacerlo contigo?

¿Estaba Cliff conteniendo la risa?

—Salir a correr.

Joder, claro, eso. Cliff esperaba que aprovechara cualquier excusa para escaquearse, pero eso no iba a pasar.

—Me encantaría hacerlo contigo de forma habitual. A diario, si pudiera ser.

Cliff acortó aún más la distancia entre ambos, convirtiéndose de nuevo en un muro de calor. Estiró el brazo como para coger algo por encima del hombro de Pax, pero este no podía apartar la vista de su sonrisa. Tenía hoyuelos. No pegaba nada que el Hombre Furia tuviera esa sonrisa tan espectacular.

—Los días de diario corro por las mañanas. Supongo que más o menos a la misma hora que tu amigo toca el piano.

Bueno, bueno, el juego estaba en marcha.

—Fenomenal. Cuando oigas lo bien que toca, le contratarás.

Los ojos de Cliff brillaban.

—Me apetece mucho desayunar con un poco de música. Y luego salir a correr contigo.

—A mí también. Ambas cosas.

—Te veo a las seis.

¡A las seis! Este hombre era un insulto para la raza humana.

Cliff le puso las gafas de sol sobre el puente de la nariz, se apartó de él y empezó a caminar hacia su casa. Un bloque de aire frío sustituyó el calor de su cercanía.

—Y, por cierto, Apolo, si te pones pantalones cortos no tendrás ningún problema con tu *tema*. Piénsatelo.

AL SEGUNDO DE ENTRAR EN CASA, PAX SE QUITÓ LOS vaqueros, se bajó los *boxers* y se empezó a abanicar la cara interna de los muslos. Por Dios, le ardía todo. Se pasó los pantalones por el hombro y se dirigió a la cocina a beber cantidades ingentes de agua. Una vez saciada su sed, siguió su camino hacia una más que esperada ducha, pero cuando iba a subir las escaleras, escuchó una acalorada conversación en el salón.

Se puso las gafas en la cabeza.

Luca y Henry estaban sentados en los pufs, mando en mano, y en la enorme pantalla de televisión se iluminaba el Crash Team Racing. Iban inclinando sus cuerpos en la dirección de cada curva mientras se puteaban el uno al otro.

—Qué bonita estampa.

Henry le miró.

—Te podría decir lo mismo.

Luca fulminó la pantalla con la mirada y soltó el mando en su regazo. Henry se burló de él.

—Te dije que ganaría. Igual que ganaré a Bianca.

Pax se apoyó contra el marco de la puerta, dando la bienvenida a la frescura de la madera contra su piel.

—Espero que aprovecharais bien el tiempo. Ha sido muy difícil conseguíroslo.

Luca sonrió por encima de la cabeza de Henry.

—Al menos esta vez no hablé en italiano, así que pinta bastante bien.

Henry puso los ojos en blanco, y volvió a mofarse de él:

—¿Por qué no me agarras el brazo y así puedo decirle a Pax tu estupenda frase de «he sido tocado por un ángel»? No vendas la piel del oso antes de cazarlo, anda.

—No entiendo lo del oso. Y mi frase ha sido mucho mejor que la tuya. —Luca miró a Pax—. Le ha soltado el *Soneto XVIII* de Shakespeare entero. Algo sobre su capullo y los vientos de mayo.

—Mi capullo, no. Los de las flores —dijo Henry poniéndose en pie—. Aunque lo de mi capullo me gusta más. —Se dirigió a la puerta—. No hemos sacado mucho del ratito que hemos estado, pero Bianca se apunta a lo de que distraigas a su hermano.

—Se apunta encantada, sí —estuvo de acuerdo Luca —. Le brillaban los ojos y todo.

—Porque está feliz con nuestras atenciones —dijo Henry parándose frente a Pax de forma un tanto descarada.

Luca vaciló al contestar:

—Yo creo que lo que quiere es que su hermano salga del despacho.

—¿Ambas cosas, quizás? —sugirió Pax.

Él era más de pensar como Henry, porque sabía lo bien

que se sentía uno cuando los demás le colmaban de atenciones. Pero, en este caso, le daba la sensación de que Bianca estaba aceptando el juego por algo más, no por ella.

Por algo... digno de admirar.

Algo que merecía todo su respeto.

Dejó de pensar en ello.

—Porque es verdad que Cliff necesita salir de ese despacho. Es verano y es Navidad. Esta época del año no es para pasarla enterrado en libros.

Henry se despidió.

—Sigue haciéndolo así de bien, Pax Polo. Tu futuro depende de ello.

Pax se pegó más al marco de la puerta por temor a que le rozara al salir. Le pasó de largo, pero, al llegar a la puerta, hizo una pausa para abrocharse los botones de su chaqueta de terciopelo, y dijo:

—Si tengo que compartir mi tiempo con Luca, necesito que distraigas al hermano de Bianca durante más tiempo.

Pax se tragó varias posibles contestaciones y se limitó a sonreír hasta que la puerta se cerró.

—Menos mal que se ha ido. —Dejó caer los vaqueros y señaló el sitio que había quedado libre—. ¿Me das diez minutos para darme una ducha y luego jugamos una partida?

Luca asintió y, un cuarto de hora después y oliendo a vainilla, Pax volvió al salón, se sentó y empezó a trastear con los controles. El italiano se giró para mirarle, apoyándose en su puf y hundiendo más a Pax en el relleno.

—¿Qué pasa?

—¿Qué tiene Shakespeare que yo no tenga? —le preguntó Luca.

Pax dio unos golpecitos a los botones del mando y se lo puso en la rodilla, donde lo mantuvo en equilibrio.

—Tranquilo. Tengo un plan para conseguirte tiempo con Bianca sin Henry de por medio.

—Desembucha.

Pax le contó la mentira que le acababa de contar a Cliff sobre las clases de piano.

Luca dejó el mando y le tendió una mano.

—No toco el piano. *Neanche un po'*. Pero me encanta el plan.

Pax se quedó mirando la pantalla de la televisión con añoranza; le habría gustado haber podido jugar una partida al Crash Bandicoot, pero el deber le llamaba. Agarró la mano que le ofrecía el italiano y estuvo en pie en un segundo.

Subieron al cuarto de Luca y Pax se sentó en la silla giratoria frente al escritorio. La habitación hacía esquina y tenía enormes ventanas a ambos lados con una vista muy práctica del jardín delantero de los Wilson. El resto del cuarto era el típico de cualquier chico de diecinueve años: sábanas arrugadas, el cesto de la ropa sucia a rebosar y una taza con restos de café.

Luca encendió el ordenador mientras Pax echaba un vistazo a la mesa: libros de texto con códigos informáticos, partes de ordenador y el lápiz del monstruito.

—¿A qué se debe lo de la cabeza de trol? —preguntó, cogiéndolo.

Los dedos de Luca se deslizaban por el teclado del ordenador, diseñando un folleto en el que se anunciaba como profesor de música. Pax vio por el reflejo del monitor cómo sonreía ante su pregunta.

—Me lo dio mi hermana, la peque, cuando me fui. Era su posesión más preciada y quería que la tuviera yo. Mi familia es un sol.

Pax tragó saliva y dejó el lápiz sobre el escritorio con mucho cuidado.

—¿Tienes más hermanas?

—Cuatro. Yo estoy en medio y soy el único chico. La de dieciséis va a flipar cuando le diga que vives conmigo.

—¿Se me conoce en Europa? Tú sí que sabes cómo subir la autoestima a un hombre.

—Siento acabar tan pronto con tu ilusión, pero no, no eres conocido allí. Lo que pasa es que quería aprender todo lo que pudiera sobre Nueva Zelanda antes de venir y cuando supe de la existencia de Serenity Free os escuché durante meses. Y mi hermana también.

Bueno, vale… pero algún día iba a ser conocido en Europa y daría conciertos en Berlín.

—Si quieres, le puedo regalar una camiseta firmada, o algo así.

Luca negó con la cabeza.

—De eso nada, Pax Polo. Con mis hermanas vas a tener que currártelo más.

Se inclinó sobre el teclado y la impresora cobró vida. Cuando tuvieron listos una docena de folletos, Pax los cogió y los puso en el alféizar de la ventana.

Luca había usado una letra muy chula y una imagen en 3D de un enorme piano. Tenían muy buena pinta, pero algo fallaba. Pax cogió la taza con restos de café y se lo echó por encima a los anuncios.

—Excelente —dijo.

Luca se agarró ambos lados de la cabeza.

—¿Pero qué…?

Pax le guiñó un ojo y extendió el líquido por los papeles.

—Dormimos esta noche encima de ellos y mañana estarán perfectos.

—¿Perfectos?

—Sí, convincentes. —Si parecían demasiado nuevos, Cliff olería la mentira a un kilómetro de distancia—. Ya está, una cosa hecha.

—¿Y ahora?

Pax le dio una palmada en el hombro.

—Ahora me pongo unos pantalones y nos vamos a robar un piano.

—¿DÓNDE VAMOS A ENCONTRAR UN PIANO UN DOMINGO por la noche? —dijo Luca al volante de su monovolumen color menta—. Y... cuando dices *robar*, ¿quieres decir...?

—Tomar prestado... —al oírlo, Luca se relajó de forma visible— ...sin intención de devolverlo.

Al menos, no hasta después de Navidad.

Pax le dio indicaciones para que aparcara frente al Untamed, cuyo letrero de neón iluminaba la fachada del edificio que antaño había sido una fábrica. Todavía tenía esa esencia: hecho de ladrillos, con tuberías de cobre a la vista y lleno de grafitis por todas partes.

Una larga cola rodeaba el edificio. Había bastante gente para ser domingo.

Se podía sentir el vibrar de la música incluso desde dentro del coche. Y ya solo eso debería de haber sido como una bienvenida para Pax, sin embargo, la única sensación que consiguió fue un ligero cosquilleo en su mejilla magullada.

—Corrígeme si me equivoco —dijo Luca—, pero robar también es un delito en este país, ¿*sí*?

—Sí, sí que lo es. ¿Estás listo?

—Como amigo, me veo en la obligación de decirte que esto es una mala idea.

—La peor —estuvo de acuerdo Pax mientras se quitaba el cinturón y salía del coche.

Luca le alcanzó y se puso a su lado.

—No puedo dejar que un flacucho como tú vaya solo a ninguna parte.

Pax se paró de golpe en mitad de la calle, entre la línea discontinua que separaba los carriles.

—¿Flacucho? Pero si estoy estupendo. Y tengo pelazo. Lo tengo todo.

Un coche pasó pegado a ellos a la vez que Luca le señalaba el moratón del ojo.

—Bueno, vale —dijo Pax—. A lo mejor me falta algo de músculo.

—Lo dicho: flacucho.

Pax le fulminó con la mirada y suspiró. Luca sonreía.

—Anda, ven. Necesitaré tu ayuda para cargarlo.

Se dirigieron al Untamed y, saltándose la cola, se acercaron a Buster, el portero; un tío enorme con un ceño fruncido permanente.

Buster hizo un gesto a un grupo de mujeres para que entraran.

—Pasad —les dijo—. Ahogad las oscuridades del alma en las bebidas más coloridas que podáis encontrar.

Un chico de la cola tuvo la audacia de reírse y Buster se giró hacia él y hacia el resto de la fila.

—Vais a morir todos divorciados y con el corazón podrido.

Luca se tropezó y Pax tuvo que agarrarle por la manga y arrastrarle hasta el principio de la cola.

—¡Y aquí está! ¡La espinita que siempre se clava en mi superhinchado ego! Te he echado de menos, tío.

—¡Pax Polo! ¿Quién coño te ha hecho eso en la cara? —Buster le saludó con un choque de manos y un golpe de hombro a la vez que gritaba a una pareja que estaba fumando hierba e intentando colarse—: Fuera el porro o fuera de mi garito. —Se giró hacia Pax y le dijo—: Creí que te habían echado del grupo.

Pax no necesitaba que se lo recordaran.

—Seguro que ya me echan de menos.

Al decirlo, notó como se le bajaba el estómago a los pies. Porque lo cierto era que ninguno de sus colegas le había llamado o escrito hoy. ¿Habrían llamado a Blake?

Nah. No tendría sentido. Era Pax quien podía conseguirles el concierto con Lone Whistle and the Deserted.

Además, solo había pasado un día.

Pax presentó a Buster y a Luca y preguntó al malhumorado portero si les podría abrir el local que Serenity Free tenía alquilado en la parte trasera del edificio. Allí estaban todos los instrumentos del grupo, entre ellos una espineta. Ninguna de las canciones que tocaban actualmente llevaban piano, así que no la echarían de menos.

—¿Me dejas unas llaves?

Tony era el único que tenía copia.

Buster le miró, pensativo.

—¿Seguro que quieres entrar ahí?

Pax se remangó la chaqueta.

—Tenemos una misión que cumplir.

Buster le tendió un manojo de llaves y Pax sintió el frío metal contra la palma de la mano.

—Piérdelas y te corto los huevos.

—Vale, vale.

Pax le indicó a Luca que le siguiera y juntos doblaron la esquina.

—Después de ver esto te voy a dar la razón: para ti lidiar con la Furia será pan comido —le dijo con un estremecimiento.

Pax le dedicó una sonrisa de lo más falsa. Porque ojalá fuera verdad… pero Buster era como un paseo por el parque al lado de ese ser exasperante que era Cliff Wilson.

La música del club seguía escuchándose en la parte de atrás del edificio. Pax metió la llave en la cerradura de la puerta metálica del local —que estaba llena de grafitis de penes—, y abrió. Se paró en seco ante la luz procedente del interior.

Había estado distraído, si hubiera prestado la más mínima atención se hubiera percatado de que lo que se oía tenía el inconfundible toque de Blake.

Echó un vistazo a la habitación: a las Tres Tes y a Blake. Blake. Que estaba ahí haciendo un solo de batería. Blake. El surfero. Con su pelo castaño despeinado y su collar de conchas bien apretadito al cuello. El tío cuyo puño le había jodido la cara y cuyas palabras habían jodido mucho más que eso.

Pax soltó una carcajada desprovista de toda emoción.

Tim fue el primero en darse cuenta de su presencia y, tensándose, miró a Ted. La música se detuvo.

Parecía que nadie quería ser el primero en hablar. Pues que les dieran por culo, él lo haría:

—¿Ahora ensayáis los domingos?

Tony se encogió de hombros.

—Hay más conciertos en esta época. Tenemos que practicar para petarlo en el escenario. —Dejó el bajo en su soporte—. ¿Cómo va lo de ese concierto que me comentaste? —preguntó elevando una ceja y dándole a entender que no todos sabían de qué hablaba.

—¿Qué hace aquí Blake?

Luca se puso a su lado, transmitiéndole todo su apoyo.

Blake hizo un redoble de lo más molesto.

—Cogiendo mis cosas. ¿Y tú? ¿Qué haces *tú* aquí?

El resto de miembros del grupo se encogió de hombros.

Pax se negaba a que notaran el traqueteo que sentía en

el pecho en esos momentos. «Suéltalo», pensó, «cuéntales la verdad».

—He venido a por el piano —terminó diciendo.

Agarró la espineta. Luca se acercó y la cogió por el otro extremo.

—Tío —dijo Tony—. Eso es del grupo.

—Si no recuerdo mal, yo también puse cien dólares, como todos. Voy a hacer que mi inversión merezca la pena. —Le hizo un gesto de asentimiento a Luca y juntos levantaron los noventa kilos de piano—. Lo devolveré cuando vuelva al grupo. —Y dirigiendo una mirada a Tony, añadió—: Con un concierto bajo el brazo.

Capítulo Siete

Una vez desinflado el sofá colchoneta, colocaron el piano en su lugar y Pax se puso a afinarlo mientras Luca trasteaba con un videojuego. Necesitaba una ducha urgente, pero cuando tuvo lista la espineta, le colocó la tapa y se apoyó en ella. Se quedó mirando las cortinas que cubrían la puerta corredera. ¿Estarían los vecinos aún despiertos? ¿Seguiría el árbol de Navidad sin adornar? ¿O habrían pasado la tarde decorándolo, hermano y hermana codo con codo, echando de menos una única pieza, esa que estaba en el cuarto de Pax?

—¿Luca?

Luca se echó hacia atrás en el puf y dejó caer la cabeza, mirándole desde abajo, del revés. Paró el juego.

—¿Pax Polo?

—¿Sueles celebrar la Navidad?

—Sí, en mi familia es una fecha muy señalada. Nos juntamos todos alrededor de una mesa gigante y nos insultamos unos a los otros sin parar. Es la mejor época del año.

—Si este año no tienes plan, puedes venir conmigo y las Tres Tes. Mi madre se va a ir a Australia con su hermana y estos pasan de sus familias, así que podríamos hacer algo juntos.

—¿Hablas de los tíos que hemos visto antes? ¿Esos son tus mejores amigos?

El comentario fue como recibir un puñetazo.

—Sí, bueno… sobre lo de antes… A ver, son mis colegas, pero la verdad es que pueden llegar a ser un poco desconsiderados.

Luca apretó los labios y se encogió de hombros.

—Vale.

—En serio, son buena gente.

Luca apagó la televisión. Se puso de pie y fue hacia el piano. Agarró la cara a Pax con ambas manos y mirándole a los ojos, le dijo:

—Si te tumbas en una cuneta y finges estar borracho, tus verdaderos amigos te llevarán de vuelta a casa.

Luca le dio unos golpecitos cariñosos en la cabeza y se fue.

Pax parpadeó y, tras coger los vaqueros que había dejado tirados en el suelo del salón, subió a su habitación.

Lanzó los pantalones al cesto de la ropa, se la cascó en la ducha y se tiró en la cama. Qué día. Ya no le dolía ni el puño ni la cara, pero todo él se sentía como si le hubieran metido en una lavadora y le hubieran dado a centrifugar.

Se hizo un ovillo sobre los folletos que tenía esparcidos sobre las sábanas y dejó que el bamboleo del colchón de agua le meciera. Miró al ángel en su mesilla.

—Son mis amigos, joder. Lo son.

La figurita no le contestó. No le miró raro. No brilló. Así que Pax la recolocó y la acercó más a la luz para hacerla brillar.

Su destello cálido fue como una mano amiga. La misma sensación que había sentido antes con Cliff. Y, de repente, sin invitación alguna, su sonrisa con hoyuelos se le vino a la cabeza.

Frunció el ceño. Si se paraba a pensarlo, esa sonrisa no era natural. No era una sonrisa de felicidad. Era como si ocultara un secreto. Como si fuera un paso por delante de Pax.

Pues no por mucho tiempo. Se lo había propuesto.

—Mañana seré yo el que se ría.

~

Pero no. No se rio en absoluto cuando su alarma sonó a las 5:30 de la mañana. Era como si le estuvieran despertando del sueño eterno. Tenía palpitaciones y le dolían las piernas de la carrera de ayer.

Notando los músculos agarrotados, se frotó los ojos somnolientos y se arrastró fuera de la cama. Encendió la lámpara de la mesilla. Normalmente, su luz era de un naranja tenue, pero esa mañana creyó que le quemaría las retinas. Tanto, que tuvo que poner el ángel delante para que frenara un poco el resplandor.

—Es hora de empezar con la farsa —murmuró entre enormes y ruidosos bostezos que podrían haber despertado al vecindario entero.

Cogió los folletos de entre las sábanas y sonrió, satisfecho. Parecía que tenían, al menos, dos semanas de antigüedad. Perfecto.

Gimiendo, se puso unos pantalones cortos, una camiseta de Oasis y unos calcetines. Se entretuvo unos minutos en el baño, lavándose cara y dientes, y toqueteándose el pelo hasta que le quedó como debía: sexi a más no poder.

Cogió los anuncios y los bajó al salón.

Luca, superdespierto y resplandeciente —sin duda, lo más resplandeciente que había en esos momentos en la encortinada habitación— cogió los folletos y le pasó a Pax una taza de café humeante.

—Toma. Parece que lo necesitas. Y mucho.

—Qué mamón. Pero gracias —dijo Pax con una sonrisa.

Vació el contenido de la taza y la dejó encima del piano.

—Abre la puerta corredera un par de centímetros, que no queremos que Cliff se pierda tu actuación estelar.

Luca abrió una rendijita, pero mantuvo las cortinas corridas. Pax enlazó sus dedos y los estiró.

Tras unas escalas, a modo de calentamiento, miró a Luca.

—¿Está escuchando? —articuló las palabras, sin emitir sonido alguno.

Luca echó un vistazo entre las cortinas carmesí y susurró:

—Está de pie delante de la ventana. Y la tiene abierta.

Pax empezó a tocar el *Claro de Luna* de Beethoven. Una opción perfecta dado que no eran ni las seis de la mañana. Que la luna aún brillaba en el cielo oscuro, por Dios.

Sus dedos volaron por las teclas. Había tocado esta pieza miles de veces. Su madre siempre le decía que si practicaba mucho podría dedicarse a la música.

Claro, que ella se refería a la música clásica.

Pero uno tenía que seguir a su corazón.

Y su corazón quería una guitarra eléctrica.

Y tocar con Lone Whistle and the Deserted.

Y, quizá, algún día, encontrar a alguien con quien compartir su música.

Joder. Qué pensamiento más cursi. Cursi e irreal. A Pax nadie se lo tomaba en serio. Demasiado golfo.

—Te ha cambiado la sonrisa y ahora pareces triste —le dijo Luca bajito, poniéndose al lado del piano.

Pax perdió la concentración durante un segundo y falló un par de notas, pero se recuperó rápido y terminó la pieza con una bonita floritura.

Estaba bien solo. Además, tenía amigos: las Tres Tes y…

Quizá el del banjo. Debería intentar encontrarle.

Luca aplaudió y procedieron según lo ensayado: Pax le preguntó qué es lo que había tocado; Luca le contestó a la perfección y, a su vez, le preguntó a Pax que qué hacía despierto tan pronto.

Pax dirigió una sonrisilla hacia las cortinas, seguro de que Cliff les estaría escuchando.

—Pues he quedado para darme un baño con el Hombre Furia. Desnudos, si puede ser.

—¿QUÉ ES ESO DE QUE HAS QUEDADO PARA BAÑARTE desnudo con el Hombre Furia?

Pax sonrió para sus adentros. Estaba en la entrada del jardín de Cliff, esta vez sin gafas de sol, para que no se repitiera la escena del día anterior. Repiqueteaba los dedos contra los postes de la valla, aún mojados por el rocío, y Cliff se dirigía hacia él por el camino empedrado, su aliento formando nubecitas en el frío aire del amanecer.

—Así que estabas escuchando —dijo Pax—. Luca toca bien, ¿verdad?

Un ruido de asentimiento.

Pax le miró. Esta mañana parecía diferente. ¿Sería porque no se había afeitado?

—Guau, ¿hoy sales a correr en plan cegato?

Debería de haberse dado cuenta antes de la ausencia de las gafas.

Cliff abrió la valla, apartando los postes húmedos del alcance de Pax.

—Llevo lentillas.

Pax sonrió.

—¿Te has quitado las gafas por mí?

—No las encontraba.

—¿Has buscado en el último sitio donde las dejaste?

Cliff empezó a correr, no sin antes darle una colleja. Se estaba convirtiendo un hábito.

Una hora después, ya a un par de calles de sus casas, con los pulmones ardiendo y sus extremidades gritando de horror, redujeron el ritmo y empezaron a caminar. Pasaron por delante de una iglesia blanca y azul cuyas campanas estaban dando la hora.

—Me hubiera dado un chapuzón en el arroyo, pero ni yo estoy tan loco como para bañarme en esa agua gélida.

Cliff paró para estirar y apoyó ambas manos sobre los hombros de Pax.

—¿Sabes? Ese árbol que tienes ahí tiene muy buena pinta. ¿Por qué no estrangulas su tronco en vez de a mí?

Cliff le sonrió con ironía.

—Porque eso no sería igual de divertido.

Pax negó con la cabeza, apretando los labios para no sonreír.

—Venga —dijo Cliff cuando terminó los estiramientos, pero siguió donde estaba, frente a él, mirándole—. Tú también tienes que estirar. Si no, te dolerá.

—Ay, cómo te preocupas por mí.

—Hazlo, anda.

Pax miró más allá del cuerpo sudoroso de Cliff, hacia donde Pax le había dicho a Luca que grapara uno de los panfletos anunciándose como profesor. Hizo un gesto con la mano en dirección al anuncio.

—Estiraré ahí. —Y señaló el BMW aparcado justo

frente al poste donde estaba estratégicamente colocado el anuncio.

—¿Y por qué no contra el árbol que decías?

Pax rodeó a Cliff.

—Tiene mucha caca de pájaro. Y preferiría no apoyarme en ti, porque la verdad es que, si empiezo a estrangularte, quizá no pueda parar.

La risa de Cliff le siguió de cerca. Tan cerca de él, que se le erizó la piel de la nuca y de los brazos. Intentó alejarse, librarse de esa aura que le cubría, pero solo consiguió que le temblara todo el cuerpo.

Empezó a caminar más deprisa y, en cuanto llegó al BMW, se apoyó en él y levantó la pierna hacia atrás. Como había esperado, Cliff se apoyó en el poste, observándole.

Pax se agarró el tobillo con una mano y con la otra señaló un punto por encima de la cabeza de Cliff.

—¿Ves? Te dije que Luca daba clases.

Cliff apartó la vista de Pax para mirar en la dirección que se le indicaba, su expresión indescifrable mientras absorbía la información. Al final, arrancó el anuncio, la grapa resistiéndose un poco antes de ceder.

Levantó la vista hacia Pax.

—¿No crees que ya has estirado bastante el cuádriceps?

Pax esperó unos segundos antes de soltarse el tobillo. Una vez libre, su pierna salió disparada hacia delante, dando una patada involuntaria al brillante BMW y haciendo saltar la alarma del coche, cuya serenata inundó las tranquilas primeras horas de la mañana.

—Se ha cruzado en mi camino —dijo, e hizo una pausa para escuchar el ritmillo del molesto pitido—. Si le metemos un poco de guitarra podría sonar medio bien.

Una ventana se abrió y Cliff se interpuso entre Pax y la vecina que se asomaba, impidiendo que esta le viera.

La alarma dejó de sonar y una voz estridente les gritó que qué pasaba.

—El perro de Gary ha vuelto a escaparse, señora Donaldson —contestó Cliff—. Ha venido directo hacia aquí y se ha chocado contra la puerta del copiloto de su coche, pero no se preocupe, no tiene ningún daño.

La vecina murmuró algo así como «maldito perro» y cerró la ventana.

Cliff esperó unos segundos antes de indicarle a Pax que siguieran su camino.

Pax notó algo raro en el estómago. Miró más allá de Cliff, hacia los rayos de sol que empezaban a brillar sobre los tejados de las casas. Sus pasos caían pesados sobre el asfalto, pero, por algún motivo, parecían más ligeros que nunca.

—¿Acabas de… dar la cara por mí?

Cliff no dijo nada durante un momento y luego se burló:

—¿Dar la cara por ti? ¿Y por qué haría yo algo semejante?

Su expresión era imperturbable y Pax fijó la vista más allá, en el puerto de Dunedin centelleando en la distancia.

—Te has puesto delante de mí para que no pudiera verme. Te has llevado la bronca en mi lugar.

Cliff no dijo nada.

—Lo has hecho. Me has salvado de…

—Era una buena oportunidad y la he aprovechado. El perro de Gary se escapa demasiado y asusta a los niños del vecindario sin ningún tipo de consecuencia. La señora Donaldson montará un pollo y Gary tendrá más cuidado con su perro.

Ah. Vale. Menos mal. Porque el Hombre Furia dando la cara por él hubiera sido algo difícil de asimilar.

—¿Y pensaste todo eso en los meros segundos que la

señora tardó en abrir la ventana? Eres aún más astuto de lo que pensaba.

—Pues que no se te olvide.

—Entonces, ¿cómo ves lo de que Luca dé clases a tu hermana?

Cliff echó otro vistazo al anuncio que llevaba en la mano.

—Me huele un poco a chamusquina.

A chamusquina no; a lo que olía era a café, pero bueno.

—¿Siempre piensas lo peor de todo el mundo?

A eso, Cliff contestó muy rápido.

—No lo puedo evitar, Apolo.

—Venga, hombre —dijo Pax—. Ya has oído cómo toca. El tío es buenísimo. No puedes echarte atrás ahora.

Cliff le miraba de reojo.

—No estoy seguro de que sea lo suficientemente bueno.

¡Cómo se atrevía! Este tío los tenía cuadrados.

—¡Pero si es un puto genio!

—Hmmm.

—Podría forrarse como pianista de clásica.

—Necesito escucharle un poco más antes de tomar una decisión.

¿Otra actuación antes de las seis de la mañana? Pax se cortaría los huevos antes de levantarse otra vez al amanecer. Necesitaba, por lo menos, un día de dormir bien antes de volver a madrugar de forma tan espantosa.

Cliff siguió hablando.

—Entiendo que toca cada mañana a las 5:30, ¿no?

Pax asintió.

—Todos los días, sí. Menos los martes.

—¿Y por qué los martes no?

«Porque no está mal de la cabeza», quiso contestar Pax.

—Es algo cultural.

—¿Los italianos no tocan instrumentos los martes?

Estaba claro que Cliff no se lo tragaba.

—No, no es cosa de los italianos en general. Es un tema de su pueblo, de los pueblecitos pequeños de Italia. Son muy particulares ellos.

—Es fascinante, sí. ¿De dónde es? Quiero buscarlo para enterarme.

En ese momento Pax odiaba internet y lo rápido que se estaba desarrollando la tecnología en el mundo moderno. Si seguían así no iba a haber delitos en el futuro, porque siempre pillarían a los delincuentes y los canallas como él las iban a pasar putas.

—Bueno…, ahora que lo pienso, puede que Luca haya mencionado que es una tradición familiar. Los Martes Silenciosos, lo llaman. Los niños de la familia no pueden tocar música ni escucharla. De hecho, en la cena tienen que hablar en susurros.

—Martes Silenciosos, qué cosa más curiosa —dijo Cliff en tono monocorde—. Pues nada, el miércoles entonces. —Abrió la puerta del jardín y entró—. Dile que toque algo de Chopin.

—Claro. Luca toca mucho a Chopin. No necesita ni partitura.

—Estoy deseando escucharle.

Cliff empezó a andar por el camino de entrada y Pax se dirigió a su casa cagándose en todo.

Hacía siglos que no tocaba nada de Chopin.

Necesitaba una partitura. Y la leche de tiempo para practicar.

∿

—Luca, si el Hombre Furia te pregunta, los Martes Silenciosos son una tradición muy arraigada en tu familia.

Luca levantó la vista del ordenador y observó cómo Pax entraba en su cuarto.

—No debería sorprenderme de nada de lo que digas, ¿verdad?

Pax le guiñó un ojo.

—No. Y ahora que hemos aclarado ese punto, voy a ducharme y luego provocaré un infarto a mi madre apareciendo en su casa y sentándome al piano a practicar música clásica durante horas.

Luca alzó ambas cejas.

—No te preocupes. Lo compensaré tocando la guitarra eléctrica durante toda la tarde.

—¿Hay algo que no sepas tocar?

—La flauta —Pax hizo una pausa—. Me refiero al instrumento.

Luca parpadeó.

—¿Y por qué vives conmigo si tu madre vive por aquí?

—Porque soy un chico independiente y autosuficiente que… tiene pánico de su madre.

Luca le señaló la mejilla.

—¿Le va a dar algo cuando te vea la cara?

Pax se miró en el espejo. Tenía el ojo de un feo color negro, con bordes amarillos.

—Ya, eso. Voy a necesitar maquillaje.

—¿Y de dónde lo vas a sacar?

Pax tuvo su Nokia en la mano en un segundo y buscó el más importante de los números. Por suerte, fue ella quien cogió.

—Hola, Bianca, ¿tendrías algo de base de maquillaje que puedas lanzar a Luca a través de la ventana del salón?

Capítulo Ocho

Tras un día y medio perfeccionando a Chopin, y acojonando a su madre en el proceso, Pax estuvo listo para el concierto matutino del miércoles. Esta vez fue el *Nocturno núm. 20* y el motivo para tocar esa pieza era el mismo que le había llevado a tocar el *Claro de luna* de Beethoven: porque para la gente normal, las 5:30 seguía siendo una hora intempestiva de la madrugada.

Después de correr, Cliff abrió la puerta de su jardín y se dirigió a casa sin contestar a la pregunta que Pax le había hecho. Y no se lo iba a permitir. Le debía una respuesta, y más le valía que esta fuera: «Sí, Luca puede dar clases de piano a mi hermana».

Cliff estaba metiendo la llave en la cerradura cuando Pax salió corriendo hacia él, pero justo cuando llegaba al porche, la puerta se cerró en sus narices. Sin problema. Hacía tiempo que no daba la murga con la cadenita de la campana y se dedicó a tirar de ella con alevosía, hasta que la puerta por fin se abrió. Pax se colocó una sonrisa deslumbrante y dijo:

—Déjame pasar, tenemos que hablar.

Cliff puso las manos a ambos lados del marco de la puerta.

—No.

—¿No?

—Por tres razones.

—A ver, cuáles.

Pax elevó tres dedos de una mano, listo para rebatir cada excusa.

—Tengo que darme una ducha. Tengo tres capítulos que terminar para mi director de tesis y porque, como ya sabes, las bolas están prohibidas en esta casa.

Pax ladeó la cabeza, tragándose la necesidad de soltar una carcajada.

—En cuanto a las excusas una y dos: nuestra charla solo nos llevará un momento. Y en relación a la tercera: creo que deberías ser más abierto con lo de las bolas. Y más aún con las mías. Empezando desde ya.

Cliff casi sonríe. Y casi saca a relucir su hoyuelo. Casi.

—Si quieres hablar, venga, empieza.

—La cosa es que… —Pax fingió toser y se puso una mano en la garganta—. Agua, por favor.

—Eres la persona más transparente que he visto en mi vida.

Pax dejó de fingir.

—¿Qué crees que pasará si me dejas pasar? ¿Que me convertiré en una imparable máquina sexual o algo así?

Cliff tragó saliva y le miró de arriba abajo.

—Mejor vamos a seguir como hasta ahora, comportándonos como… buenos vecinos.

—Antes tenía dudas de que supieras lo que significaba la palabra *amigo*; ahora, ya dudo hasta de que entiendas bien el concepto de *buen vecino*.

Cliff se acercó más a él y le dijo en un susurro:

—Un buen vecino es aquel que se queda en su lado de la valla.

Pax le tocó el puente de la nariz con el dedo índice, justo donde solían estar sus gafas. Cliff se echó hacia atrás por el ligero empujoncito.

—No en el barrio donde yo crecí.

—¿Y dónde es eso, exactamente?

—Port Chalmers.

—De donde proceden todos los ligones de Otago —dijo Cliff en tono irónico—. Te pega muchísimo.

Pax le guiñó el ojo y la cara de paciencia que puso Cliff hizo que se le marcaran un poquito los hoyuelos.

—Respóndeme una cosa y dejo de intentar colarme en tu casa.

—Dispara.

—¿Vas a dejar que Luca dé clases a Bianca?

¿Cómo que aún no estaba convencido de las aptitudes de Luca? Era la peor respuesta que le podía haber dado.

Pues nada. Se iba a enterar. Ahora sí que iba a entrar en esa casa.

Si Cliff le jodía, él jodería a Cliff. Y lo disfrutaría.

—Estás tramando algo —dijo Luca desde el puf donde estaba leyendo un manual de informática—. ¿Qué maquiavélicas ideas se están cociendo en esa cabecita tuya?

Antes de que pudiera responder, alguien aporreó la puerta principal, generando un enorme estruendo. Pax fue a abrir.

Era Henry. Tenía el pelo húmedo y eso hacía que sus rizos parecieran más largos de lo habitual. Entró y fue directo al salón.

—Pasa, no te cortes —le dijo Pax, pero Henry ya había desaparecido de su vista, dejando tras de sí un penetrante olor a piña. Pax dejó la puerta abierta para que se fuera el olor y para que a Henry le resultara más sencillo irse por donde había venido.

Tenían el salón medio a oscuras, con las cortinas corridas, pero Henry las abrió de par en par y la luz del sol invadió la habitación. Y también lo hizo la vista de la casa de al lado, por supuesto.

Luca dejó el manual y se unió a Henry en la ventana, pegando la nariz al cristal.

Pax se apoyó en el piano, desde donde pudo ver a Bianca arrodillada frente al árbol de Navidad. Parecía estar rezando, pero no lo tenía claro.

—Es tan mona… —dijo Luca.

Henry se retiró de las puertas correderas y se agarró el pecho de forma dramática.

—Ardo, languidezco, muero[2].

Pax le miró como retándole a que de verdad lo hiciera.

—Sigue trabajando en eso último, por favor.

Henry le frunció el ceño.

—Te dije que le distrajeras más, pero lo único que he obtenido hasta ahora son sobras, momentos robados mientras tú sales a correr. —Se acercó al otro extremo del piano y deslizó sus dedos por las teclas, hasta que su mano quedó justo al lado de Pax. Tocó las primeras notas de la melodía de *Tiburón*.

—Qué dramatismo, por Dios —dijo Pax poniendo la tapa sobre el teclado.

Henry sacó los dedos a toda prisa.

—Hablé con mi tío. Parece estar abierto a la idea de que seáis los teloneros de Lone Whistle and The Deserted.

Pax se irguió.

—Claro, que en cualquier momento podría hacerle cambiar de opinión.

—No, no, déjale con esa opinión.

Pax y su grupo lo bordarían.

—Quiero más tiempo con Bianca.

Luca les miraba con el ceño fruncido. Pax dirigió a Henry un gesto de asentimiento.

—La semana que viene hay una fiesta en el castillo de Larnach. Intentaré conseguir entradas para todos. Además, podrías…

Mierda, odiaba el solo sugerirlo, porque él estaba en el equipo de Luca, pero es que Henry podía conseguirle la actuación de sus sueños.

—¿Podría…? ¿Qué?

—Podrías ofrecerte para ensayar la obra con Bianca. Yo… convenceré a Cliff.

Henry se alisó el dobladillo de la chaqueta.

—Perfecto.

Se fue.

Luca cogió de nuevo el manual y hundió la cabeza en él. Pax sabía que le había decepcionado.

Se golpeó la cabeza contra el marco de la puerta, frustrado. ¿Desde cuándo ser un canalla le resultaba tan complicado? Estaba empezando a dudar de sí mismo. ¿Hasta cuándo podría esconder todos esos sentimientos que se había visto obligado a enterrar en lo más profundo de su ser?

—No le has dicho que era una fiesta de disfraces —dijo Luca en tono desenfadado, como si hubiera aceptado el dilema en el que se encontraba Pax, aunque fuera a afectar a sus posibilidades de ganar el corazón de Bianca.

En esos momentos, Pax se odiaba a sí mismo.

—Si va como va siempre, no desentonará.

Luca se rio, pero estaba frunciendo el ceño.

—¿Crees que estamos enfocando bien todo esto?

Pax acarició un lado del piano, el ritmo de su corazón gritaba «culpable» con cada latido. Quizá no fuera el mejor enfoque, pero… es que era el único enfoque que Pax entendía.

—Nada significa más para mí que la música.

Luca se quedó mirándole durante unos instantes y después sonrió, deshaciéndose en un instante de lo que fuera que había estado pensando.

—¿Necesitas que yo haga algo?

Pax se sacó el móvil.

—Que te quedes ahí sentadito, que estás muy guapo. Lo tengo controlado.

Sonaron dos tonos antes de que oyera la voz de Cliff:

—¿Qué estás tramando ahora?

—¿A que te encantaría saberlo?

—¿Y podrías tomarte un descanso en tus maquinaciones? Estoy a mitad de un capítulo que tengo que terminar.

—La cosa es: ¿puedes *tú* tomarte un descanso? Te pasas día y noche encerrado en ese despacho. Trabajar, trabajar y más trabajar. Solo paras para hacer esa especie de maratón que hacemos cada mañana o para dar órdenes varias a tu hermana.

—Se te está olvidando una cosa a la que dedico demasiado tiempo últimamente.

—¿Qué cosa?

—Estas conversaciones que no van a ninguna parte.

¡A ninguna parte!

—Al menos le doy algo de vidilla a tu estricto día a día.

La voz de Cliff le hizo cosquillas cuando dijo:

—Solo piensas en divertirte. Todo el rato. La vida es un juego para ti. Prefieres usar esa labia tuya para camelarte a quien sea, que ponerte las pilas y trabajar un poco.

—Si funciona…

—¿Y si algún día te deja de funcionar?

—No lo hará.

—Me apuesto lo que sea a que pasará y, cuando ocurra, te explotará en toda la cara. En algún momento, tu grupo se separará, tu fama se evaporará y tu bonita cara se marchitará. Has unido tu vagón al suyo en vez de hacer un tren para ti solo. Y sí, por supuesto que construir uno propio requeriría un gran esfuerzo, pero también es cierto que podría durarte toda la vida.

Las palabras arremetieron contra él como ese tren metafórico lo hubiera hecho. Pero aguantó el impacto y apretó la mandíbula, intentando controlar el miedo que acechaba en su interior.

—¿Siempre lo sueltas todo a bocajarro?

Un pausa.

—Normalmente, sí.

Pax se rio, tenso y, sin darse apenas cuenta, subió a su habitación; desde ahí podía ver a Cliff: estaba echado hacia atrás en su silla reclinable, mirando al techo. Verle así de… expuesto, aligeró un poco su frustración. Se alejó de la ventana y se sentó en la cama. Miró hacia el ángel y dijo:

—Quizá me necesites para divertirte, Cliff.

Un risa baja.

—Y quizá tú me necesites para que te diga este tipo de cosas.

Pax tenía un nudo en la garganta, casi no podía ni tragar.

—¿Podrías colgar para que pueda hablar con Bianca?

Pudo oír cómo Cliff suspiraba.

—Mañana nos vemos, Apolo. Y dile a Luca que toque algo de Debussy.

Colgaron.

¿Debussy? Pues tocaría su *Claro de luna*, que era de lo más apropiado.

Pax llamó de nuevo, pero tal y como sospechaba, Cliff había desconectado el teléfono. Sin problema. Tenía un plan B que implicaba hacer una visita a otro de los vecinos.

~

HENRY ABRIÓ SU PUERTA ENREJADA CON UNA CEJA ALZADA.

—¿Buenas noticias? ¿Tan pronto? Hay que ver lo que se consigue con la motivación adecuada.

¿Sonaría él así cuando estaba centrado en conseguir su objetivo? Porque le parecía demasiado directo. Cruel, incluso. Podía haber cierto tono jocoso, pero no lo suficiente como para suavizar la bofetada inicial.

—Estoy en ello —dijo Pax, que ya no estaba seguro si se lo decía a Henry o a sí mismo—. Necesito la ventana que da a la habitación de Bianca.

Henry se sonrojó y precedió el camino escaleras arriba.

Entraron en una habitación con estanterías del suelo al techo, sillones de piel, muebles de madera, unas cortinas de terciopelo rojas y un ukelele en una vitrina en el centro de la estancia. Parecía el escenario de un teatro. Siempre listo para soltar alguna frase de Shakespeare.

Pax se acercó a la ventana. La distancia entre las casas era mayor que la que había desde el cuarto de Pax al despacho de Cliff, pero tenía vistas directas al dormitorio de Bianca que, justo en esos momentos, estaba paseándose por la habitación leyendo en voz alta de unos papeles que llevaba en la mano. Ensayando, según parecía. Su ventana estaba entreabierta.

Pax abrió la ventana de Henry.

—Pst, pst, Bianca.

Estaba demasiado lejos para que le oyera, pero decir algo más alto alertaría al Hombre Furia.

Pax buscó por el escritorio un bolígrafo y escribió un mensaje en una cartulina amarilla; luego la dobló unas cuantas veces y, en segundos, tuvo listo un avión de papel.

Henry se burló:

—Te crees muy guay.

Pax apuntó y lanzó el avión, que voló unos cinco metros hasta que chocó contra la ventana y cayó sobre la cornisa. No había conseguido meterlo dentro, pero había conseguido llamar la atención de Bianca. Su sorpresa inicial mutó en una enorme sonrisa cuando vio a Pax.

—Léelo —articuló él, y señaló el avión.

Ella lo cogió y, tras leerlo, su cuerpo se estremeció en una risa silenciosa. Asintió.

Henry, de brazos cruzados, les miraba con mala cara.

—Ya es suficiente con que tenga que competir con el italiano. No me digas que tú también estás por ella.

—No estoy por ella.

Henry abrió la boca y la cerró de nuevo. Asintió.

Pax le dio unos golpecitos en el hombro. ¿Consolándole? ¿Haciéndole ver que le entendía? Era muy escalofriante lo mucho de sí mismo que veía en este chico.

—Creo que empiezo a entenderte.

—¿A entender por qué Bianca sería perfecta para mí?

—No. A entender por qué, posiblemente, nunca sea tuya.

Henry le miró con determinación y le dijo:

—Lone Whistle and the Deserted.

Pax hizo el camino a casa riéndose, pero fue una risa vacía e inquieta.

~

Tras convencer a Luca para hacer un viajecito al centro para recoger unas cosas, Pax estaba entre los helechos, asomado a la ventana del salón de los Wilson. Hablaba en susurros con Bianca, a la que acababa de dar un póster suyo y una bola de Navidad firmada, con su cara estampada en ella. *Merchandising* del grupo. Tras su conversación telefónica con Cliff —y ese extraño encuentro con Henry— se había sentido raro y ahora sentía la enorme necesidad de negarlo. De aferrarse a ese Pax que tan bien conocía.

El Pax que adoraba su propia cara. El Pax que disfrutaba de que otros adoraran su cara.

—¿Colgarás la bola en el árbol? ¿Y el póster en el cuarto de Cliff?

Bianca asintió con ambas cosas en las manos.

—Y esto es para ti —dijo Pax pasándole un *walkie-talkie*—. Así podremos hablar sin interferencias. Y sin que a tu hermano le dé algo cuando vea la factura del teléfono.

Bianca le miraba con la cabeza ladeada y los ojos brillantes. Esa era una mirada de admiración y él lo sabía bien. Y, sí, seguía gustándole, así que su maldición parecía seguir en pie.

—¿Qué tipo de brujería le estás haciendo? —preguntó bajito Bianca—. Cliff lleva raro todo el fin de semana.

—¿Más raro de lo habitual?

Sip. Seguía maldito. Seguía siendo el de siempre.

—Cuando cree que nadie le ve, sonríe.

No era eso lo que Pax había esperado oír. Que le había escuchado maldecir o algo así, sí, pero… ¿sonreír?

—Me tiene asustada.

Ah, bueno… que a lo mejor Bianca se refería a una sonrisa burlona, astuta. Esa que, últimamente, se aparecía en su mente sin previo aviso. Pax sabía lidiar con ese tipo de sonrisas.

—No lo pienses demasiado. Le venceremos y, para eso, necesito ponerme con mi misión de reconocimiento cuanto antes, que me cuentes todo lo que puedas para conocer a mi enemigo.

—¿Para poder distraerle mejor?

—Sí. Pero tampoco te voy a mentir: una gran parte de mí quiere que me encuentre encantador. No lo puedo evitar, es un defecto que tengo. Puede que esté intentando corregirlo. O puede que no.

Bianca se despidió con un gesto de «a sus órdenes».

Una vez solucionado este tema, lo único que tenía que hacer era practicar Debussy y esperar.

CUANDO LLEGÓ LA MAÑANA DEL JUEVES, PAX SE DEJÓ EL alma en el piano. O lo que tuviera en lugar de un alma. Luca le dijo que Cliff le había estado escuchando con más atención de lo normal, al pie del árbol de Navidad. Eso le hizo sonreír.

Pero, para desgracia de su pobre ego, Cliff no dijo nada de la bola navideña durante su carrera diaria.

Quizá Pax debería aceptar que la vida no giraba en torno a él.

—Deberías dejar que Henry practique el guion de la obra con Bianca.

«Para que yo pueda cerrar el trato y abrir para Lone Whistle and the Deserted», pensó.

Mierda.

—Por el bien de tu hermana, por supuesto —siguió diciendo Pax.

Ese triste intento de redimirse le sonaba falso hasta a él.

—Puedes estar presente, si no te fías. O pasar tiempo

conmigo mientras. Sí, eso, pasar tiempo conmigo es mucho mejor.

Justo ahí había un árbol que parecía perfecto para darse de cabezazos contra él.

Cliff se quedó mirándole un buen rato, con curiosidad. Y redujo la marcha para ponerse al ritmo de Pax. Pero no le dijo nada y Pax se centró en correr, para no pensar demasiado en cómo su plan acababa de fracasar.

Pasaron dos días y el nivel de frustración de Pax alcanzó límites insospechados. Intentaba no ofenderse por el hecho de que Cliff no le hubiera ni mencionado lo de las bolas de Navidad que, con la ayuda de Bianca, habían ido apareciendo en su árbol. Pero ya estaban a sábado y Pax no aguantaba más.

Esperó a que Cliff terminara de hacer los *muffins* de limón que solía hornear dos veces por semana y, en cuanto subió a su despacho, Pax pidió el *walkie* a Luca y le dijo a Bianca que le pasara una de las bandejas por la ventana.

Bianca dudó.

—Es que justo hoy se ha puesto muy, pero que muy pesado con que no tocara los *muffins*.

Mejor aún.

Pax cogió la bandeja de delicias y le dio uno a un peatón que pasaba en esos momentos por ahí; envolvió otro en una servilleta y se lo metió a Henry en el buzón y se comió el resto con Luca en el salón.

Cuando oyó pasos por el pasillo, notó una especie de gusanillo en el estómago. Guiñó un ojo a Luca y se giró para ver a Cliff aparecer. Le sonrió.

—Has venido a mí, tal y como quería —dijo Pax. Y se

lamió los restos de *muffin* de los dedos con una sonrisita descarada.

Cliff entró en el salón como si le perteneciera. Se acercó al piano, arrastrando los dedos por él.

—Estás pidiendo a gritos que te haga caso. ¿Qué te traes entre manos con mi hermana?

—¿Tú qué crees, chico listo? Estamos urdiendo un plan, por supuesto.

Cliff arqueó una ceja. Parecía que aún no había encontrado las gafas. Quizá ni hubiera tenido tiempo de buscarlas. Tenía el pelo despeinado, como si se hubiera olvidado de peinarse tras la ducha. Y hoy no llevaba uno de esos polos que se ponía para sentarse a trabajar en su tesis, sino una camiseta negra sencilla, bastante parecida a las que se ponía para correr. Seguro que era su día de hacer la colada y por eso hoy iba rollo guay y despreocupado. Y Pax no estaba seguro de si eso le gustaba o no.

Cliff dirigió la mirada hacia las migajas que quedaban en la bandeja que descansaba en la mesita de café y se cruzó de brazos, haciendo repiquetear los dedos de su mano izquierda sobre su bíceps derecho.

Pax se acercó al piano y se reclinó sobre la cubierta, quedándose a menos de un metro del Hombre Furia. Luca se puso en pie lo más rápido que pudo y salió disparado del salón.

Cliff no le quitó los ojos de encima a Pax en ningún momento.

—¿Qué quieres?

—No estás dejando ninguna libertad a tu hermana para que viva y experimente.

—Va a teatro. Tiene amigas. Juega al fútbol. Tiene cada libro que quiere. La llevo donde me pida o le dejo el coche para que vaya por sí misma. Puede tener lo que le dé la gana, menos…

—¿Bolas?

—Es joven.

—Tiene diecisiete años. Tú y yo perdimos la virginidad bastante antes de esa edad.

Cliff hizo una pausa.

—¿Y tú qué sabes?

Pax le hizo un gesto señalándole de pies a cabeza.

—Solo hay que verte. Pero a lo que voy: quizá el mejor regalo que puedas hacerle este año sea un romance de verano.

Cliff le miró con ojos entrecerrados, pero no hizo comentario alguno.

Pax insistió:

—Y ya que estamos, podrías hacerte el mismo regalo a ti mismo.

Cliff apartó la mirada y soltó una risotada.

—Ya tendré tiempo de romances más adelante. Cuando termine el máster y encuentre un trabajo. Cuando tenga algo que ofrecer a alguien.

—¿Algo como qué?

—Ser guapo no lo es todo. Una cabeza bien amueblada es más importante.

Pax fingió sentirse ofendido y, llevándose una mano a la boca, habló en tono conspiratorio:

—Pues creo que deberías aprovecharte de lo de ser guapo mientras todavía puedas, Clifford.

Cliff se quedó estudiándole durante un buen rato y justo cuando Pax creyó que le rebatiría, pareció ceder. Había un pequeño brillo en sus ojos y Pax contuvo el aliento y cargó de nuevo sus cañones, listo para disparar de nuevo.

—Está bien —dijo Cliff—. Luca puede darle clases de piano y Henry ensayar con ella, siempre y cuando yo esté en casa.

Pax se relajó un poco contra el piano. Ya pensaría en la logística de esas clases de piano. Por ahora, se regodearía en la victoria.

—¿Se levanta la prohibición de la bolas, entonces?

—Con todas tus bolas llenando mi árbol de Navidad no creo que las de estos dos deban preocuparme demasiado.

Pax soltó una enorme carcajada y, esta vez, Cliff no pudo esconder la sonrisa. Lo que sí hizo fue cambiar rápidamente la expresión.

—Tampoco estés tan contento. Puede que te arrepientas de que haya cambiado de opinión respecto a las bolas.

Cliff le cogió de la mano y Pax notó el frío contacto contra su palma, más cálida. Tras un ligero apretón en los nudillos, Cliff tiró de él, arrastrándole contra su cuerpo.

—Te vienes conmigo.

Pax había entrado en casa de mucha gente. Tanto fanes, como otros artistas, les invitaban a todas partes. Las puertas se abrían fácilmente ante él y Pax las traspasaba sin titubear.

Pero, en estos momentos, su paso no parecía igual de firme.

Cliff le apretó la mano y le condujo a través de la puerta.

En cuanto sus zapatillas rozaron el pulido suelo del interior, un temblor le subió por las piernas y le caló bien dentro, aferrándose a él. Era una sensación de calidez, como ponerse a cubierto después de llevar mucho tiempo expuesto al frío. Una sensación rara, parecida a la que sentía cuando tocaba al ángel. Pero todavía más poderosa.

Sintió un escalofrío y Cliff le soltó, deslizando los dedos con suavidad sobre su meñique.

—Sígueme.

«No tan rápido», pensó. Quería fijarse en cada detalle. Se asomó para ver ese infame salón y respiró el aire fresco que se colaba por la ventana.

Desde donde estaba, la habitación parecía la misma: sofás grises, cojines de color azul, una gran alfombra en el centro y, sobre ella, una mesa de café de madera con un jarrón lleno de magnolias. Y ahí estaba el árbol de Navidad gigante con solo tres bolas colgando de sus ramas.

Parecía la misma habitación, sí, pero era distinta. Cálida y luminosa; olía a árbol, a los *muffins* que había robado y a otros mil olores que se habían ido filtrado entre sus paredes a lo largo de la vida de Cliff.

Y… se estaba… a gusto.

Pero pegada a esa sensación de confort había algo que le revolvía por dentro. Miraba el árbol y veía el que había comprado con el grupo. Parecía que no podía quitarse de la cabeza la imagen de él y sus colegas metiendo a esa bestia parda de abeto dentro de casa. Tampoco podía dejar de pensar en cómo lo habrían decorado. Ni en cuándo le mandarían algún mensaje.

—¿No te parece que esa habitación ya la tienes demasiado vista? —le dijo Cliff con las cejas alzadas.

Pax se irguió y trató de liberar la tensión que bullía en su interior soltando una carcajada.

—Voy donde tú me digas, Hombre Furia.

Cliff le atravesó con la mirada y Pax tembló. Fue su turno de tragar saliva.

Cliff se dio la vuelta de forma abrupta y le condujo a una gran cocina con comedor incorporado.

Pax se dirigió hacia la isla central. Habían pasado una bayeta por encima, pero en una esquina aún podía verse un poco de harina espolvoreada. Cogió un taburete negro y pidió leche.

—Es que se me ha quedado un poco de *muffin* de limón en la garganta.

Su sonrisa era la más pícara de su repertorio y tenía que notarse.

Cliff sacó la leche del frigorífico y sirvió un poco en un vaso.

Cuando Pax fue a cogerlo, Cliff se lo quitó y, mirándole por encima del borde, vació su contenido en un par de tragos.

Pax sabía cómo contestar a eso: bebiéndose la leche directamente de la jarra.

Cliff esperó a que acabara. Y puede que Pax se sintiera un poco culpable por haber dejado solo un cuarto de leche, pero le sonrió sin vergüenza.

—Gracias —dijo.

Cliff cogió la jarra, se sirvió lo que quedaba en el vaso, y se lo acabó.

—Los *muffins* eran para un albergue de personas sin hogar.

Para un albergue…

Mierda.

¿Y él los había engullido sin pudor?

No pensaba en nadie más que en él. Quizá ese fuera el motivo por el que sus únicos amigos eran las Tres Tes y el tipo del banjo…

¿A quién pretendía engañar? El del banjo no era su amigo.

Cambió de posición, incómodo, sin saber muy bien cómo manejar la mortificación que ahora le trepaba por el cuello.

—Donaciones a un refugio para gente sin hogar… A

ver si va a resultar que la Furia tiene un lado sensible y capaz de amar.

Cliff le dedicó una mirada que parecía decir que sabía por qué Pax soltaba un mal chiste.

—A veces —contestó mientras cogía un delantal con estampado de manzanas de un gancho en la pared y rodeaba el taburete de Pax. Se paró detrás de él—. Supongo que en esta época del año uno piensa más en los demás; es tiempo de ser generoso.

—Tiempo de hacer amigos, también —añadió Pax, cuyo guiño le pareció poco natural incluso a él.

Cliff hizo un asentimiento que era más una evasiva que otra cosa, sabiendo sin duda que eso picaría a Pax. Y así fue.

Una vez que los tirantes del delantal se deslizaron por los hombros de Pax, la Furia se alejó de él. Las cosquillas que sintió por el contacto fueron un añadido más a esa extraña sensación que había tenido desde que puso un pie en esta casa.

Pax estaba a un tiro de piedra de estallar en una risa nerviosa.

Cliff cogió el recetario y lo giró hacia Pax.

—Ahí tienes la receta. Tienes todo lo que necesitas en los armarios.

Dicho eso, abrió un manual llamado *Criminología contemporánea interpersonal*, se sentó en el taburete de al lado y se echó hacia delante para absorber bien cada párrafo, cada frase, cada palabra.

¿Hacer *muffins*? Vale, se lo merecía. Podía hacerlo.

Abrió cada armario y, poco a poco, fue encontrando todos los ingredientes. Para disimular la vergüenza que sentía, a la vez que preparaba la mezcla, iba chocando los cubiertos unos contra otros, haciendo música.

En varias ocasiones miró a Cliff, que no levantó la cabeza ni una sola vez para mirarle. Y parecía que pasaba las páginas de verdad y todo. Por un lado, era un alivio; por otro, le fastidiaba. Quería quitarse esa sensación rara de encima. Quería volver a su estado normal: el de narcisista encantador.

Al menos, escuchar a Bianca tocar el piano en el piso de arriba les hacía estremecerse a los dos a la vez en perfecta sincronía.

—Les he echado demasiada azúcar —dijo Pax, que parecía que volvía a ser el de antes.

Cliff alzó la vista y frunció el ceño.

—Que les he echado demasiada azúcar. Pero no ha sido mi culpa, sino tuya. Estaba tan centrado en lo amargado que pareces a veces que supongo que lo he compensado de forma metafórica con la masa de los *muffins*.

Cliff frunció el ceño aún más.

Pax se lo aclaró:

—Imagínate que la masa eres tú: pues le he añadido la dulzura que te falta.

—¿Alguna vez dices algo cuyo fin no sea insultar o intentar sacar provecho de la situación?

Pax se frotó la nuca, extendiendo un poco de masa por su piel.

—Normalmente, no.

—Pues trabaja un poco en ello.

Ya, pero… ¿cómo?

En cuanto Bianca apareció en la cocina, Cliff cerró el libro y se bajó del taburete.

—Necesito concentrarme. Cuando hayas acabado de husmear y cotillear, déjalo todo como estaba.

Eso llamó la atención de Pax. ¿Le estaba dando permiso para hacer de las suyas?

—Oído cocina.

Bianca estaba a un lado de la isla mirándoles a ambos como si de un partido de ping-pong se tratara.

—Que no se quemen los *muffins*.

—No, hombre, eso arruinaría toda la metáfora del azúcar.

Cliff acarició el brazo de su hermana al salir y segundos después se oyó el crujir de las escaleras de madera.

Pax ya se estaba quitando el delantal y tirándolo al otro lado de la cocina. Guiñó un ojo a Bianca.

—¿Me haces un favor?

—Que no se quemen.

—Eres una chica muy lista.

La dejó riéndose y se fue a recorrer la casa, cada habitación, tomando nota de todo. Respiró el aroma a comodidad que había por todas partes, imaginándose a Cliff y a Bianca de pequeños.

Investigó cada cuarto a conciencia, pasando de largo el de Bianca y el despacho. Solo quedaba una habitación; tenía que ser la de Cliff. Puso la mano en el frío metal del pomo, lo giró…

Lo giró otra vez...

Pax retrocedió y se apresuró por el pasillo irrumpiendo en el despacho sin ni siquiera llamar.

Cliff estaba sentado frente a su mesa, escribiendo algo. Los libros se apilaban sobre el escritorio y el zumbido que emitía el ordenador indicaba que estaba encendido. Podía notar su respiración en la forma en la que se le ensanchaba la espalda con cada inspiración y exhalación.

—¿Has cerrado con llave tu habitación a propósito?

Cliff siguió escribiendo.

Pax le puso las manos sobre los hombros y se inclinó sobre él para ver qué era tan fascinante. Su mejilla rozó la oreja de Cliff, que se tensó de inmediato y Pax sintió cada músculo contraerse bajo la palma de su mano. De hecho, casi hubiera jurado que su respiración se hizo irregular durante unos segundos.

—Vaya, qué interesante.

Cliff se aclaró la garganta y contestó con un tono aburrido bastante convincente.

—¿Qué es lo que te parece interesante?

Pax sonrió, rozando su mejilla con la del Hombre Furia y haciendo un gesto hacia el escritorio.

—El título de lo que estás escribiendo: *Cómo coger a un delincuente*.

Soltó los hombros de Cliff e investigó un poco el despacho. Se paró ante la ventana que daba a su habitación: una gran vista, debería aprovecharla más.

Mientras se dirigía de nuevo hacia la mesa sus dedos bailaron sobre las teclas del piano de forma ausente. Sobre el escritorio había una vieja llave de metal, de esas que se usaban para abrir puertas antiguas.

Pax se apoyó en la mesa, la mano muy cerca de la llave.

—¿Qué secretos escondes en tu habitación para no querer que la vea?

—Deja volar tu imaginación —contestó Cliff, aún absorto en su trabajo.

Pax se apartó, llave en mano y salió del despacho.

—Voy a comprobar los *muffins*.

—Una cosita antes de que te vayas.

Cliff fue hacia él.

Pax notó el aire chisporrotear a su alrededor. Se estremeció. Era tan fuerte que tuvo incluso que agarrarse a la barandilla de la escalera para estabilizarse.

—Dime.

—La próxima vez que haga *muffins* los voy a hacer con harina integral.

Pax no entendía nada.

Cliff se metió la mano en el bolsillo y, meciendo las caderas hacia delante, se sacó una llave antigua. Era casi idéntica a la que él le acababa de quitar.

—Quizá eso añada un poco de la *fibra* moral que te falta. Un poquito de la integridad que brilla por su ausencia. —Cliff miró su puño cerrado con excesiva satisfacción, a sabiendas de lo que ahí escondía—. ¿Te importaría devolver la llave que has robado? Es la del baño.

Pax no sabía si reír o llorar. Optó por un aplauso lento y pausado.

Cliff se dio media vuelta y le dejó ahí aplaudiendo.

—Bajo en quince minutos.

Pax entró como un torbellino en la cocina, lo que provocó que Bianca alzara las manos al aire y dijera:

—¿Qué ha hecho ahora?

—¿Cómo soportas que siempre tenga razón?

—Has visto cómo nos peleamos, ¿no?

Pax se cruzó de brazos.

—¿Hay llave de repuesto de su cuarto?

—No. —Hizo una pausa—. ¿Cómo se te da trepar por una enredadera?

~

¿LA RESPUESTA A ESA PREGUNTA? MAL. SE LE DABA MAL.

Pero, igualmente, lo hizo.

Y ahora estaba colgado de un balcón de madera, dando gracias al cielo porque la ventana corredera estuviera abierta. Entró en la habitación y, tras parpadear para acostumbrarse al cambio de luz, echó un vistazo al cuarto de Cliff.

No había nada fuera de lo común: una cómoda, estanterías llenas de libros y varias figuritas de pájaros de madera, una cama grande con un edredón de rayas grises y dos mesillas con lámparas rojas. Para su sorpresa, había una televisión y un armario con cintas de video.

Lo que no le sorprendió fue el enorme corcho que había sobre la cama. Estaba dividido en tres columnas: cosas que Cliff tenía que hacer, cosas que estaba haciendo, cosas ya conseguidas.

Pax chasqueó la lengua, sonriendo y oliendo los restos de *aftershave* que flotaban en el aire. Siguió el olor hasta su fuente: una botella de porcelana sobre la cómoda. Cuando estaba leyendo la etiqueta otra cosa llamó su atención: un rollo de papel brillante y algo de cristal.

Su póster. Estaba enrollado y atado con una goma y, junto a él, el primer secreto de Cliff: sus gafas. Al parecer, ya las había encontrado.

Entonces, ¿por qué no se las ponía?

Pax las cogió, algo revoloteando en su estómago. Abrió las patillas y se las puso. Lo vio todo tan espantosamente borroso que se las quitó corriendo.

—Por Dios, Cliff, casi me das pena.

Volvió a dejarlas donde las había encontrado, desenrolló el póster y lo puso en el corcho entre el «cosas que hacer» y el «haciendo». En la foto su cara estaba estupenda, no como ahora; aunque el moratón por fin empezaba a desvanecerse.

Buscó fotos de Cliff, pero no había rastros de vanidad por ningún lado. No había siquiera un espejo. Un momento: había una foto en la mesilla izquierda.

Pax rodeó la cama y la cogió.

Apretó los dedos alrededor del marco redondo.

La foto era de un árbol de Navidad, con el ángel mágico arriba del todo y la imagen borrosa de una pareja que se abrazaba. Pax supo al instante que se trataba de los padres de Cliff y Bianca.

Se quedó sin aliento.

Volvió a dejar la foto y bajó la enredadera con un nudo en la garganta.

Ocupó su sitio en la cocina, junto a Bianca, justo antes de que Cliff apareciera. A tiempo de no levantar sospechas. Luchó contra el picor en los ojos y se dispuso a sacar los humeantes *muffins*.

—Hecho —dijo con voz entrecortada.

Cliff le oyó y se giró hacia él de forma brusca.

—¿Por qué suenas como si hubieras perdido a tu mascota?

Pax puso la bandeja sobre el horno, aún luchando con la desazón en su estómago.

—Ha sido la cebolla.

—¿Cebolla? ¿De qué son exactamente los *muffins*?

Pax soltó una carcajada, pero se calló de forma abrupta. ¿Cuánto les habría costado a Cliff y a Bianca volver a reír?

Que te robaran la risa era muy triste.

Vale. Era cierto que Pax tenía una finalidad concreta en esto de hacerse amigo del Hombre Furia. Pero ¿de verdad era necesario que todo fuera por egoísmo? Ya que estaba, podría hacer algo desinteresado, ¿no? Una buena obra porque sí. Porque los hermanos Wilson necesitaban música en su vida y Pax Polo sabía tocarla.

—Se me ha ocurrido un plan para esta tarde —dijo Pax alegremente.

—Tengo trabajo.

Pax se reclinó sobre la encimera, cogió las manoplas del horno y se cruzó de brazos.

—Venga, Cliff, que tenemos ya muchos frentes abiertos; déjame ganar esta pequeña batalla y di que sí, anda.

Bianca se acercó a su hermano por la espalda y le dio un golpecito en el brazo.

—Dice que sí.

Cliff la miró y pareció darse cuenta de lo contenta que estaba y de la esperanza que brillaba en sus ojos. Alzó las manos en señal de derrota.

—Está bien —dijo mirando a Pax con desconfianza—. ¿Y a qué he dicho que sí, si puede saberse?

Capítulo Nueve

—¿**R**opa de segunda mano? —preguntó, incrédulo, Cliff.

—Un placer divertido y saludable.

Estaban en la puerta de la tienda, Luca y Bianca iban justo detrás de ellos y Cliff no le quitaba el ojo de encima a su hermana. Pax tuvo que empujarle para que entrara y les dejara en paz.

—Venga —le intentó convencer, divertido. Una de sus misiones de esta tarde era que la Furia sonriera, al menos, una vez—. Es la una, estamos a plena luz del día y vas a estar a diez metros de ellos todo el rato. Nadie va a embarazar a nadie.

Cliff entró en la tienda de mala gana. Se trataba de un almacén del tamaño de un campo de fútbol. Tenía unas columnas enormes que se extendían hasta un altísimo techo y estaba todo abarrotado de atuendos de segunda mano. Nada más entrar, Pax sintió el frío del aire acondicionado contra su piel y se le puso la carne de gallina.

—Y ahora es cuando empieza lo bueno —dijo, respi-

rando el aroma a ropa vieja mientras le daba una palmadita a Cliff en la espalda.

—¿Y qué es para ti «lo bueno», exactamente? —le
preguntó este, mirando con atención los pasillos a su
alrededor.

—Desnudarnos el uno frente al otro mientras nos
probamos ropa de putón, dos tallas más pequeña que la
nuestra. Va a ser fantástico.

Cliff le miró, divertido.

—Eso parece supersaludable, sí.

—Yo ya me lo estoy pasando en grande —dijo Pax,
poniéndole un sombrero de vaquero que acababa de coger
de una balda.

Empezaron a recorrer los pasillos; Pax iba cogiendo
prendas que desechaba al instante. La fiesta del próximo
martes en el castillo de Larnach era temática: tenían que ir
vestidos de algún personaje literario. La cosa era: ¿como
quién se disfrazarían?

Cliff le seguía, mascullando entre dientes y recogiendo
la ropa que se caía al suelo cuando Pax intentaba —sin
mucho éxito— devolverla a los percheros.

Bianca y Luca estaban en la otra punta del almacén,
donde estaban los vestidos de baile y, por suerte, Cliff
parecía haber decidido darles un poco de espacio.

—¿Estás buscando algo en concreto? —le preguntó
Cliff mientras recogía unos vaqueros del suelo y los colocaba de nuevo en su sitio.

«Un disfraz y una sonrisa. Y no necesariamente en ese
orden», pensó Pax.

—*Sip*.

—¿Y sabes dónde encontrarlo?

—*Nop*.

—Pues sí que es divertido tu plan, sí.

Pax contuvo la risa.

—¿Cuál es tu libro de ficción favorito?

—*1984*. De George Orwell.

—No me sirve.

Pax envió un mensaje a Luca para que le diera ideas.

Luca: *No sé, me da igual, siempre que no sea algo de Shakespeare. ¿Sabías que Henry le escribe una frase al día a Bianca?*

Pax: *Descartamos Shakespeare. Pregúntale a Bianca por algún otro libro favorito.*

Desde donde estaban, Pax podía verles y, aun en la distancia, la cara de enamorado con la que Luca miraba a Bianca era más que evidente. Su sonrisa era cegadora y la que ella le devolvía, también.

Cliff siguió la dirección de su mirada y, al reparar en ellos, se tensó. Daba la impresión de que iba a salir disparado en dirección a la pareja, así que Pax tuvo que agarrarle del brazo para detenerle.

—Solo están eligiendo un vestido.

—¿Un vestido de qué? —preguntó Cliff.

Con la mano que tenía libre, comprobó el mensaje de Luca.

Luca: La princesa prometida. *Dice que quiere ser Buttercup. ¿Puedo ser Westley, por favor?*

La verdad es que Pax era muy Westley, pero estaba claro que Luca necesitaba el papel más que él. Así que se lo cedería sin dudar. Lo que fuera que les hiciera seguir sonriendo así.

Pax: *Como desees.*

Y, ahora, la cosa era: ¿cómo hacer que Cliff también sonriera de esa forma tan deslumbrante?

Quizá un disfraz ayudara.

Pax le miró de arriba abajo.

—Vale, necesito una camisa blanca —dijo, sin añadir el resto de su plan, que requería encontrar otra amarilla para Cliff. Larga y ajustada, a ser posible.

No la encontró, pero se hizo con algo que podría servir.

Arrastró a Cliff hasta un pasillo vacío, hizo una bola con la prenda y la presionó contra sus duros abdominales, diciéndole:

—Quítate la camisa y pruébate esto.

—¿Un vestido? —preguntó, cuando pudo echar un vistazo a lo que Pax le había dado.

Pax se deshizo de su camiseta y empezó a probarse la camisa blanca que había escogido para sí mismo, pero cuando iba a meter la mano en la manga, no pudo. Parecía que el puño se había enganchado con algo. Empezó a tirar para intentar liberarse.

Cliff cruzó la distancia que les separaba y empezó a intentar desenganchar la camisa. Su cuerpo era una bola de calor junto al de Pax y el vestido amarillo, que seguía en su mano, le acariciaba el pecho con cada movimiento. Sacaba la lengua y se la pasaba por el labio superior en señal de concentración y sus dedos eran como caricias contra la piel desnuda de su hombro. Pax no pudo evitar el estremecimiento que le recorrió de pies a cabeza.

—¿Tienes frío? —preguntó Cliff, levantando la vista.

—Tengo frío el corazón, pero estoy trabajando en ello.

Y, esta vez, lo decía de verdad.

Cliff marcó un poco de hoyuelo ante esa respuesta. No fue una sonrisa como tal, pero estuvo cerca.

Cuando, por fin, la manga quedó liberada, Pax tragó

saliva y se dispuso a vestirse, pero antes de que pudiera terminar de ponerse la camisa…

—Espera —dijo Cliff, agarrándole del codo y provocando que la piel fría de Pax estallara en llamas—. ¿Por qué llevas tatuado el símbolo del Banco Nacional? —dijo, tras unos segundos observando el tatuaje de su brazo.

—No es el caballo del Banco Nacional.

Cliff le dejó marchar.

—Pues lo parece.

Pax se puso la camisa y se la abrochó.

—Ponte el vestido —le alentó, alejándose de él.

Empezó a revolver entre un montón de chaquetas de cuero en busca de un chaleco marrón. Cuando lo encontró, junto con un cinturón a juego, se los llevó a Cliff, que le esperaba con cara de paciencia y unos abdominales marcadísimos gracias a lo ajustado que era el vestido. La prenda se ensanchaba un poco en las caderas, quedaría muy bien con unos *leggings*.

—Dos tallas menos que la mía —dijo Cliff, suspirando—. Justo lo que prometiste.

Pax se tragó la risa y le pasó el chaleco y el cinturón.

Cliff tuvo el buen tino de no hacer ninguna pregunta y se lo puso todo sin rechistar. La verdad es que estaba quedando de maravilla. Casi perfecto. Pero faltaba algo… Echó un vistazo a las pelucas que había al otro lado del pasillo y, al acercarse para ver mejor, se tropezó, cayéndose contra los duros pectorales de Cliff.

Una mano firme le estabilizó, agarrándole de las caderas, y unos dedos suaves se deslizaron por su piel, por debajo de la camisa. Pax se agarró al hombro de Cliff, que levantó la vista hacia él. Seguía sin ponerse las gafas. ¿Por qué? ¿Cuál sería el verdadero motivo?

—Vaya… alguien ha dejado tirada una chaqueta de cuero en el suelo —dijo con voz temblorosa.

—¿Quién habrá sido? —preguntó Cliff con una ceja enarcada, dándole un pequeño apretón en la cadera.

—Pues no sé —contestó Pax, sonriendo—. Algún idiota.

Haciendo un sonido que podría haber pasado perfectamente por una risa, Cliff le soltó, y Pax, ya estable sobre sus pies, se dirigió hacia las pelucas. Cogió una de pelo castaño corto, con un elástico bastante grande y, mirando atentamente la frente de Cliff, se la puso en la cabeza.

Le pasó un par de guantes negros y apreció la perfección del disfraz.

—¿Crees que te podrías dejar crecer algo de barba? —le preguntó.

Cliff se miró a sí mismo de arriba abajo y fingió mesarse una barba inexistente.

—¿Por qué me has vestido como el conde Rugen, de *La princesa prometida*?

Qué buen ojo tenía.

—Porque, como él, disfrutas sometiendo a otros a tu voluntad.

Y ahí estaba. El rastro tenue de una sonrisa. Efímera, pero real.

Y este verano habría más de esas. Pax se aseguraría de que así fuera. De solo pensar en ello se le hinchaba el pecho y se le llenaba el estómago de mariposas. Mariposas que revoloteaban emocionadas y… nerviosas.

—Supongo que eso te convierte en Íñigo Montoya —dijo Cliff.

Pax soltó una carcajada nerviosa.

—¿Por qué supones semejante cosa?

Cliff le miró durante unos instantes.

—Porque tu objetivo es acabar conmigo.

—No antes de la fiesta de Navidad en Larnach.

~

«ME LO PENSARÉ», HABÍA DICHO.

Era lo más cercano a un «sí» que le había oído alguna vez a Cliff. Y lo había dicho voluntariamente y sin coacción. Vale que no era la más firme de las afirmaciones, pero era suficiente como para que Pax hubiera vuelto a casa sonriendo.

Ahora deslizaba los dedos por las cuerdas de la guitarra eléctrica, haciendo que el aire en su habitación crepitara. La música le recorría la piel, pero su efecto no era capaz de disipar el rastro que el toque de Cliff le había dejado, el recuerdo de esa mano en su hombro, en sus caderas.

Empezó a tocar más fuerte, más rápido; se sumergió por completo —cuerpo, mente y alma— en un *riff* que enseguida se convirtió en la *Quinta Sinfonía* de Beethoven.

El ángel brillaba en el alféizar, reflejando la luz de media tarde que entraba por la ventana. En el despacho de Cliff no había nadie, pero seguro que la música se oía por toda su casa.

Tocó hasta quedar exhausto, recogió el equipo y se duchó; después, fue al cuarto de Luca y se tiró en su cama. Ahí tumbado, bocarriba y con los brazos flexionados tras su cabeza a modo de almohada, le escuchó parlotear en italiano.

—Mi hermana no se cree que vivas conmigo —le dijo cuando colgó.

—La próxima vez, pásamela y coquetearé con ella.

Luca se rio.

—Eso es mucho mejor que lo de la camiseta firmada, desde luego. ¿Y puede saberse qué estás maquinando? Te brillan demasiado los ojos.

Pax se puso de lado levantándose sobre un codo.

—Mañana vas a dar clases de piano a Bianca.

Eso fue recibido con una sonrisa nerviosa y llena de entusiasmo.

—No veo el momento de que llegue mañana.

—Pues a menos que quieras que sea la primera y última clase, necesitamos un plan.

—Sabía que estabas tramando algo —dijo Luca con una sonrisa aún más grande—. ¿Qué tengo que hacer?

—Hagas lo que hagas —dijo Pax, a modo de plan—. No toques el piano.

El teléfono le vibró en el bolsillo. ¿Sería Tony? Miró la pantalla: número desconocido. Descolgó.

Una voz masculina que conocía bien llegó desde el otro lado de la línea. Por un lado, se sintió aliviado; por otro, decepcionado. Ambos sentimientos luchaban por la dominancia.

—¿Me lo vas a explicar?

Ah, así que Cliff había visto el póster.

—¿Este es tu número de móvil? Porque me vendría fenomenal tenerlo.

—¿Cómo has entrado en mi habitación?

—No me puedo creer que acabes de darte cuenta.

—Es que no había entrado hasta ahora.

—¿Y qué vas a hacer a estas horas en tu cuarto? ¿Ya te vas a la cama?

—Me voy a duchar.

Pax empezó a moverse por la habitación de Luca, toqueteando los cubos de Rubik que había por las estanterías.

—Una ducha antes de cenar, ¿eh? —dijo, sonriendo—. Ya. Pásalo bien.

Una pausa.

—Estás cambiando de tema.

—Yo a esto lo llamo coquetear, pero bueno. Ve, embadúrnate el cuerpo en gel y ya me pasaré luego a contarte al detalle cómo me he colado en tu habitación.

Colgó antes de que Cliff pudiera decir la última palabra. Le dolía la cara de tanto sonreír. Cuando se giró, se encontró con la atenta mirada de Luca e, irguiéndose, le dijo:

—¿Qué te parece desayunar mañana con Bianca?

PAX DECIDIÓ QUE NO SE ACOSTARÍA. ¿QUÉ CLASE DE estrella del *rock* sería si no pudiera quedarse toda la noche despierto?

Estuvo tomando cafés y jugando a la PlayStation hasta la una de la mañana; hora a la que toda persona normal del vecindario estaría en la cama.

Llenó su bolsa de lona con las cosas que necesitaba y salió al frío polar de la noche.

¿No quería Cliff saber cómo se había colado en su cuarto? Pues estaba a punto de descubrirlo.

Pax se pasó la bolsa por el hombro, de forma que quedara a su espalda, y volvió a trepar la enredadera. Fue muy doloroso: el enrejado de madera por el que trepaban las plantas le raspaba las palmas de las manos y se pinchó con varias astillas en el proceso. De hecho, la estructura entera se tambaleó un par de veces, pero consiguió llegar arriba sin más percances.

Era una especie de Romeo pero a lo cutre: un *Cutremeo*.

A juzgar por el mal chiste, quizá debería de reconocer que el cansancio le estaba pasando factura.

Se agarró al borde de la barandilla del balcón y entró de un salto. Cayó al suelo, frente a las puertas correderas que, por suerte para él, seguían abiertas.

Una vez de pie, se aclaró la garganta. Cliff habría oído todo el traqueteo de la subida en la que, para más inri, se había clavado una astilla. Y ahora le escocía un montón la cadera. Se la intentó quitar pero no lo logró, así que se tragó el dolor y abrió la ventana del todo. Entró en la habitación. Gracias al brillo de la luna podía ver lo suficiente como para distinguir la silueta de la cama y el corcho de la pared.

—Soy yo —susurró Pax bajito para no darle un susto de muerte en caso de que siguiera dormido. Aunque la idea le tentaba un poco, todo fuera dicho—. Esa espinita que no te puedes quitar desde hace unos días. Y resulta que yo también vengo con una espinita clavada. Literal. Me he clavado una astilla.

Hubo un movimiento de sábanas. Pero no hubo respuesta.

¿Le estaría ignorando con la esperanza de que desapareciera?

Pax entró del todo y se acercó más a la cama. Se inclinó sobre el rostro impasible de Cliff, que parecía mucho más joven sin la mirada severa que le caracterizaba; sin el permanente ceño medio fruncido que siempre lucía; su piel parecía tan suave… Y tenía la mandíbula relajada, la boca entreabierta…

Mierda. Que estaba dormido de verdad.

Parecía que había sido más sigiloso de lo que esperaba.

Y si ahora Cliff abría los ojos y le veía ahí, iba a ser todo un poco… raro.

Pax empezó a caminar hacia atrás, salió al balcón y entró de nuevo. Esta vez, haciendo mucho más ruido que antes.

El suelo de madera crujió y Cliff se despertó.

A su favor había que decir que no pareció demasiado sorprendido. Se frotó los ojos y se quedó mirando a Pax, que consideró que lo mejor sería manejar la situación con calma. Fijó la mirada en Cliff y le dijo:

—En una escala del uno al diez: ¿cuánto miedito te da que esté aquí viéndote dormir?

—Jooooder.

Cliff cogió la almohada sobre la que estaba apoyado y se la lanzó. La risa de Pax se vio amortiguada cuando el mullido relleno le cubrió la boca.

Cliff echó un vistazo a los dígitos que se iluminaban en su reloj despertador.

—Es la una y cuarto de la madrugada.

—Lo sé —contestó Pax, tirando la almohada y poniendo la bolsa a los pies de la cama de Cliff. La abrió y sacó una bolsa de patatas fritas—. He traído el desayuno.

—Estás loco.

—Eso me dijiste el día que nos conocimos.

—¿Qué haces aquí?

¿Por qué sonaba como si la pregunta fuera más profunda de lo que en realidad era?

—Querías saber cómo me había colado en tu habitación —dijo Pax, que se levantó la camiseta para enseñarle la astilla en su costado. La piel a su alrededor estaba irritada y escocía—. Pues así es como entré. Y, por si no la ves: te estoy enseñando una astilla.

Cliff frunció el ceño, seguía medio dormido.

—¿Has trepado por la enredadera?

—Y ha merecido la pena —dijo Pax, que de verdad lo pensaba, a pesar de lo que le picaba la piel.

Cliff se tapó los ojos con el brazo.

—Vete a casa.

—Es que aún no he acabado aquí.

—¿Y qué más se supone que tienes que hacer a estas horas, aparte de cabrearme?

—No, aparte de eso, nada.

El comentario fue recibido con una risa cansada. Y un poco desesperada.

—También pretendo seguir con mi misión de reconocimiento —añadió Pax.

Cliff levantó un poco el brazo, descubriendo sus ojos y mirándole.

—¿Y cómo vas a hacerlo?

—Si estás medio dormido, seguro que hablas más y puede que me cuentes cosas que no me dirías a plena luz del día.

—Ay, Dios mío, despiértame de esta pesadilla.

Pax se rio.

—Responde a mis preguntas y haré realidad tu deseo.

Cliff dejó caer el brazo y negó con la cabeza. Se incorporó y se sentó en la cama, apoyándose contra el cabecero. Cuando dio la luz de la mesilla, la habitación cambió su brillo plateado por un dorado más cálido. Pax se acercó a la cómoda, cogió las gafas y se las llevó a Cliff, que se las puso, medio grogui, sin darse cuenta de lo que estaba haciendo. Cuando pareció tomar conciencia de lo que acababa de pasar, le fulminó con la mirada.

—Has encontrado las gafas, ¿eh? —dijo Pax en tono jovial, sintiendo la vergüenza de Cliff.

Con su mirada aún fija en él, Cliff se colocó otra vez la almohada en la espalda.

—Pues sí —contestó.

—Te pegan mucho, ¿lo sabías?

—¿Por lo mucho que me gustan los libros?

No, no era solo por eso… Pax se quedó observándole y luego desvió la mirada.

—Eres muy inteligente y eso… se nota. La forma en la que entras en una habitación, como si fueras la persona más inteligente que jamás la hubiera pisado; además, eres muy ingenioso y… bueno, pues que eso es lo que muestras cuando llevas las gafas puestas.

Cliff le estudió durante unos segundos, quizá buscando algún signo de que se estuviera burlando de él. Pero nada más lejos de la realidad y, aunque Pax hubiera querido fingir una carcajada, no le hubiera salido.

Para quitarle hierro al asunto, Pax sostuvo la bolsa de patatas en el aire y se la enseñó, zarandeándola. Pero al levantar el brazo de forma tan brusca, sintió una punzada de dolor en el costado donde se le había clavado la astilla y terminó lanzándole la bolsa a Cliff, que la cogió antes de que le golpeara en la cara. Y esa cara… No estaba sonriendo, porque no lo estaba, pero tenía un brillo especial en los ojos, algo que le hacía parecer más joven y más despreocupado que nunca.

—Ahora en serio, ¿qué estás haciendo aquí?

«¿Qué estaba haciendo aquí?», se preguntó a sí mismo Pax.

La respuesta era simple: quería que Cliff estuviera toda la noche despierto para así darle a Luca y a Bianca la posibilidad de desayunar juntos.

Bueno, no, no era tan simple: si Cliff se quedaba despierto toda la noche, quizá sonriera y, si lo hiciera, haría que todo esto de trepar y colarse en su habitación hubiera merecido la pena.

—Estoy aquí para atormentarte.

—Pues termina pronto, que me quiero dormir.

Pax se quedó mirando el corcho donde había colocado el póster.

Un momento…

Seguía ahí.

—¿Por qué sonríes? —le preguntó Cliff, siguiendo la dirección de su mirada. Se quedó muy quieto cuando sus ojos repararon en el póster—. Mira que tienes el ego grande, ¿eh?

—Y a mucha honra. Déjame adivinar: lo has dejado puesto para liberar tensiones conmigo.

Sus miradas se encontraron.

Cliff apartó la manta y se levantó. Llevaba unos *boxers* de seda y una camiseta vieja que se le había levantado un poco y que dejaba ver un fino rastro de vello oscuro.

Pax tragó con dificultad, pero no apartó la vista de él, observando cómo cruzaba la habitación y sacaba algo de un cajón de la cómoda: un dardo. Con él en la mano, se posicionó a los pies de la cama.

—La verdad es que ha sido todo un detalle por tu parte.

Estaba de coña. Tenía que estar de coña. No sería capaz de…

El dardo voló por el aire y aterrizó en el póster. Justo en su famoso lunar.

—Eh, que es lo mejor de mi cara.

Cliff se acercó al corcho y liberó el dardo.

—Permíteme disentir.

¿Estaba Cliff dándole la vuelta a la tortilla? ¿Picando a Pax para que se hartara y se fuera de su casa?

Buen intento. Pero no iba a funcionar.

—Pásame el dardo —dijo—. Si vas a seguir agujereando cosas, yo también quiero participar.

—Nop —contestó Cliff, que devolvió el dardo al cajón.

Pax se acercó a él y se apoyó en la cómoda, pero, al hacerlo, volvió a sentir ese aguijonazo de dolor y se retiró de golpe.

—Creí que íbamos a jugar.

—Yo no juego, ¿no te acuerdas? —contestó Cliff—. Anda, siéntate en la cama y quítate la camiseta.

—Ahora sí empezamos a entendernos.

Cliff negó con la cabeza y salió de la habitación. Volvió al cabo de unos segundos con un botiquín de primeros auxilios y unas pinzas.

Pax apretó los muslos contra la camiseta que se había quitado mientras observaba cómo Cliff se arrodillaba junto a sus piernas.

—Déjame a mí —dijo, con una voz más chillona de lo normal.

Cliff le pasó las pinzas, pero a Pax le temblaban tanto los dedos que no podía sacar la astilla y, además, le estaban sudando las manos de forma exagerada. Frunció el ceño y lo dejó por imposible.

—Venga, diviértete agujereándome un poco más.

Cliff le quitó la camiseta de los muslos y la lanzó sobre la cama. Puso una mano en la parte interior de su rodilla y le abrió un poco más las piernas, acercándose más a él. Su cálido aliento acarició la parte baja del abdomen de Pax.

—Respecto a la fiesta de Navidad… Te he comprado el disfraz. Está en esa bolsa. A Bianca le encantaría ir. —Los dedos de Cliff se deslizaban sobre la piel sensible alrededor de la astilla—. Venga, di que sí.

Las pinzas le pellizcaron la piel justo cuando Cliff contestaba:

—Harías cualquier cosa para arrastrarnos hasta allí, ¿verdad?

—Cualquier cosa. —Pax emitió un gruñidito cuando notó cómo salía la astilla—. Lo que sea. Pide por esa boquita.

Un hilillo de sangre le empezó a bajar por la cadera y Cliff le pasó una gasa por la herida con mucho cuidado, con toques muy suaves.

Pax se mordió el labio y le apartó, levantándose y poniéndose la camiseta de espaldas a él. Necesitaba un momento.

La Furia. Era la Furia. Y acababa de lanzarle un dardo a la cara.

—La diferencia entre tú y yo es que tú pones tu título en un marco y yo tengo el mío en una caja, cogiendo polvo en algún lugar —dijo Pax señalando el título de Cliff, enmarcado en la pared.

Sintió un movimiento y luego el crujir del colchón. Cliff se había metido de nuevo en la cama. Pax se giró para mirarle y se encontró con sus ojos sorprendidos.

—¿Tienes una carrera?

—Lo sé, lo sé. Estoy tan sorprendido como tú.

Cliff frunció el ceño.

—Tenemos la misma edad, debimos de hacerla a la vez.

—No aparento los años que tengo. Siempre me piden el carnet cuando pido una cerveza. —Pax se acercó a la televisión, sonriendo de oreja a oreja—. Me has buscado en internet, ¿a que sí?

Cliff ignoró el comentario y fijó la mirada en las estanterías.

—Nunca te vi por la universidad.

Pax se encogió de hombros.

—Es un campus enorme. Además, ya sabes como soy, no solía ir a clase.

Una risa irónica.

—Por supuesto.

Pax se agachó y abrió el armario de las cintas de video. Había dos filas de películas.

—Ordenadas por orden alfabético… no esperaba menos de ti.

—Si ya has terminado de analizarme, ¿podrías irte, por favor?

—Nop.

—Vale. Pues registra toda mi habitación, si quieres, pero yo me voy a acostar.

Ah, no, no, eso no lo podía permitir.

—Tengo una idea mejor.

—¿Mejor que dormirse a la una y media de la madrugada?

Pax cogió la película de *La princesa prometida*.

—Podemos ver al conde Rugen y a Íñigo Montoya en acción.

—Es de mi hermana.

—Sí, ya, y *Todo lo que quiero para Navidad* también, ¿no? Ponme una almohada a tu lado, anda. Vamos a ver las dos.

—¿Las dos? ¡Estaremos despiertos toda la noche!

—Pues abre esas patatas, guapo.

Cliff lanzó la bolsa hacia el otro lado de la habitación.

—No. Nada de migas en mi cama.

Una hora y media después, estaban apoyados en las almohadas, contra el cabecero, y con una manta cubriéndoles hasta la cintura. *La princesa prometida* molaba mucho más de lo que cualquiera de ellos se atrevería a reconocer. Sobre todo, la parte en la que Íñigo Montoya vencía al conde Rugen. Pax sonrió ante la derrota. Cliff puso los ojos en blanco y le dio una colleja.

Ignorando las plegarias del Hombre Furia, Pax abrió las patatas fritas. Como era de esperar, todo su lado de la cama se llenó de migas, así que acortó los centímetros de distancia que le separaban de Cliff. Entre el calor de la cercanía y el sueño que les estaba entrando terminaron de ver la película entre bostezos.

Cuando se acabó, Pax fue como un zombi hacia el mueblecito y cambió las cintas de video. Como habían apagado la luz de la lámpara, hubo un momento, antes de que empezara la película que acababa de poner, en el que la habitación se quedó completamente a oscuras y Pax se tropezó, dándose un golpe contra la mesilla y tirando algo.

Cuando la luz procedente de la televisión iluminó lo que se había caído al suelo, a Pax se le hizo un nudo en la garganta: la foto.

Miró a Cliff: tenía la cabeza apoyada en el cabecero y los ojos cerrados. Así que Pax colocó la foto, se subió a la cama y se pegó bien a él, tanto que Cliff abrió un ojo y se quedó mirándole. Puede que fuera porque sus brazos estaban casi rozándose; o porque el vello de las piernas de Pax, que llevaba pantalones cortos, parecía estar tratando de unirse y enredarse con los suyos.

—Es que hay migas en mi lado —dijo Pax a modo de explicación.

Cliff volvió a cerrar los ojos y asintió con un «ajá». Bostezó, pero Pax le dio un codazo y le dijo:

—Ojos en la pantalla. Esto es importante.

Medio dormido, Cliff soltó una risa.

—¿Ah, sí?

—Claro, es *Todo lo que quiero para Navidad*.

A pesar de su intención de permanecer toda la noche despierto, a mitad de película, Pax ya estaba tumbado de lado, su cuerpo pidiéndole a gritos un descanso. Cliff también estaba medio espatarrado sobre la cama y Pax tuvo que darle un golpecito para que se despertara.

Cuando la película estaba a punto de terminar, el cuerpo de Cliff pareció rodar hacia el suyo, hundiéndose en el centro de la cama y, aunque Pax se apartó un poco, sus brazos seguían pegados, cálidos y firmes uno contra el otro.

Además, la curva de su cuello parecía estar invitándole a apoyarse contra él y su respiración era un suspiro contra su pelo, una caricia, haciendo que las imágenes en la televisión no fueran ya más que un borrón. Todo en Cliff parecía una invitación para ponerse cómodo.

¿Estaba bien que Pax se estuviera planteando acurrucarse contra él? ¿Podría argumentar que era parte del proceso de «hacerse amigo de la Furia»? Mejor lo pensaba mañana.

Cliff se hundió un poco más, arrastrando a Pax con él y haciendo que este terminara con la cara contra sus pectorales. Pax, que había estado a mitad de un bostezo cuando esto había ocurrido, no tenía ni idea de cómo había acabado con la boca tan cerca de unos de los pezones de Cliff.

—Debería irme —dijo con voz ronca.

—Me has obligado a ver las dos pelis, así que te tienes que quedar hasta que esta acabe —murmuró Cliff, con el brazo bajo el cuello de Pax.

Se estaba a gusto. Su piel era suave. Mullida.

Los ojos de Pax empezaron a cerrarse.

—¿Insinúas que yo me lo he buscado?

—Sí.

—Como no me vaya ahora…

—¿Conoces la expresión «hacerle la cama a alguien»? Pues dado que eso es lo que querías, ahora te aguantas y duermes tú también en ella.

A Pax le pareció gracioso y se rio contra el pecho de Cliff.

—Deberías quitarme de encima de ti. Babeo.

—Yo también.

Otro bostezo.

—Sí, pero tú eres un Hombre Furia, es lo que se espera de ti. Que babees como un perro rabioso.

—Y si me provocas, también muerdo. Que no se te olvide.

—¿Es una amenaza?

—No, Apolo. —Cliff se tapó más, rodeando a Pax con el brazo y acercándole más a él—. Es una promesa.

~

Cada vez que cambiaban de postura, Cliff se llevaba a Pax con él. Hubo un momento, durante los créditos de la película, en el que Pax se despertó con la cara presionada contra la axila de Cliff, una mano alrededor de la cintura de este y una pierna sobre la suya. Se sobresaltó, pero Cliff le susurró que no se moviera, apretándole más contra su cuerpo.

Y el suave subir y bajar del pecho de Cliff al respirar, hizo que Pax volviera a dormirse.

Si la Furia podía dormir así, él también.

~

Una alarma empezó a sonar de forma estridente y Pax se arrastró en sueños a apagarla. Chocó contra algo duro y caliente y, cuando se descubrió a sí mismo encima del cuerpo de Cliff, cubriéndole como si de una manta se tratara, salió de su ensoñación y recordó poco a poco dónde estaba.

Le dio puñetazos a todos los botones del reloj con su cuerpo aún estirado sobre el de Cliff, que se rio bajo él. Pero era demasiado temprano para risas. Le calló tapándole la boca con la mano y se volvió a su lado de la cama. La respiración de Cliff le hacía cosquillas en los dedos, pero le daba igual. El sueño le llamaba.

Cliff se movió y se sintió frío bajo las sábanas durante unos instantes. Tiritó. Y, entonces, una enorme calidez le cubrió desde las rodillas hasta el cuello y volvió a quedarse dormido.

Capítulo Diez

P ax se revolvió en la cama. Alguien le había quitado el manto de calor que le cubría. Se quejó y balbuceó algo ininteligible antes de hacerse un ovillo y meterse más entre las sábanas.

Algo rugoso le rozó el brazo; algo parecido al papel de lija... ¿Y por qué el colchón no se mecía arriba y abajo con el vaivén del agua...?

Abrió los ojos.

Una cama a rayas blancas y grises y, en ella: Cliff, de brazos cruzados y mirando el corcho de la pared con mucha intensidad.

Un ola de pánico le golpeó y luchó contra la necesidad de salir pitando de la cama. Pero, haciendo un esfuerzo enorme, se puso bocarriba y adoptó una postura relajada. Usó sus brazos como almohada e ignoró el ritmo al que le latía el corazón. Bajo las sábanas ocultaba una tremenda erección que, sin duda, se debía a las ganas que tenía de hacer pis. Esa era la única razón.

Cliff estaba hecho un desastre: pelo despeinado y barba de varios días; tenía las gafas puestas y un bulto en los *boxers* en el que era imposible no fijarse. Seguro que, como él, necesitaba ir al baño. Cuando dejó de mirar al corcho, se giró hacia Pax.

Pax le sonrió.

—¿Quién hubiera dicho que al Hombre Furia le gustaba acurrucarse en la cama?

—Ya hablaremos de quién se ha acurrucado con quién en otro momento. Tengo que trabajar.

Pax salió de la cama de forma despreocupada y se recolocó la erección. Cliff miró hacia otro lado.

—¿Qué hora es? —preguntó.

—Hora de que te vayas.

Parecía que Cliff tenía prisa por deshacerse de él. Pax no pudo evitar sonreír. Echó un vistazo al reloj: las diez. ¿Y no flotaba en el aire un rico aroma a tortitas recién hechas?

La casa estaba en silencio y eso quería decir que, probablemente, Bianca y Luca habían podido desayunar juntos.

Misión cumplida. Y con el extra de haber traído un poco de diversión a la vida de un adicto al trabajo como Cliff. Estaba haciendo las cosas muy bien.

¿Que se quisiera dar una palmadita en la espalda por el trabajo bien hecho restaría heroicidad a sus actos?

Buf. Estaba muy verde en este tema de madurar y hacer el bien.

Y encima estaba ahí quieto, como a la espera —o con la esperanza— de que fuera Cliff quien dijera algo. Cualquier cosa...

Pax rodeó la cama buscando sus zapatillas. Una vez las tuvo puestas, sacó de la bolsa la bola de Navidad hecha a mano que había traído consigo. Se la metió en el bolsillo y le dijo a Cliff:

—Quédate mi bolsa, dentro está tu disfraz.

Cliff frunció el ceño. Parecía inseguro, como si él

tampoco supiera cómo lidiar con la situación. El pensamiento era bastante reconfortante.

—No sé si lo voy a necesitar.

Pax se acercó a él, pavoneándose. Bien. Pax Polo estaba de vuelta.

—Sí, lo necesitarás —contestó mientras le alisaba las mangas de la camiseta.

Los ojos precavidos y calculadores de Cliff estaban fijos en él.

—Escribe una canción.

—¿Qué?

—Ayer dijiste que harías cualquier cosa. Vale. Escribe una canción —le dijo Cliff y, esta vez, fue su turno de tocarle, sacudiéndole unas migas que se le debían de haber quedado pegadas en el hombro de la camiseta.

—¿Una canción?

—¿Demasiado complicado para ti?

Pax soltó una risotada.

—Soy capaz de escribir hasta dormido.

Cliff le estudiaba. Pax esperaba que no pudiera notar su pulso acelerado.

—Escribe sobre la amistad.

—¿Estás reconociendo que somos amigos?

Cliff se rio sin humor.

—Algo así.

Sí, claro, amigos que te hacen agujeros en cuanto te descuidas.

Pax se quedó mirando su póster.

—Lo de agujerearme la cara no se te dio nada bien anoche.

—¿Por qué lo dices?

—Porque el dardo dio justo en el lunar, casi ni se nota.

Cliff le abrió la puerta para que saliera y volvió a la cama. Empezó a quitar las sábanas.

—Ya he perdido demasiado tiempo hoy. Te veo por la tarde, cuando salgamos a correr.

Una funda de almohada cayó al suelo.

Sus miradas se encontraron.

—¿Cambias las sábanas por mis migas o por mis babas?

Cliff dudó unos instantes. Luego siguió con lo que estaba haciendo.

—Por las dos cosas.

Pax se rio y salió de la habitación.

—Hale, pues sigue con lo tuyo.

Después de una rápida visita al baño, se dirigió escaleras abajo, siguiendo el exquisito olor procedente de la cocina. Había trozos de masa por la encimera, restos de mantequilla en la sartén, harina y azúcar espolvoreadas por cada superficie y un montón de cáscaras de huevo en el fregadero. Pero también había una maravillosa bandeja llena de tortitas en la mesa. Cogió un par y se las fue comiendo de camino al salón.

Se paró frente al árbol de Navidad y le dio un mordisco a su esponjoso y delicioso desayuno. Inhaló el olor a madera que reinaba en la habitación. Se sentía fenomenal. Mejor que nunca. Quizá por haber dormido en un colchón duro, en lugar de en uno de agua.

Oyó a Cliff bajando las escaleras y empezó a cronometrar el tiempo que tardaba en ver el desastre y poner el grito en el cielo. Se oyó cómo se cerraba la puerta de la lavadora y… tres, dos, uno…

—¡Bianca!

Pax se sacó el adorno navideño del bolsillo y colocó su cuerdecita dorada alrededor de una rama de las más frondosas.

Vio a Cliff por el rabillo del ojo: tenía las manos en las caderas y apretaba con tanta fuerza la camiseta que hasta se le marcaban los abdominales. Pax se giró hacia él y le dedicó una sonrisa de satisfacción.

La intensidad con la que Cliff le devolvía la mirada le hizo estremecer.

—¿Qué le estás haciendo a mi tranquila y ordenada vida?

—Dándole un puntito perverso —contestó Pax, con la mirada en el árbol de Navidad que cada vez tenía más adornos—. Y el toque de mis bolas, por supuesto.

Cliff negó con la cabeza.

—Venga, lárgate.

Pax se dirigió a la ventana del salón y la levantó.

—Por la puerta, Apolo.

Pax se subió al alféizar y salió por la ventana, cayendo con toda la gracia del mundo entre una fila de helechos aún húmedos por el rocío. El agua le salpicó los tobillos.

—Es la costumbre —dijo guiñándole el ojo.

Luca irradiaba nerviosismo por los cuatro costados. Casi podían verse las chispas emanando de su piel. Pax bajó la guitarra eléctrica por miedo a que si la tocaba, su cuarto saltaría por los aires.

Se oía el frufrú de sus vaqueros con cada paso que daba; y el continuo chasquido de sus labios al cerrarlos de golpe una y otra vez. Y no paraba de pasarse la mano por el pelo. Con lo peinadito que solía ir.

—Todo va a salir bien —trató de calmarle Pax—. Relájate y recuerda la verdadera razón por la que vas a darle clases de piano.

—Porque la amo y quiero que sea la futura madre de mis hijos.

—Para el carro, tío. —Pax dejó la guitarra en su

soporte y puso las manos en los hombros de Luca, tranquilizándole—. Si el Hombre Furia te oye hablar de tener hijos, nunca os dejará solos.

Luca le dedicó una sonrisa nerviosa.

—Me refería a cuando Bianca acabe la carrera y hayamos dado la vuelta al mundo juntos.

Pax sonrió con melancolía. Él jamás se había enamorado de esa manera. De hecho, nunca se había enamorado. Punto. Había tenido rollos y nunca de más de una noche.

Le dio unas palmaditas a Luca en la cara.

—El amor te queda bien. Le da color a tus mejillas.

—Pero no sé si ella me quiere a mí o no —dijo Luca—. Habla mucho de Henry.

—No me lo creo. ¿De ese imbécil?

—Sí. Sabe que también vendrá a la fiesta.

—Venga, cabeza bien alta —dijo Pax arreglándole un mechón de pelo—. Tú le vas a dar clases de piano. Él no. Y es casi la hora.

Luca se asomó a la ventana y vio a Bianca entrar en el despacho y acercarse al piano. Suspiró.

—¿Dónde esconderá las alas?

Pax sonrió ante su cursilería y desvió la mirada hacia el ángel.

—Si me necesitas, asómate a la ventana, que voy a estar aquí escribiendo una canción.

Luca sonrió de oreja a oreja.

—¿Estás escribiendo algo nuevo? ¿Sin tu grupo?

—Tengo que hacerlo.

Luca salió de la habitación, fue a su cuarto y volvió enseguida con una libreta y el lápiz del trol.

—Toma, usa esto. Para que te dé suerte.

Pax cogió ambas cosas y dijo:

—Pero solo para que quede claro: esta canción no significa nada, ¿eh?

PAX MIRABA LA LIBRETA EN BLANCO.

Habían pasado diez minutos desde que Luca se había ido con un jovial *ciao* y él se había sentado en el alféizar de la ventana con el ángel entre los pies. No había escrito ni una sola palabra.

Desde donde estaba podía oír a Bianca tocando *Jingle Bells*.

Dejó la libreta y el lápiz y escribió un mensaje a las Tres Tes con un chiste sobre componer canciones.

Lo releyó y su dedo se quedó suspendido sobre la tecla de *enviar*.

Era una cosa muy del grupo. Solían mandarse mensajes con cualquier mierda que encontraran graciosa.

Pax no había recibido ni un mensaje en toda la semana.

Necesitaba romper el hielo con ellos.

Le dio a *enviar*.

Jingle Bells dejó de sonar de forma abrupta y Pax miró hacia la casa vecina. Cliff había dejado abierta la ventana del despacho, así que la vista era perfecta: Luca entraba en la habitación ante la atenta mirada de la Furia. Tras unos segundos observando a ambos se marchó, dejándoles solos, pero dejando la puerta abierta, por supuesto.

Veinte segundos más tarde se oyó el ruido de una ventana abriéndose en el salón. Pax contuvo la risa al ver a Cliff con medio cuerpo fuera para poder escuchar a Luca y a su hermana. ¿Por qué no se quedaba directamente tras la puerta del despacho?

Cliff miró hacia la ventana de Pax.

Bueno, bueno… quizá ese era el motivo.

Pax le saludó con la mano en un gesto de lo más engreído.

Cliff se sacó el teléfono y tecleó algo. Pax ignoró la vibración en su móvil y le enseñó a su vecino la libreta y el lápiz.

—Estoy trabajando —le dijo.

Cliff se subió al alféizar e imitó la postura de Pax: rodillas hacia arriba y la espalda contra el marco de la ventana. Se cruzó de brazos y cerró los ojos. Estaba agudizando tanto el oído para escuchar lo que pasaba en el piso de arriba que hasta parecía tener las orejas más largas.

Que tampoco es que requiriera demasiada concentración, dado que Bianca y Luca estaban demasiado entusiasmados como para controlar sus voces.

Luca caminaba frente a Bianca, que se había girado en la banqueta del piano para mirarle.

—Esta clase expandirá los límites de tu mente —dijo él, alzando los brazos efusivamente.

Bianca se rio, nerviosa.

—¿Qué pieza vamos a tocar?

—¿Pieza? ¡Ninguna! No hay piezas que valgan, hay que pensar en el todo, no en sus partes.

Pax mantuvo la vista fija en la libreta, pero observaba a Luca por el rabillo del ojo.

—Y, entonces, ¿qué vamos a hacer? —le preguntó Bianca.

—Una clase de historia de la música. Creo que deberíamos empezar por el Renacimiento. Un periodo que se conoce por sus canciones de amor cortés.

—¿Como *Trionfo di Bacco e Arianna*?

Luca pareció quedarse helado.

—¿Hablas mi idioma? Repítelo.

—*Trionfo di Bacco e Arianna*.

Pax se tragó la risa ante el gesto de dolor de Luca.

—A lo mejor, lo primero que deberíamos hacer es trabajar tu italiano.

Pax sofocó la risa como pudo. Céntrate, Luca, céntrate.

—Cuéntame más sobre el amor cortés —dijo Bianca y, por su tono de voz, se notaba que estaba sonriendo.

Cliff, por su parte, sonreír, lo que se dice sonreír, no sonreía. Estaba con la vista fija al frente, agarrando el alféizar con mucha fuerza.

Pax apretó más el ángel entre los pies y sintió una ola de calor filtrarse a través de los calcetines. Dirigió la mirada hacia el despacho y vio cómo Bianca se giraba en la banqueta y empezaba a tocar una sucesión rápida de escalas. Luca hizo una pausa en su discurso sobre la música del Renacimiento. Parecía perdido.

—Mmm… mejor dejamos las *esquelas* para otro momento. Hoy vamos a practicar sin tocar el piano.

Bianca dejó de tocar y miró la mano con la que Luca le indicaba que parara.

Pax gimió para sus adentros. Se estaba saliendo del guion que habían preparado.

Luca levantó a Bianca y la agarró por la cintura.

—Hoy se trata de sentir el ritmo de la música. Cuando la sientas, cuando se te meta bien dentro, entonces, podrás tocar bien.

Pax lanzó la libreta —que seguía en blanco— a la cama, se bajó del alféizar y, tras poner el ángel en un lugar seguro, se puso las zapatillas. No llevaba pantalones de correr, pero con las bermudas tendría que valer. Bajó las escaleras a toda prisa para llegar antes de que Cliff irrumpiera en el despacho y diera por finalizada la clase de piano.

Pax tocó la campana y Cliff le abrió casi de forma inmediata.

Pax se apoyó contra el marco de la puerta y le saludó con un movimiento de cabeza.

—Están bailando —dijo.

—Forma parte del proceso. Es un genio.

Cliff suspiró y se apartó para dejarle pasar.

—Claro, Apolo, seguro.

Pax entró, agarró la mano de Cliff y se dirigió con él a rastras hacia las escaleras. Cuando habló, alzó la voz, esperando que Bianca y Luca le oyeran.

—Venga, vístete y salgamos a correr.

Cliff tiró de él antes de que empezara a subir y le giró hasta que quedaron cara a cara. Pax se preparó para que le hiciera algún comentario desagradable, pero, tras abrir y cerrar la boca un par de veces, le soltó la mano y le dijo:

—Pero si salimos a correr ahora no veremos a tus amigas las jubiladas.

Se habían encontrado con las mujeres tres veces ya y Pax tenía que reconocer que le encantaba coquetear con ellas: les lanzaba besos y les guiñaba el ojo. Además, siempre se aseguraba de que vieran cómo se quitaba el sudor de la frente con el dobladillo de la camiseta.

—Daremos una vuelta de más.

La sugerencia salió sola de su boca y, cuando quiso darse cuenta, ya era demasiado tarde. ¿Una vuelta más? ¿Cómo coño se le había ocurrido decir algo así? Seguro que era por la falta de sueño, no se le ocurría otra razón.

A Cliff le temblaron los labios.

—Me cambio, echo un vistazo a ese donjuán y nos vamos.

Cliff subió las escaleras, directo a su habitación.

Pax suspiró y se dirigió al despacho. Luca y Bianca se separaron rápidamente, hasta que se dieron cuenta de que era él.

—Me has asustado —le dijo el italiano.

—*Esquela* es lo que se les pone a los muertos —dijo Pax, y se dirigió al piano.

Bianca le miró confundida, hasta que Pax empezó con una escala que terminó siendo una versión corta de *Carol of the Bells*, la canción favorita de su antiguo profesor de música. Se la sabía de memoria.

Pax miró de reojo a Bianca, que estaba cabizbaja mirándose las manos y con los ojos vidriosos.

—Es… una canción preciosa —dijo ella al final.

Pax mantuvo la voz baja, casi susurrando.

—¿Podrías tocar villancicos hasta que Cliff y yo nos vayamos?

Bianca parpadeó y asintió, sonriendo.

—Improvisa con la melodía, los acordes, el tempo… —Pax miró a Luca—. Vete diciéndole que cambie de notas altas a otras más bajas. Cliff se va a asomar antes de salir a correr.

Luca le hizo un gesto de obediencia.

—Todo controlado, jefe.

Bianca se tapó la boca con la mano ocultando una suave carcajada.

—No sabes tocar, ¿no? —le preguntó a Luca.

Luca bajó la cabeza.

—No exactamente.

—¿Y lo de darme clases de piano era por…?

Pax la cogió de la mano y la sentó en la banqueta junto a él.

—Por el *Trionfo di Bacco e Arianna*, por supuesto.

Ella tragó saliva y Luca puso una mano en el hombro de Pax, urgiéndole a que se levantara.

—Que sepas que luego también vamos a practicar tu italiano.

Pax se levantó y cedió su lugar a Luca, pero no sin

antes ver reflejada su enorme sonrisa en la pulida superficie del piano.

—Cuando Cliff pregunte, estabas tocando *Carol of the
Bells* en sol mayor.

—Lo sabe, créeme —dijo Bianca, suspirando.

Pax frunció el ceño.

—Puede que lo sepa, pero va a preguntar igual.

Salió al pasillo y se apoyó en la puerta aún cerrada del
cuarto de Cliff. Cuando este salió y le vio ahí, se paró
en seco.

—¿Ya estás listo?

Cliff presionó los labios en una fina línea y se dirigió al
despacho, abriendo la puerta de par en par.

Bianca dejó de tocar *Noche de paz*.

—¿Qué es lo que tocaste antes? —preguntó Cliff con
cierta tirantez.

—*Carol of the Bells* —contestó Luca.

Cliff hizo una pausa.

—¿Y qué acorde has usado?

—Sol mayor. Bianca, quiero que toques de nuevo *Noche
de paz*, pero esta vez en do menor y acelerando un poco
el tempo.

Cliff cogió aire, le recordó a Bianca que tenía ensayo
en veinte minutos y salió del despacho de forma abrupta.

Pax intentó disimular su expresión de triunfo cuando
los ojos de ambos se encontraron. Incluso tarareó un poco
lo que Bianca estaba tocando.

—Qué buena letra tienen los villancicos, ¿eh?

Cliff parpadeó.

Pax se aclaró la garganta y dijo con voz sugerente.

—Que si noches de paz y amor, que si ver las estrellas,
que si ponte de rodillas y adórame…

Cliff le miró con cara de paciencia. Pero parecía
menos tenso que hacía un momento.

—Recuérdame que no te deje entrar en una iglesia jamás. Y, ahora, vente conmigo.

Pax alzó las cejas un par de veces, de forma juguetona.

—Contigo, cuando y donde quieras.

Cliff se giró y se dirigió escaleras abajo, pero antes de que le diera la espalda, Pax pudo ver una sonrisa tironeándole de los labios.

—Espero que estés preparado.

Al oírle, Pax se tropezó y tuvo que agarrarse a la barandilla de la escalera para no caerse.

—¿Preparado para qué?

Los ojos de Cliff parecían brillar.

—Para que te dé la caña que mereces.

Capítulo Once

El lunes comenzó, como ya era habitual, con Pax maldiciendo el amanecer. Y así seguiría mientras durara esta charada de las clases de piano. En esos momentos estaba tocando a Chopin, sus dedos deslizándose con rapidez por las teclas frías del piano, el pie trabajando en el pedal. Ya le valía al Hombre Furia... ¿Por qué tenía que gustarle tanto escuchar a *Luca* ensayar por las mañanas?

¿Y por qué a Pax no se le habría ocurrido decirle que Luca solía tocar por las noches?

Si es que era su culpa. De nadie más.

Nah, echaría la culpa a la Furia. Eso le hacía sentir mejor. Así de mala persona era.

TRAS DARSE UNA MÁS QUE NECESARIA DUCHA DESPUÉS DE la carrera matutina, Pax arrastró a Luca hasta el porche de los vecinos.

—¿Qué estamos haciendo? —preguntó el italiano, inquieto.

—Henry lleva ya mucho rato practicando con Bianca, yo creo que necesitan compañía.

La puerta se abrió, y Pax y Luca fingieron la más inocente de las sonrisas.

Cliff les fulminaba con la mirada desde el rellano. Parecía recién salido de la ducha, a juzgar por lo mojado que tenía el pelo y esas gotitas de agua que le oscurecían el polo verde a la altura de los hombros. Y, madre mía, cómo le sentaba el verde. Pero seguía con el ceño fruncido y eso estaba poniendo un poco nervioso a Pax, que intentó no mostrar lo inquieto que estaba.

—¿De verdad no tenéis nada mejor qué hacer que acosar a mi hermana?

Pax dio una palmada a Luca en el hombro.

—Es lo que tienen las vacaciones.

Desde el salón les llegó la voz teatral de Henry y Pax sintió cómo Luca se tensaba bajo su palma. Parecía listo para irrumpir en la casa, así que le echó una mano dando un paso al frente y bloqueando el acceso de Cliff a la puerta, no fuera a ser que quisiera darles con ella en las narices.

—Venga, Luca, pasa y diviértete —le alentó Pax.

Al decirlo, prácticamente se echó encima de Cliff, pegando su cuerpo al suyo con tanta fuerza que el peso de ambos hizo que la puerta se abriera por completo y golpeara la pared. Pecho contra pecho y muslo contra muslo, las rodillas desnudas de ambos rozándose. Pax podía sentir los músculos duros y firmes de Cliff, y ese calor tan intenso que parecía emanar de él y que se filtraba a través de la ropa y le acariciaba la piel.

Pax le recolocó las gafas, que se le habían bajado un poco.

—¿Tú también quieres divertirte? —le dijo.

La expresión de su cara le decía que no.

—¿Has terminado la canción? —preguntó Cliff.

—Me queda poco.

Había escrito dos líneas enteras.

Pax se apartó de Cliff, aunque su calor no le abandonó, pegándose a su piel. Cuando llegó al salón fue recibido con una caja de cartón contra el pecho. Bianca le sonrió, Luca y Henry le saludaron desde detrás de sus propias cajas.

—Qué bien que hayáis venido. Así podéis ayudarme a llevar esto a la iglesia.

Los cinco se dirigieron colina arriba con el atrezo y los disfraces que Bianca había bajado de la buhardilla. Telas, de todos los colores y texturas, se desbordaban por los bordes de las cajas. Una fuerte ráfaga de viento —tan habitual en Dunedin por estas fechas— hizo volar por los aires una bufanda que aterrizó en la cara de Pax, cubriéndole los ojos durante unos segundos y haciendo que lo viera todo a través de un filtro rojo. Pero seguía viendo y, aunque Cliff creyera que había pasado desapercibida, Pax no se perdió su sonrisilla, esa que demostraba que la Furia no era todo rugidos.

Un poco sí, pero no todo.

Se deshizo de la bufanda y contempló la iglesia ante él: era pequeña, azul marino y blanca, rodeada de un campo verde cuya hierba ahora ondeaba con el viento. Tenía unos arbolitos a cada lado de la verja de hierro forjado y unas escaleras asfaltadas conducían a la puerta delantera.

Bianca les llevó por la puerta de atrás: más césped, unos escalones con barandilla de madera y una puerta azul marino que permanecía abierta gracias a un gnomo navideño colocado contra ella.

Entraron y un aire frío y rancio les dio la bienvenida. Las paredes eran blancas, con grandes paneles de madera y versos escritos a mano en caligrafía antigua.

—Esta es la parte trasera del escenario —dijo Bianca, que dejó su caja en el suelo. Pax siguió su ejemplo y se asomó por la cortina roja que separaba las bambalinas de lo que suponía que era el escenario. Altas vigas de color oscuro se arqueaban sobre los bancos ahora vacíos.

Pax dedicó una sonrisa a la audiencia invisible.

—¿Has terminado ya de posar? —le preguntó Bianca, acercándose.

Intentó ver a Cliff tras ella, pero la cortina cayó de nuevo, bloqueándole la vista.

—Ni de cerca. ¿Cuándo es el estreno?

—En Nochebuena.

—Mierda.

Bianca miró compungida a su alrededor como si alguien le pudiera haber escuchado su *blasfemia*.

—No voy a poder venir —se explicó él—. Esa noche toco con Lone Whistle and the Deserted.

Ella parpadeó. Nada, ni un atisbo de reconocimiento.

Pax gimió.

—Necesitas una educación musical un poquito más variada.

A Bianca le brillaron los ojos, llenos de sarcasmo.

—Y eso es lo que espero tener con Luca como profesor.

DE VUELTA A CASA, BIANCA SE QUEJÓ DE LO PEGAJOSO que era el calor que hacía y se quitó la camiseta, quedándose solo con un sujetador deportivo. Luca y Henry se chocaron el uno contra el otro y casi se caen; su hermano, sin embargo, parecía querer asesinarla.

Una vez en casa, Cliff le hizo un gesto con el dedo.

—Bianca, ven a la cocina un momentito —le dijo.

Bianca siguió a su hermano y Pax, tras dejar a Henry y a Luca en el salón, se dispuso a hacer lo que mejor se le daba.

Cotillear.

Se quedó fuera, apoyado contra la pared.

La conversación fue corta y concisa y Pax sufrió por Bianca. Era verdad que hacía muchísimo calor y este doble rasero con el que tendían a juzgarse las cosas era una mierda: los chicos podían quitarse la camiseta cuando quisieran, ¿por qué las mujeres no?

Cuando oyó pasos que se acercaban, salió pitando hacia el salón, donde creyó que se encontraría con el mismo duelo de miradas que había dejado hacía unos minutos, pero la imagen que le recibió fue muy distinta: Henry zarandeaba un trozo de papel frente a Luca y no cualquier trozo de papel, sino uno con la foto de su grupo y las palabras «Concierto navideño» escritas en él.

Pax se dio un golpe contra el sofá en su prisa por quitarle el folleto a Henry. La foto era nueva y él no estaba en ella. Gracias a Dios tampoco estaba Blake, pero aún eso, jodía.

El papel crujió en sus dedos.

Luca le miraba preocupado mientras Henry no paraba de parlotear:

—… buena música y buen ambiente. Deberíamos ir.

Bianca entró en el salón —con camiseta, esta vez— y, con un tono dulce, como si no acabara de recibir una reprimenda de su hermano, dijo:

—¿Estás pidiendo una cita a Luca, Henry?

Henry se apartó de Luca rápidamente.

—¿Qué? ¡No! Estaba pensando en que Pax podría ayudarnos a colarte en el Untamed y, de paso, ayudarme a mí a evitar a Buster, el de seguridad.

—¿Por qué quieres evitarle? —preguntó ella.

—Porque tuvimos movida hace tiempo. Nada importante. —Henry miró a Pax—. ¿Podemos conseguir que Bianca entre?

Un inexpresivo «no» llegó desde la entrada del salón.

Pax se sacudió el sentimiento que le había provocado no ver su cara en la foto del grupo y miró a Henry, cuyos ojos insistentes estaban fijos en él. Joder, odiaba cuánto de sí mismo veía en esa mirada.

Se le erizó todo el cuerpo de solo pensarlo. Y no quería apoyar a Henry en esto, pero es que... su cara no estaba en la foto. No estaba.

Estampó el anuncio contra el pecho de Henry y se giró para mirar a Cliff. Estaba al otro lado de la habitación, un sofá y una planta les separaban.

—¿Por qué no la dejas? —le dijo Pax—. Es Navidad.

La postura de Cliff era de lo más firme, tanto literal —de pie, con las piernas separadas—, como figuradamente.

—Es menor de edad —dijo.

—Colarse en una discoteca a los diecisiete es como un rito de iniciación.

—No puede ir.

Bianca miraba a su hermano como si este fuera la causa de todo el mal sobre la faz de la tierra.

—¿Tú no hacías este tipo de cosas a los diecisiete? —le preguntó Pax.

Bianca, Luca y Henry les miraban fijamente y Pax intentó no disfrutar de la atención, pero tras el bajón de ver el anuncio del grupo, necesitaba un poco de ese narcisismo que le era tan familiar.

Alzó una ceja mirando a Cliff.

Pero Cliff había dejado de mirarle y ahora estaba enfocado en Henry y en el puto anuncio.

Pax se movió y se colocó de tal manera que no pudiera ver bien la foto.

—*Sip* —dijo Pax—. Ya te digo yo que sí va a ir.

—No puede —contestó Cliff, tenso, mirándole a él de nuevo—. Piden el carnet, y en el suyo dice que tiene menos de dieciocho.

Pax le sostuvo la mirada y rodeó el sofá, acercándose a él. Le alisó el cuello del polo, sintiendo su calor y su pulso bajo las yemas de los dedos.

—Sabes con quién estás hablando, ¿no?

—Con la vanidad hecha persona.

Pax soltó una carcajada.

—Ahí voy a tener que darte la razón. Pero me refería a que soy un tío que no acepta un no por respuesta.

Cliff se separó de él, dando un paso hacia atrás, y centró su mirada amenazadora en el trío feliz.

—Fuera. Tengo que ir a hacer la compra.

Henry y Luca salieron pitando. Cliff iba tras ellos, haciendo tintinear las llaves con un gesto un poco demasiado satisfecho.

Bianca se quedó en el porche, fulminando con la mirada la espalda de su hermano.

—A veces, creo que me odia.

Qué va, no había ni pizca de odio en él.

—Es sobreprotector hasta decir basta, pero te quiere.

«Y no sabes la suerte que tienes», pensó Pax, que se quedó ahí, frotándose la nuca mientras observaba cómo la Furia se subía al coche.

—No te preocupes, Bianca. Le convenceré para ir mañana a la fiesta de Larnach. Y también intentaré persuadirle para lo del sábado. —Le dio una palmada en el hombro y salió corriendo tras Cliff—. Hey, espérame, que yo también voy. Necesito comprar… cosas del super-mercado.

CLIFF NO PARECÍA CONTENTO CUANDO PAX SE SENTÓ EN el asiento del copiloto, pero no dijo nada. Encendió el coche y se dirigió hacia el súper New World, que estaba cerca de los jardines botánicos.

—Dime —dijo Pax a la vez que subía un pie al salpica-dero—, ¿qué ha pasado entre Bianca y tú en la cocina?

—Hemos tenido una charla.

—¿Qué clase de charla?

—Una sin importancia.

—Sin importancia pero que rezumaba mala leche. En plan: «¿Cuándo vas a empezar a usar el sentido común?» o «créeme cuando te digo que en unos meses lamentarás todo este flirteo de verano».

Cliff aparcó de forma abrupta e inesperada en un lateral de los jardines, en lugar de en el aparcamiento del supermercado. A Pax se le cayó el pie del salpicadero.

—Si lo sabes, para qué preguntas.

—¿Vais a poder arreglar las cosas entre vosotros? —preguntó Pax, que siguió a Cliff fuera del coche, a la brisa húmeda y nublada de la mañana—. ¿O vais a necesitar intervención divina?

Cliff cerró el coche con el mando.

—Por favor, que con «intervención divina» te estés refi-riendo a Dios y no a ti.

—¿Deberíamos planear algo para hacer que te sonría de nuevo?

Cliff se paró de golpe.

—¿Como qué? —preguntó.

—Algo que te deje a ti en vergüenza, o algo así.

Cliff le adelantó y se dirigió a un camión-bar amarillo, situado en las puertas de los jardines.

—Necesito café.

—Creí que íbamos a la compra. Y a trabajar en cómo desprenderte de esa excesiva sobreprotección tuya.

Los ojos de Cliff iban de Pax al chico con delantal tras el pequeño mostrador del camión.

—Un café solo. Doble.

—Lo mismo para mí —dijo Pax—. Y otro con leche. —Guiñó el ojo a Cliff y añadió—: Vamos a necesitarlo con todo lo que tenemos que planear.

Cliff negó con la cabeza y en el mismo instante en el que el camarero les puso el primer café, se lo bebió de un trago.

—¿Sabes lo que podríamos hacer?

Cliff le dirigió una mirada nerviosa.

—¿Qué? —le preguntó.

—Cuando vayamos el sábado al Untamed, te podemos emborrachar y que Bianca vea que no eres perfecto, que tú también te equivocas.

Cliff llamó al camarero de nuevo.

—Ponme también un capuchino —dijo, sus dedos tamborileando impacientes sobre la barra—. Lo del sábado no va a pasar. Y lo de emborracharme para hacer sentir bien a mi hermana, tampoco.

—Venga, será divertido. Bianca y yo podemos reírnos de ti viendo cómo intentas ligar con chicas y te pones en ridículo.

Cliff se quedó quieto.

—Ni en sueños voy a dejar que me veas ponerme en evidencia delante de una mujer.

—Pero ¿has tenido novia alguna vez?

Cliff se quedó mirándole fijamente, parecía estar buscando algo, pero… ¿qué? ¿Qué buscaba?

—Pareces muy interesado en mi vida amorosa.

—¿Qué? —bufó Pax— No… Yo… No. Pero es que no te imagino susurrando dulces naderías al oído de alguien. Eso es todo.

—Y puedo asegurarte que nunca he susurrado naderías a mi novia. —Cliff cogió su capuchino—. Las palabras deberían de significar algo. Tener un propósito. Si no tienen significado, no importan.

—¿Me estás diciendo… —Pax se acercó más a él, sus labios rozando la oreja de Cliff—, que no te afectaría nada en absoluto que alguien te susurre al oído lo buenísimo que estás?

Cliff comprobó la tapa de su capuchino. Dos veces.

Pax sonrió para sus adentros y emprendió el camino al súper. Cliff le siguió.

—¿No dices nada? —bromeó Pax.

Cliff se puso a su lado.

—Es que, a diferencia de otros, sé cuándo guardar silencio.

Pax soltó una carcajada, sintiéndose más que afortunado por haber encontrado a alguien que le devolviera las contestaciones que merecía.

Solo habían dado unos pasos cuando vieron a una agente de tráfico frente al coche de Cliff. Estaba apoyada sobre la capota y escribía algo en lo que debía de ser una multa por aparcar en un lugar en el que estaba prohibido estacionar y cuya señal parecían no haber visto ninguno de los dos.

Cliff gimoteó.

—Ahí lo tienes: una historia que seguro que hará reír a Bianca.

—Sí, estoy seguro de que le haría gracia —estuvo de

acuerdo Pax—. Pero no va a pasar, porque voy a conseguir que te la quiten.

—No, no lo harás. Y lo que es más importante: ¿por qué harías algo así?

—¿No es obvio? Yo consigo que no te pongan la multa y Bianca viene al Untamed el sábado.

Cliff apretó la mandíbula.

—Vale. Consigo que te quiten la multa y, además, te escribo otra canción.

—Que me quiten la multa y cinco canciones.

Pax le dio unos golpecitos en la sien.

—Estás loco. —Pax ni siquiera había acabado la canción que tenía que escribir para la fiesta de disfraces de mañana. Puede que pudiera currarse otra, pero ¿cinco?, ¿para el sábado? ¿Y cuándo dormiría?—. La multa y tres canciones, mamón avaricioso.

—Cuatro. Y es mi última oferta.

—Vale, cuatro. Pero no pienso pagarte este café.

—¿Y quién ha dicho que te iba a pedir que lo hicieras?

Cliff levantó su capuchino y alzó una ceja, alentando a Pax a que actuara.

Pax se centró en la agente. Llevaba una camisa azul y un pantalón oscuro con la chaqueta a la cintura. Tenía el pelo recogido en un moño de esos tirantes que decía a gritos «no me toques las narices». Pax hizo rodar sus hombros, preparándose.

—Está bien —dijo—. Nos acercamos; cuando levante la vista, yo le sonrío de forma deslumbrante y tú empiezas a decirme que eres mi fan número uno y que quieres mi ropa interior firmada. Que me la compras por diez mil dólares.

Cliff bajó la mano que sostenía el café y preguntó:

—¿Ropa interior firmada?

—Luego te cuento.

—No, no hace falta, prefiero no saberlo. Y déjalo, no vas a poder convencerla de que no ponga la multa.

Pax le quitó el café antes de que se lo llevara a los labios.

—Mira y calla.

Se acercó a la agente por detrás y se chocó con ella, dándole un golpecito con el brazo. El café se derramó sobre el papel y la tinta emborronó la multa.

—Ay, Dios, lo siento —dijo Pax, que la miró con una sonrisa avergonzada. Por el rabillo del ojo vio cómo Cliff se apoyaba sobre la verja que daba a los jardines botánicos.

La agente le miró, pasando a la siguiente hoja.

—No pasa nada. Haré otra.

—¿Esa multa es para mí? —preguntó él.

Ella le miró con los ojos entrecerrados.

—¿Este es tu Mercedes? Si es así, sí, es para ti.

Pax alzó su café con leche.

—Pues me lo voy a tomar como una señal para dejar el café. Si no hubiera parado a por mi dosis de cafeína… en fin.

—Sí, sé a lo que te refieres —contestó ella respirando el rico aroma del café.

Pax se centró en eso.

—El mejor café de la ciudad —dijo señalando el camión amarillo.

Ella le estudió con más detenimiento.

—Me suenas de algo.

Pax se encogió de hombros, intentando ocultar ese placer casi obsceno que sentía cuando alguien le reconocía.

—Justo ahora iba a ensayar con el grupo.

—Pax Polo —dijo la agente—. Eres Pax Polo.

—El mismo.

Pax vio cómo Cliff negaba con la cabeza.

—Mira —dijo—. Tengo aquí un capuchino que he

comprado para un amigo, pero, entre tú y yo: no creo que deba darle más cafeína. Así que haznos un favor a ambos y quédatelo, ¿vale?

Ella miró el vaso, tentada.

—No estarás intentando que te quite la multa, ¿verdad?

—¿Para nada? —Pax puso su café con leche sobre el coche—. Pero si me dejas el bolígrafo, te firmo el café.

Ella le pasó el boli, divertida.

Pax escribió: «Que tengas un buen día» y le pasó el vaso y el bolígrafo. Ella hizo malabares para sujetarlos junto a la libreta. Dedicó a Pax una pequeña sonrisa y suspiró.

—Bueno… solo han sido cinco minutos, no creo que pase nada si hago la vista gorda.

—Oye, que si quieres te sujeto algo…

—Lárgate, anda —dijo la agente sonriendo y dando media vuelta. Pax le tiró un beso según se iba. Cliff se acercó a él.

Pax cogió su café con leche y le dio el sorbo del triunfo.

—Bianca sale con nosotros el sábado.

Cliff le quitó el vaso.

—Serías capaz de vender una nevera a un pingüino.

—Es lo más bonito que jamás me hayas dicho.

—No te acostumbres.

—No quisiera.

A Cliff se le marcó el hoyuelo y lo ocultó dando un trago al café.

Capítulo Doce

Pax llevaba un rato tocando la campana de los vecinos al ritmo de *Jingle Bells*, cuando Buttercup salió de casa y le sonrió de forma dulce antes de dirigirse a Luca, que estaba tratando de arrancar el coche sin mucho éxito. Eso sonaba a batería muerta.

Qué bien pintaba la noche.

Siguió tirando de la cadenita.

Todo saldría bien.

Era una noche cálida y un cielo sin nubes se extendía sobre la ciudad. Todo lo que tenía que hacer era mantener a Cliff ocupado e intentar hablar con las Tres Tes. La canción que había escrito y que le había entregado antes a Cliff podría tener un propósito doble y servir también de disculpa para el grupo. Porque quizá si se disculpaba, volverían a mandarle algún mensaje. O contestarían a los que él había mandado.

Pax no estaba seguro de que lo que había pasado necesitara una disculpa por su parte, pero no había tenido valor de contar a las Tres Tes el motivo por el que se había peleado con Blake, así que entendía por qué le culpaban a él.

Tiró de la cadenita lo más fuerte que pudo.

Cliff apareció en la puerta y Pax perdió el ritmo. Soltó la campana y parpadeó ante la visión del conde Rugen. Cliff se había dejado un poco de barba para ir más acorde con el personaje y con los *leggings* claritos que llevaba y las botas altas negras estaba… estaba…

—Perfecto —le dijo, tosiendo un poco para quitarse la afonía que de repente tenía.

Pax siguió con el ritmo de *Jingle Bells*, pero esta vez contra su espada de juguete.

—Hubiera sido una pena que no lucieras lo bien que te queda el disfraz —continuó diciendo mientras seguía mirándole de arriba abajo. Se acercó un poco para colocarle la peluca y el aliento de Cliff le acarició la muñeca—. Así está mejor. Te he escrito tu canción, así que ahora tienes que hacer todo lo que te pida.

—No veas las ganas que tengo de ser tu títere esta noche —contestó Cliff secamente.

Pax le dedicó una sonrisa adorable.

—¿Qué tal si, en vez de llamarlo títere, pensamos que eres mi guitarra y que yo también estoy deseando tocar tus cuerdas?

Una risa.

—Quizá quieras replantearte esa analogía, Apolo. —Cliff salió al porche y cerró la puerta tras él—. Si fuera tu guitarra, no podrías vivir sin mí. Me tocarías cada noche, con una intensidad brutal, y durante mucho tiempo.

Pax apretó muy fuerte la empuñadura de su espada.

—Y, si fuera tu guitarra —continuó Cliff al pasar por su lado—, estarías completamente enamorado de mí.

—¿Quién dijo títere? Odio esos muñecos con todas mis fuerzas.

Cliff se dirigió a su coche.

—Acabemos con esta cita cuanto antes. Nos vemos allí en una hora.

Pax le siguió con un paso menos seguro de lo normal.

—¿Acabas de decir que esto es una cita?

Cliff sujetaba la puerta del jardín con la vista fija en el hombre de negro y Buttercup, que estaban entre el monovolumen color menta de Luca y el brillante Mercedes de Cliff.

—¿Y qué es, si no?

Ah, vale. Hablaba de Luca y Bianca.

Pax fue hacia la acera y Cliff le siguió, cerrando la verja cuando ambos estuvieron fuera.

—¿Cuántos caben en tu coche? —preguntó Luca con una sonrisa esperanzada.

Cliff abrió el Mercedes con el mando mientras fulminaba con la mirada al italiano y luego a Pax. Como si él hubiera planeado esto. Ojalá pudiera llevarse el crédito, pero no era el caso.

Pax le guiñó el ojo y abrió la puerta del copiloto.

—Pues parece que nos vamos todos contigo.

Cuando los cuatro estuvieron dentro y con el cinturón puesto (lo que no fue tarea fácil para Cliff y Pax, que primero tuvieron que desenfundar y quitarse las espadas), apareció Henry corriendo hacia el coche con una chaqueta de terciopelo color mostaza.

—Corre, corre, arranca —dijo Luca desde el asiento trasero.

Los mocasines de Henry resonaban en el asfalto y Pax sacó la cabeza por la ventana para decirle:

—Te dije que nos veríamos allí.

Henry disminuyó la marcha cuando estuvo al lado del coche y abrió la puerta de atrás.

—Pero prefiero ir con vosotros a conducir yo.

Pax gimió en silencio mientras Henry entraba, trepaba por encima de Luca y se plantaba en el asiento central, bien pegadito a Buttercup.

—Además —dijo, muy digno—. Esto es mucho mejor para el medioambiente.

Cliff les dirigió una mirada asesina por el espejo retrovisor, los labios apretados en una fina línea. Entonces, miró a Pax como diciéndole que no pensaba perder al trío de vista en toda noche. Pax iba a tener que dar lo mejor de sí mismo si quería distraer y mantener ocupado a Cliff.

Emprendieron la marcha.

Desde atrás llegó el grito enfadado de Henry:

—¿Por qué vais todos disfrazados?

Tras treinta minutos conduciendo por la costa y recorriendo las empinadas y estrechas calles de Dunedin, llegaron al castillo de Larnach. La cola de la puerta ofrecía una gran variedad de disfraces: Elizabeth Bennet y Darcy, Sherlock Holmes, Alicia y el sombrerero loco, Ebenezer Scrooge, Frankenstein…

Pax estaba junto a Cliff, y como estaba jugueteando todo el rato con la espada, no hacía más que rozarle el brazo. Sin querer, por supuesto.

Cliff mantenía la vista al frente mientras, detrás de ellos, Luca y Henry hacían turnos para lucirse delante de Bianca.

Desde la puerta les llegó una voz conocida:

—Sí, sí, Julieta, ahora te ríes, pero cuando llegue el efecto 2000 seguro que intentarás matar a Romeo por una caja de cereales.

—Parece que han convencido a Buster para que trabaje esta noche aquí —dijo Pax, sonriendo.

Henry gimoteó y empezó a pelearse con Luca para que le cambiara el sitio y le dejara ponerse en el extremo más lejano a Buster.

—Así que, ¿en serio tuviste alguna movida con Buster? —preguntó Pax a Henry.

—Es el hermano de mi antigua mejor amiga, Judy.

—¿«Antigua» porque la entraste y dejasteis de ser amigos?

—Precisamente por lo contrario.

Qué interesante.

—¿Por principios? ¿O por qué no te la querías fo…?

Cliff dejó de mirar el castillo y les fulminó con la mirada. Vale, vale, bajaría el tono de la conversación. Susurró:

—¿No te apetecía meterle el…?

Cliff le dio una colleja y le apartó de Henry para que dejara de hablar de una vez.

—¿Me sujetáis el bolso? —dijo, entonces, Bianca—. Se me ha bajado la cremallera.

Luca respondió de forma inmediata:

—Como desees.

—Ponte el pelo a un lado, mi bella dama —dijo Henry—. Yo lo arreglaré.

Se oyó de nuevo la voz atronadora de Buster:

—Pero ¿a vosotros quién os educa? Este año carbón para todos.

—Me ha leído el pensamiento —murmuró Cliff, bajito.

Cuando entraron al castillo, un dulce aroma a vainilla y manzana lo invadió todo. Se dirigieron a un salón de baile largo y estrecho con techos tallados a mano y suelos resplandecientes. Habría como unos cien invitados y los camareros iban pasando bandejas con vino espumoso y pastelitos de carne —tan típicos en esta época— y sorteando a quienes bailaban al son de la música en vivo: una banda que tocaba el laúd, la flauta, el arpa y unas campanas chinas.

Luca y Henry salieron disparados hacia la barra para conseguirle una tarta de Navidad a Bianca, que acababa de decir que le apetecía, mientras ella buscaba un lugar en el que dejar el chal y el bolso.

Conversaciones animadas y risas envolvían el salón tenuemente iluminado. Cliff y él se quedaron en la entrada y Pax escaneaba la habitación en busca de las Tres Tes. Puede que todavía no hubieran llegado.

Cliff se giró hacia él, Pax sintió su voz burbujeando muy cerca de su oreja.

—¿Sabes qué canción están tocando, Apolo?

Tras escuchar las notas durante unos instantes, levantó la vista hacia Cliff. Jugueteó con el cinturón, pasándose los dedos por él una y otra vez, nervioso. Su sonrisa deslumbrante no lo fue tanto esta vez. Se lamió los labios. Si no se equivocaba, lo que sonaba era *Lamento di Tristano*. Música del Renacimiento. Una canción de amor.

—¿Cómo podría saberlo? Yo solo improviso con la guitarra.

Cliff le miró con atención, sus ojos vagando hacia su labio inferior.

—No es verdad.

Pax puso cara de que no pasaba nada, pero tenía un nudo en el estómago. ¿Les habría descubierto?

—¿A qué te refieres? —le preguntó.

Cliff sonrió, una sonrisa lenta que hizo que Pax contuviera el aliento de los nervios.

—A que también compones canciones —dijo Cliff, sacándose un papel que llevaba en el bolsillo del chaleco.

—Ah, eso. —Pax dejó escapar una risa de alivio—. Claro, claro.

—La he leído. Más de una vez.

Otro nudo más en el estómago… «¿Y? ¿Qué opinas?», quería decir Pax.

—Pues muy bien —fue lo que dijo al final.

—¿Quieres saber lo que pienso?

Desesperadamente.

—Si me lo quieres decir —dijo Pax, encogiéndose de hombros.

Cliff abrió el papel y leyó una frase de uno de los versos centrales.

—Otro cumpleaños más; otra gran noche de pizza que me das; y, como siempre, sé que me invitarás.

Pax hizo un gesto de dolor.

—No debería leerse de esa forma.

—¿De qué forma?

—Sin entonación alguna.

Cliff dobló el papel por la mitad.

—Puedes escribir algo mejor que esto.

Pax se apoyó contra la pared y miró al techo.

—Si se le pusiera música…

—Te conozco desde hace una semana y media. Tu comida rápida favorita son los *fish 'n' chips*.

—La pizza también está bien.

—No para tu cumpleaños.

Cliff le miraba a los ojos con intensidad y Pax no podía seguir manteniendo la sonrisa.

—Me pregunto dónde estará Bianca —dijo.

Funcionó a las mil maravillas y Cliff se centró en localizar a su hermana. Pax respiró hondo y se sacudió ese sentimiento raro que se le había pegado al pecho sin su permiso y sin quererlo.

—Ahí está —dijo Cliff, tras escanear el salón. Se separó de la pared y se dirigió en dirección a su hermana mientras se metía de nuevo la letra en el chaleco.

Pax le siguió, luchando contra la decepción. «Céntrate», pensó.

¿Cómo podría mantener a Cliff ocupado toda la velada?

¿Y cómo podría conseguir que sonriera?

Echó un vistazo a la sala: podrían hacerse con una mesa pequeña con dos sillas, pero Cliff llevaba sentado tras su escritorio casi todo el día. También podrían ponerse en la barra, pero Cliff era el encargado de conducir.

Como Pax se conocía el castillo, sabía que la mejor manera de distraerle sería salir fuera. A las almenas.

Vieron cómo Henry ofrecía una silla a Bianca y cómo Luca le entregaba un trozo del pastel navideño. Pax le puso una mano en el brazo a Cliff y le detuvo.

—¿Qué te parece si antes de someternos a la tortura que será escuchar a estos tres en acción nos batimos en duelo en la parte de arriba del castillo?

Cliff pareció dudar.

Bianca se atragantó con un trozo de tarta y Henry le pasó su bebida, diciéndole:

—Todo lo mío es tuyo.

Cliff gimoteó al oírle.

—Creo que preferiría que me degollaras con tu espada a presenciar esto.

Pax se rio.

—Podría arreglarse. ¿Me esperas en el recibidor mientras les digo una cosa a los chicos? No tardaré nada.

Cliff suspiró y pasó de largo a los donjuanes, dirigiéndose hacia la salida.

Pax agarró a Henry por las solapas de la chaqueta y le empujó contra la pared.

—Hey, cuidado con la chaqueta.

Pax le arregló un poco el cuello.

—Bianca es una chica superdulce y, no te voy a mentir,

voy con Luca en todo esto, pero el amor puede ser complicado. Una auténtica locura. Así que si te eligiera a ti, te portarás bien con ella. No es un juguete con el que divertirse y luego descartar. No es otra muesca en el poste de la cama de Hefner. —Pax bajó la voz—. Si me entero de que la haces llorar, aunque sea un poco, yo mismo me aseguraré de que ninguna chica se te acerque jamás. —Le dio unas palmaditas en el pecho—. ¿He sido claro, Shakespeare?

Henry le fruncía el ceño, pero Pax vio cómo tragaba saliva con dificultad.

—Claro como un día de verano. Y, por cierto, toma. —Empujó un papel contra él—. Dile a tus colegas que llamen a mi tío.

Henry se separó de la pared y empezó a andar hacia atrás, mirando a Pax.

—Que sepas que te lo puedo arrebatar en un abrir y cerrar de ojos —le dijo.

Pax se frotó la mandíbula, un dolor intenso y muy incómodo instalándose en su estómago. Se metió el papel en el bolsillo de camino a encontrarse con Cliff.

—Salgamos de aquí y peleemos —le dijo cuando estuvo frente a él. Necesitaba liberar toda la tensión que ahora se le acumulaba en las venas.

Cuando llegaron a las almenas, Pax extendió los brazos, recibiendo y disfrutando la brisa que se arremolinaba alrededor y se le pegaba a la piel, salada, limpia y fría. Desde donde estaban seguía llegándoles la música procedente del interior. El laúd y el arpa se escuchaban de forma tenue por encima del sonido de los pasos de Cliff que, en esos momentos, caminaba hacia los muros.

Se pararon junto a una atalaya que seguro que en tiempos pasados había albergado arqueros duros y fríos como el hielo.

Cliff se apoyó contra la parte más alta del muro, observando los jardines y los invitados que iban llegando a la fiesta. Una ráfaga de viento hizo ondear su peluca y tuvo que apartársela del rostro.

Pax se movió, nervioso, con una mezcla de alivio y recelo cuando vio un grupo de tres chicos vestidos de mosqueteros pasar por la arcada de flores doradas que daba entrada al castillo.

—Ahí está el resto de mi grupo —murmuró de forma ausente, tocándose el bolsillo.

Cliff siguió la dirección de su mirada, hacia las flores amarillas que caían como una cascada por el arco y que brillaban con las últimas luces del atardecer y de ahí, a sus tres colegas pasando por debajo.

—*Laburnum*.

—La… ¿Qué?

Cliff le miró.

—Las flores. Son *Laburnum*.

—Son bonitas.

—Es la planta que usaron para matar a Sócrates.

—Vaya, eres la alegría de la huerta.

—No pretendía divertirte, solo apuntar un dato significativo.

Cliff se apartó de la muralla y Pax hizo lo mismo, su mano acariciando la empuñadura de su espada.

—¿Quieres pelear? —le preguntó Cliff, al darse cuenta del movimiento.

—Es lo que se nos da bien, ¿no? —contestó Pax que, además, necesitaba quemar toda esa energía que le recorría el cuerpo.

El sonido de Cliff desenvainando inundó el aire: el

metal de la espada de juguete chocando contra el plástico de la carcasa. Pax también sacó la suya, agarrando fuerte la empuñadura de cuero.

—Debería advertirte —dijo Cliff—. Hacía esgrima en el instituto.

—Pues claro que sí, te pega muchísimo. —Pax separó las piernas y se balanceó sobre los talones—. Debería advertirte: yo, no.

Cliff se rio y sus espadas se chocaron. El golpe hizo vibrar la muñeca de Pax.

—Gana el primero que arrastre al otro del muro este al oeste —dijo Pax, reajustando su agarre, que estaba resbaladizo entre sus dedos.

—O el primero que deje caer la espada.

Pax entrecerró los ojos, pero sus labios tenían vida propia y se ensancharon en una gran sonrisa.

Cliff atacó y Pax levantó su espada para bloquear el golpe. Pero la siguiente arremetida fue tan grácil y elegante que acabó con la espada de Pax en el suelo, repiqueteando contra la piedra. Cliff se agachó, la cogió por la hoja y se la pasó.

—Nadie es perfecto.

—Tú, sí —murmuró Pax—. Una semana y media y no has hecho más que ganar y ganar.

Una ráfaga de viento llevó el aroma del *aftershave* de Cliff hasta Pax y también le descolocó la peluca, que se le cayó hacia un lado.

—No te muevas —le dijo Pax, levantando la espada y quitándole la peluca con ella.

Cliff se pasó la mano por el pelo aplastado y se lo peinó.

—Mejor.

—Sí —dijo Pax, frunciendo el ceño y dirigiendo la mirada más allá de las atalayas, hacia el arco de flores amarillas. El *Laburnum*—. ¿Qué has querido decir antes con lo de que era un dato significativo?

Cliff alzó la espada, listo para otro duelo.

—Que, al igual que las flores, algunas *amistades* pueden parecer bonitas y, sin embargo, ser venenosas.

¿Era así la amistad que ellos tenían?

De solo pensar en ello, se le revolvió el estómago e, incluso, se notó los pies más pesados de lo normal. Se quedó quieto, sin ningún tipo de gracia y con cero entusiasmo y Cliff le acorraló contra una esquina, metal chocando contra metal.

—¿Crees que soy como el *Laburnum*?

Cliff perdió el equilibrio.

—¿Qué? No estaba hablando de ti.

—Porque soy bonito pero vene…

—Venerado. Eso es lo que eres. Y muy apasionado en conseguir lo que quieres. Hasta que lo consigues y fijas tu objetivo en tu siguiente presa. Eres el rompecorazones por excelencia, Apolo. Y, puede que aún no lo sepas, pero tienes tanto carisma que podrías envenenar con él a quien quisieras.

Carisma.

Una sonrisa enorme iluminó la cara de Pax, que tuvo que llamarse la atención a sí mismo, en plan: «Contrólate, tío, deberías intentar superar ese cuelgue que tienes de ti mismo».

—No rompo corazones.

Cliff se rio bajito.

—Si te creyera…

Ese peso que antes había anclado a Pax al suelo, ahora parecía elevarse, haciendo que sus pies bailaran sobre el empedrado.

—Entonces, si no estabas hablando de mí o de nuestra

amistad… —Oh. Cliff había estado hablando del grupo —. Te equivocas.

Pax fue consciente de cómo le había temblado la voz al decirlo y, queriendo cambiar de tema, arremetió contra Cliff.

—¿Por qué te preocupa tanto que tu hermana tenga citas?

Cliff contraatacó un par de golpes en silencio. Solo se oía el metal chocando. Entonces, dirigió su vista hacia el mar y dijo:

—Por nuestros padres.

Pax se paró en seco, congelándose a medio movimiento, la punta de su espada pegada a la de Cliff. Todo lo que podía ver ahora era la foto en su mesilla y sintió tanta pena que se le secó la garganta y se le tensaron los hombros.

—Ambos eran profesores universitarios, daban muchísima importancia a los estudios —dijo Cliff, su tono tenso, como si estuviera ocultando algo—. Valoraban mucho nuestras notas y que trabajáramos duro para conseguirlas. Y así lo dijeron en su testamento, que querían que ambos fuéramos a la universidad, que abriéramos nuestras mentes, que no nos cerráramos al saber. —Tragó saliva con dificultad—. Y Bianca está tan cerca de cumplir todo eso… no puedo dejar que un chico la aparte de ese camino.

Y otra vez a Pax le dio la sensación de que Cliff estaba omitiendo algo.

No le parecía correcto presionar, así que se centró en lo que Cliff sí estaba dispuesto a compartir:

—¿Por eso estás haciendo un doble máster? ¿Porque sabes que se sentirían orgullosos?

Una sonrisa llena de tristeza se deslizó por los labios de Cliff.

—Me encanta mi máster, pero… sí, en parte, sí.

Pax se imaginaba la presión que Cliff sentía, esa profunda necesidad de hacer que sus padres se sintieran orgullosos. Como si al hacerlo, mantuviera viva una parte de ellos, como si su presencia pudiera acompañarles a él y a Bianca mientras lidiaban con la pérdida.

Un peso empezó a oprimirle el pecho, pero Pax se sacudió la sensación lo más rápido que pudo.

—Confía en tu hermana. Es una chica lista.

—Sí que lo es. Al menos, casi siempre.

Cliff dejó caer su espada y negó con la cabeza, en un gesto tan cariñoso que parecía totalmente fuera de lugar para la Furia.

El sonido del laúd y el arpa se elevaron al abrirse la puerta que conducía al interior.

Una pareja salió hacia las almenas, riendo y besándose.

Cliff cogió la peluca del suelo y miró a los ojos a Pax durante unos segundos que parecieron eternos.

Ante el sonido de otra risita, ambos enfundaron sus espadas y se dirigieron al interior del castillo.

Capítulo Trece

P ax enlazó sus brazos y arrastró a Cliff hacia la entrada a los jardines.

—¿No crees que ya me has distraído bastante? —preguntó este.

—Ni de cerca —contestó Pax.

Empezaron a pasear por el camino de piedra que rodeaba el cuidadísimo césped. La brisa salada procedente del mar se mezclaba con el aroma dulce del polen.

—Veinte minutos. Después voy a ver cómo está Bianca.

Pax sonrió para sus adentros e hizo que el paseo por los jardines durara una hora.

Nada más entrar al salón de baile, Pax divisó a Tony, que se recolocaba el sombrero de mosquetero mientras hablaba con la arpista.

—Vete a comprobar cómo está Bianca, que enseguida voy yo.

Los labios de Cliff se apretaron en una fina línea.

Pax fue sorteando bailarines hasta llegar a Tony, que en esos momentos dejaba dos vasos de cerveza vacíos en la barra del bar. Probablemente ninguno era suyo ya que Tony, como Pax, no solía beber.

—Tony.

Este se giró hacia él y le sonrió.

—Qué pasa tío, ¿qué tal vas con ese piano?

—Bien, es una delicia. ¿Cómo os va a vosotros sin mi guitarra?

Tony se encogió de hombros.

—La estoy tocando yo. No soy tan bueno como tú, pero tiempo al tiempo.

Pax se apoyó sobre la pegajosa barra del bar.

—Tengo un número de teléfono para ti.

—¿Por lo del concierto de The Lone Whistle?

Pax se sacó el papel del bolsillo y lo puso en la mano que Tony extendía en su dirección.

—Es nuestro.

Tony miró el número con detenimiento.

—Mañana se lo cuento a los chicos, cuando no estén borrachos. —Cogió las dos cervezas que le acababan de servir y se despidió con un gesto de cabeza—. Nos vemos.

Un grupo de bailarines vestidos de niños perdidos engulló la figura de Tony y Pax se quedó ahí, apoyado en la barra, con un sabor superamargo en la boca. Se sentó en un taburete, se pidió un whisky y se frotó las sienes.

Debería sentirse aliviado. Había hecho lo que tenía que hacer y mañana le llamarían para que volviera al grupo.

Pero… ¿Por qué Tony no le había ofrecido tomar algo con ellos ahora?

¿Y por qué le alegraba tanto que no lo hubiera hecho?

La conversación había sido tensa y poco natural. Vale, podía ser que les llevara un tiempo volver a como eran antes, a las bromas y eso, pero… aun así…

La risa de Cliff llamó su atención y se giró rápidamente hacia el sonido. Y, ahí estaba, a unos tres metros de distancia, apoyado en un diván junto a la pista de baile, hablando con Rapunzel, cuya peluca brillante y dorada le caía en cascada hasta la cintura de un vestido demasiado corto.

Estaban de perfil, la mano de ella acariciando la manga de la camisa amarilla de Cliff que rompió a reír de nuevo, echando hacia atrás la cabeza y todo. Pax apretó el vaso de whisky con todas sus fuerzas.

La mirada de Cliff vagó hasta la barra y se detuvo unos segundos al verle allí sentado.

Pax levantó el vaso hacia ellos antes de volver a dejarlo como si de un peso muerto se tratara. Se quedó mirando el líquido ambarino, maldiciendo su visión periférica. Maldiciendo a Cliff por arrastrar a Rapunzel hacia donde él se encontraba.

—¿Quieres tomar algo? —le preguntó Cliff a su acompañante.

—Agua —dijo ella.

Cliff captó la atención del camarero.

—Dos botellas de agua.

Cliff se acercó más al taburete de Pax, mirando su whisky y luego a él. Rapunzel se quedó detrás de ellos.

—¿Esto es lo que sueles hacer los días de diario? ¿Emborracharte con tu grupo?

Y, así, sin más, la Furia estaba de vuelta. Y Pax lo prefería, era más manejable que el Cliff con el que había estado en la almenas.

Pax le dio un trago a su bebida, el alcohol quemándole la garganta.

—Claro, qué esperabas. Soy una estrella del *rock*.

Cliff se giró, le pasó una de las botellas a Rapunzel, se apoyó contra la barra y, elevando un poco las caderas, empezó a beber de la suya.

Se oyeron los primeros acordes de un vals.

—¿Quieres bailar? —le preguntó Rapunzel a Cliff.

Cliff puso su agua al lado de Pax.

—Bébete lo que queda —le dijo.

Llevó a Rapunzel hacia la pista de baile y, a un par de metros de distancia de la barra, miró a Pax por encima del hombro de la chica y dijo:

—Hoy se trata de *sentir* el ritmo de la música. Cuando la sientas, cuando se te meta bien dentro, empezarás a pasarlo bien.

Pax puso los ojos en blanco al escuchar la adaptación de las palabras de Luca en labios de Cliff y escondió la sonrisa tras el vaso de whisky.

Bailaron tres canciones seguidas. Y luego, otra. Pax se sentía demasiado pesado como para levantarse del taburete y temía que, si lo hacía, lo que le quedaba de ánimo se le escurriría por los pies.

Una mujer con una falda escocesa y un top de cachemira ajustado se puso junto a él en la barra.

—Eres Pax Polo.

Pax se giró hacia ella con una sonrisa en la cara.

—¿Y tú eres?

La chica levantó la lupa que tenía en la mano y le miró a través del cristal de aumento.

—Me llamo Nancy. De ahí el disfraz de Nancy Drew —dijo ella que, tras pedir un ron con cola, se sentó en el taburete a la izquierda de Pax, mirando hacia la pista de baile—. Te he visto desde la otra punta del salón.

—Qué...

—Estabas hablando con el tío más bueno que he visto en mi vida.

—... halagador —terminó en voz baja Pax que se giró en su taburete hacia ella.

En la pista de baile, Cliff hacía girar de forma magistral a Rapunzel al ritmo de un dueto de arpa y laúd. Pax se dio la vuelta para no verles.

—Por Dios, si es que mírale. —Nancy se rio y luego suspiró—. Baila fenomenal.

—También discute fenomenal —murmuró Pax, que odiaba la forma en la que Nancy se comía con los ojos a Cliff.

—¿Perdona? —le dijo Nancy.

Pax se encogió de hombros, de mal humor.

—Es joven, está bueno y tiene futuro. Se preocupa muchísimo por su hermana y sí, posiblemente, es el chico más guapo que hayas visto en tu vida. Su único defecto es que es un cabrón sarcástico e impaciente. Y no tiene solución, ¿eh? Así que mejor que te busques a otro. Mira, ese de ahí, por ejemplo.

Pax le señaló al cachas que caminaba por la pista de baile, haciendo que la gente se separara a su paso.

—¿El de seguridad? —medio gritó Nancy.

—Un ángel en comparación, créeme.

Alguien se aclaró la garganta tras él y Pax giró en su taburete. Cliff estaba apoyado en la barra del bar y tenía un brillo indescifrable en los ojos que hizo que Pax agarrara aún más fuerte su vaso vacío.

—¿Has terminado ya de contarle a esta mujer lo bueno que estoy?

Pax señaló a Cliff y le dijo a Nancy:

—Y como puedes ver, tampoco es el más modesto del mundo.

Ella se mordió el labio inferior.

—Por bailar con semejante espécimen, soy capaz de pasar por alto el sarcasmo y lo que sea.

—Entonces es que tienes mucha más paciencia que yo.

Cliff soltó una risotada y, como venía siendo habitual, le dio una colleja a Pax.

—Deja de beber.

—Siempre controlándolo todo. —Pax se giró hacia el camarero y pidió otro whisky, aunque no tenía ninguna intención de bebérselo. Le gustaba tomarse alguna copa, pero poco más. Prefería saber lo que hacía en todo momento—. ¿Dónde está Rapunzel?

Eso había sonado más lleno de resentimiento de lo que esperaba.

Cliff hizo una pausa.

—Bailando un foxtrot con el conde Olaf.

El agarre de Pax sobre el vaso se relajó.

Cliff le rodeó y le ofreció la mano a Nancy, sacándola a bailar y, sin apartar la vista de Pax, le dijo:

—¿Me creerías si te dijera que somos amigos?

Pax le mantuvo la mirada durante unos segundos.

—¿Lo sois? —preguntó Nancy soltando una risa que decía que no le creía.

Cliff no se lo confirmó y se limitó a reírse con ella.

—Algo así —murmuró Pax viendo cómo se perdían entre la multitud. Que hubieran compartido un momento de sinceridad en las almenas, no cambiaba el hecho de que Cliff le había lanzado un dardo a la cara.

Se quedó mirando su bebida sin empezar. El líquido dorado brillaba bajo el reflejo de las luces y se dio cuenta de que era del mismo color que las alas del ángel. Era curioso cómo siempre terminaba pensando en la figurita. Quizá fuera porque el ángel era el culpable de que se hubiera inmiscuido en la vida de los vecinos. Si no lo hubiera cogido al vuelo, quizá no hubiera escuchado la conversación de los hermanos y quizá ahora no se sentiría… así.

Se quedó mirando la lupa que Nancy había dejado en la barra y la cogió para escanear a fondo la pista de baile.

Cliff hizo girar a Nancy y luego la atrajo de nuevo hacia él.

Los tres mosqueteros, con los brazos alrededor los unos de los otros, cantaban a pleno pulmón, atrayendo a una multitud.

—Una más y nos vamos —gritó Tony—, panda de *frikis*.

La multitud les jaleó.

De repente se le ocurrió una idea y el solo pensar en ella le revolvió el estómago de forma instantánea. ¿Debería intentarlo?

—*Che bella notte serata* —oyó decir a Luca. El hombre de negro, cuyo antifaz y bandana seguían perfectamente colocados en su lugar, estaba a su lado junto a la barra—. Qué noche. Gracias por invitarme.

—De nada. —Pax le pasó el whisky—. ¿Quieres?

—No, ya estoy bastante borracho de solo estar cerca de Bianca. ¿Crees que Cliff estará listo para que nos vayamos?

A Pax le sorprendió el cambio de tono y miró a Luca, preocupado.

—¿Estás bien? —le preguntó.

—Bianca se ha torcido el tobillo.

—Si le dices a Cliff que su hermana necesita irse a casa, estará en el coche en un segundo. —Pax vio cómo Cliff daba otra vuelta a Nancy—. De hecho, creo que deberías decírselo ya mismo.

Luca empezó a moverse hacia la pista de baile y Pax se bajó corriendo del taburete para retenerle.

—Idos sin mí, ¿vale? —Miró a los mosqueteros—. Me voy a quedar con los del grupo.

—¿Estás seguro? —le preguntó Luca.

Lo único que Pax tenía que hacer era fingir que estaba

más borracho de lo que estaba. Y, tal y como Luca le dijo aquel día, sus verdaderos amigos le llevarían a casa.

Puede que fueran un poco egoístas y, a veces, puede que también un poco gilipollas, pero habían estado un año entero debatiendo los pros y contras de adoptar un dálmata del refugio de animales. Y donaban pasta a Greenpeace. Así que, en el fondo, eran buena gente.

—Sí, estoy seguro. Todo saldrá bien.

—Vale. Nos vemos luego, entonces.

—Puede que me quede en mi antiguo piso esta noche. Nos vemos mañana. Y llévate a Cliff, ¿vale?

Lo último que necesitaba ahora eran analogías sobre el *Laburnum* de boca de la Furia. Porque, además, Cliff estaba equivocado.

Totalmente equivocado.

Luca se fue a por la Furia y Pax se salpicó la cara y la camisa con un poco de whisky. Y, muy a su pesar, también se echó unas gotas por el pelo.

Se escondió hasta que vio cómo Cliff dejaba a Nancy y se iba a buscar a su hermana. Cuando los cuatro —Cliff, Luca, Bianca y Henry— se hubieron ido, Pax se bebió lo que le quedaba de copa, se alejó de la barra y empezó a fingir que se tambaleaba mientras, con voz de borracho, pedía perdón a la gente con la que se iba chocando. Sin duda, la mejor actuación de su vida. Los tres mosqueteros estaban cogiendo sus sombreros y espadas de uno de los divanes, cuando Pax llegó a ellos y les saludó con un casi ininteligible «hey, tíos» que sonó borracho a más no poder. Acompañó la jugada cayéndose bocabajo sobre el diván, dejando caer un brazo por el borde, hacia el suelo.

—¿Pax? —dijo Tim, sorprendido—. No sabía ni que estabas aquí, tío.

Pax balbuceó algo y fingió desmayarse.

—¿Con quién está? —preguntó Tim a Tony.

Tony le dio un golpecito en un pie y Pax hizo como que se despertaba de golpe.

—Mmm… Estoy solo. No tengo cómo irme —dijo y fingió que se quedaba dormido de nuevo.

Ted le tiró un vaso de agua a la cara. Pax se sacudió ante el frío, un cubito de hielo colándose por su camisa. Apoyó las manos sobre los cojines del diván y se sentó, añadiendo un poco de tambaleo al movimiento. Los chicos tenían sus espadas y sombreros puestos.

—¿Ya estáis listos? —les preguntó Tony a los otros dos —. ¿Qué hacemos con Pax?

Tim se encogió de hombros y cogió un trozo de tarta de la bandeja de un camarero que pasaba por ahí en esos momentos.

—Abre la mano, tío.

Pax obedeció, medio grogui, hasta que sintió el tacto del hojaldre sobre su palma.

—Cómetelo. Ted, ¿has terminado con tu agua? —preguntó Tim.

—Que se quede con mi botella —contestó Tony.

—Vas a estar bien, ¿verdad, Pax? —dijo Tim y, acto seguido, puso una mano en los hombros de los otros dos mosqueteros—. Tony, ¿tienes las llaves?

Pax mordisqueó la tarta y la dejó caer sobre su regazo.

—Me encuentro como el culo.

Tony se le acercó y le levantó la cara, agarrándole por la barbilla.

—No puedes venirte con nosotros, tío. No sería justo para Blake.

¿Que no sería justo? Pues igual que no era justo que hubieran seguido ensayando con Blake cuando, en teoría, los dos estaban fuera del grupo.

Tony le guiñó un ojo.

—Entiendes que no es nada personal, ¿verdad?

—Los autobuses salen cada media hora —añadió Tim.

Ted le dio una palmada en la espalda según salían y Pax dejó que el impacto del toque le tirara de nuevo sobre el diván. Suave terciopelo le rozó la mejilla y la botella de agua se le clavó en un costado, pero no dolió tanto como el peso horrible que, en esos momentos, sentía en el estómago.

Se quedó donde estaba, viéndoles marchar. Esperando que se dieran media vuelta y volvieran. Le picaban los ojos y la garganta le escocía como si hubiera estado bebiendo whisky toda la noche.

Cuando sintió los ojos vidriosos, los cerró.

Pasó un minuto, quizá dos, hasta que Pax consiguió quitarse esa fea sensación de encima.

Sintió el aire cambiar a su lado y soltó el aire con alivio: al final habían vuelto. Pero entregado a su pantomima, mantuvo los ojos cerrados y balbuceó algo sin sentido.

Notó cómo algo de cuero le rozaba la mejilla y…, un momento, ¿cuero?

Abrió los ojos. El reflejo de las luces jugó con sus sentidos unos segundos antes de que viera a Cliff cerniéndose sobre él. Su expresión no era esa tan estudiada y tan calmada a la que Pax estaba acostumbrado. Sus ojos verdes se paseaban por su cara mientras su mano enguantada iba hacia su nuca.

A Pax se le iba a salir el corazón del pecho.

¿Cliff había vuelto?

Quizá Bianca se había dejado el bolso o algo así.

¿Cuánto habría visto de la lamentable escena? ¿Le habría oído rogar a los mosqueteros para que le llevaran a casa?

Tragó con dificultad. ¿Habría sido Cliff testigo de su patetismo? ¿De lo poco importante que era?

Joder. Como Cliff se diera cuenta de que ni siquiera estaba borracho…

No podía enterarse. Estar borracho, al menos, le dejaba un poco de la dignidad que había perdido.

—¿Has vuelto para otra pelea? —Pax dejó caer la mano hacia su espada.

Cliff se la apartó y le pasó el brazo por la espalda, apoyándole en su hombro y ayudándole a sentarse. Pax sintió su respiración en la mejilla.

—¿Cuánto has bebido? Apestas a alcohol.

Pax se encogió de hombros y se tambaleó un poco.

Cliff le pasó un brazo por la cintura y se pasó el brazo de Pax por encima de los hombros.

—Vamos a llevarte a casa.

Pax dejó caer todo su peso contra Cliff como haría un borracho de verdad. Contra su solidez. Contra su olor a *aftershave* y a nueces. Su aroma invadió por completo los pulmones de Pax.

Cliff le sacó del castillo.

—¿Al final has encontrado el bolso de Bianca?

—¿De qué hablas?

—Volviste a por algo, ¿no?

—Sí.

—¿Y no deberías encontrarlo antes de irte?

Cliff le dio un apretón en un costado y Pax notó el calor de sus dedos a través de la fina camisa.

—Anda, borrachuzo, vamos.

Pax sintió las palabras sobre su pelo.

—Méteme en un taxi. No quiero que nadie más me vea así.

—No te verán. Luca se ha llevado a Henry y a Bianca a casa.

Pax se tropezó al oírle.

—¿La has dejado a solas con ellos?

—Luca conduce y el otro va solo en el asiento trasero. No creo que la pueda toquetear demasiado desde ahí. Además, vamos a coger un taxi y estaremos allí enseguida.

Cliff aún le llevaba pegado contra su cuerpo cuando pasaron la verja. Buster estaba allí fumándose un cigarro. Haciendo anillos con el humo del tabaco, miró a Cliff.

—¿Pax es el chico por el que has vuelto?

—Se ha pasado con la bebida —le contestó Cliff en un murmullo.

—Pax solo se ha emborrachado una vez en toda su vida.

Cállate, Buster.

Pero Buster continuó:

—*Nah*. No estás borracho. Tus ojos me dicen que es todo un engaño.

Cliff reajustó el brazo de Pax sobre su hombro.

—Estoy seguro de que no estaría tan pegado a mí si no estuviera borracho.

—No, no lo estaría —balbuceó Pax. Sus ojos se encontraron con los de Buster y le rogó con la mirada que lo dejara correr.

Por fin, un rayo de entendimiento brilló en los ojos del portero.

—Lléveselo de aquí de una vez, señor Rochester.

—Sí, vamos a coger un taxi —le aseguró Cliff.

Anduvieron hasta la fila de taxis que esperaba en la salida. Pax soltó una risilla y dijo:

—Te ha llamado señor Rochester. Hubiera sido un disfraz perfecto. En serio. Le gusta decir a otros qué hacer, encierra gente en buhardillas…

Cliff relajó un poco su agarre sobre Pax.

—Pensándolo mejor, vamos a coger un autobús que se coma todos los baches del camino.

~

Puede que fuera la primera vez que Cliff no
cumplía con una amenaza. Y era un cambio muy agradable en su forma de proceder, aunque también un poco
desconcertante... pero, bueno, al final habían cogido un
taxi que era lo importante.

Se sentaron juntos atrás, Pax apoyado contra la puerta,
con la frente en el cristal de la ventana. Ninguno de los dos
habló hasta que llegó la hora de pagar, que es cuando Pax
se inclinó sobre Cliff para buscar dinero suelto en los bolsillos. La parte de arriba de su cabeza rozaba el exterior del
muslo de Cliff.

Cuando logró sacar el dinero, Cliff ya se inclinaba
entre los asientos delanteros y pagaba. Después bajó la
vista hacia Pax, parpadeando.

Pax le puso el dinero contra el pecho, pero Cliff lo
ignoró y se cernió sobre él para abrir la puerta de su lado.
El dobladillo de su camisa amarilla le rozó la mejilla y Pax
cerró los ojos.

Cliff le ayudó a salir del taxi y le pasó el brazo por la
cintura. Juntos empezaron a caminar por la acera.

El taxi se alejó colina arriba y les dejó en la oscuridad,
observando la casa iluminada de Cliff a través del vaho de
sus respiraciones.

A través del ventanal del salón podía verse a Luca y a
Henry junto al árbol de Navidad. Bianca no estaba a la
vista; probablemente estaría sentada en una silla con el pie
en alto.

Cliff se tensó.

—Puede que 1984 no hubiera sido tan mala opción
para esta noche. —Pax recordó a media frase que tenía
que balbucear y terminó la frase arrastrando las palabras.

Intentó separarse de Cliff, pero este le agarró más fuerte.

—¿Por qué lo dices?

—Porque eres el gran hermano por antonomasia.

Cliff soltó una carcajada.

—Ya.

—Venga, a por ellos, que yo estoy bien.

—Estás borracho. No te dejo hasta que no estés con Luca.

—No —dijo Pax, superrápido. ¿Demasiado rápido, quizá?

Cliff frunció el ceño y Pax volvió a apoyarse contra su hombro para evitar su mirada analítica.

—No quiero que Luca sepa que ya he vuelto. Dile que viste cómo me iba con los del grupo. Mañana fingiré que he llegado al amanecer.

Una larga pausa en la que solo se oyó la respiración de Cliff.

—No se dará cuenta —le aseguró Pax—. Soy muy silencioso. Además, Luca duerme como un lirón, nunca he visto una cosa igual.

—¿Por qué mentir? —preguntó Cliff de forma un tanto sombría.

Pues porque la verdad dolía y Pax no quería lidiar con ella.

Y si Luca se enteraba de lo que en realidad había pasado… ¿Seguiría admirándole como lo hacía ahora?

—Ya llevo bastante mal que tú sepas…

—¿Lo borracho que estás?

«Lo patético que soy», pensó Pax, que al final se forzó a decir:

—Viste cómo se iban y me dejaban.

Cliff no dijo nada. Se alejó de la valla de su jardín y se dirigió hacia la casa de Luca.

A Pax le dio un vuelco el corazón.

—Pero ¿qué pasa con los chicos? —dijo Pax, que señaló hacia el salón de Cliff y, al hacerlo, se raspó la mano con las ramas de un arbusto—. Aún podrían darte problemas.

—Solo hay un chico capaz de darme problemas —murmuró Cliff.

Cliff le ayudó a subir las escaleras y le acompañó hasta su habitación, que aún conservaba el tenue aroma del desodorante que Pax se había echado antes de salir. No necesitaron encender ninguna lámpara porque, a pesar de que la penumbra era más intensa en unas partes del cuarto que en otras, la luz procedente del pasillo y la luna brillando en su ventana le daban cierta claridad. El ángel brillaba en el alféizar.

Pax se desenganchó de Cliff y se tiró en la cama, cuya estructura de madera se le clavó en las pantorrillas mientras el resto de su cuerpo se mecía con el vaivén del agua.

Cliff dudó, mirando por la ventana hacia su despacho.

—Parece distinto desde aquí.

Pax volvió a su paripé de borracho, emitiendo un ruidito de asentimiento. Se sentía raro, necesitaba compañía y no quería que Cliff se fuera, a pesar de que sabía que se estaba preparando para decir adiós e irse.

Pax fingió tener problemas para desatarse los cordones de las botas y, haciendo como que renunciaba a seguir intentándolo, levantó el pie, le dio un golpecito a Cliff en la pierna y le dijo:

—¿Me desvistes?

Cliff contuvo el aliento y, tras tragar de forma audible, contestó:

—No.

—Pero estaré muy incómodo si tengo que dormir con las botas puestas.

—Haber pensado en ello antes de empezar a beber. —La voz de Cliff tenía un tono ronco—. Considéralo una lección.

Pax cambió de idea en un instante: ya no quería compañía.

Miró mal a Cliff mientras empezaba a desabotonarse los botones de la camisa. Los fue desabrochando uno a uno hasta que la camisa se le abrió del todo y se la quitó, deslizándola por los hombros.

—¿Me podrías sacar, al menos, una camiseta de la cómoda?

Cliff ahí no dudó, abrió un cajón, cogió una camiseta y se la lanzó.

—Debería irme…

Pax se quedó muy quieto cuando oyó cerrarse la puerta principal y le hizo un gesto a Cliff para que cerrara la puerta de la habitación.

—No puedes dejar que Luca te vea irte —le susurró.

Cliff suspiró y cerró la puerta sin hacer ruido.

Pax esperó oír a Luca subiendo las escaleras, pero en lugar de eso, lo que se escuchó fue al italiano y a Henry discutiendo en el salón. Encendieron la televisión.

Cliff habló bajito para que no le oyeran.

—¿Cuánto tiempo pretendes que me esconda aquí?

—Toda la noche, si hace falta.

Pax no estaba seguro, por la semioscuridad en la que se encontraban, pero le pareció que Cliff fijaba su intensa mirada en él.

—Si crees que voy a castigar mi cuerpo con un colchón de agua, vas listo.

—¿Quién ha dicho que te iba a dejar dormir conmigo? Ahí está el suelo, no tiene pérdida, lo estás pisando en estos mismos momentos.

—Has dejado de arrastrar las palabras.

Pax fingió tener problemas para ponerse la camiseta y sintió los ojos de Cliff pendientes de cada movimiento. Así como quien no quiere la cosa, se le *olvidó* bajarse la parte de abajo, dejándose las caderas al descubierto y mostrando el fino rastro de vello abdominal que se perdía bajo la cintura de sus pantalones.

Fingió perder el equilibrio.

—Mira, tengo una idea: podrías saltar por la ventana. Pero ten cuidado con el ángel, no lo tires al salir.

Cliff se cruzó de brazos.

—No paras de hacer eso. Llevas toda la noche igual.

—Que no paro de hacer…¿qué? ¿Decirte dónde te puedes ir?

—No paras de tocarte el ojo —contestó Cliff.

Pax dejó caer la mano. No se había dado cuenta de que se estaba tocando el ojo. Volvió a intentar desatarse las botas, pero esta vez la imposibilidad de hacerlo fue real.

—Ya no tienes el cardenal —dijo Cliff—. ¿Te sigue doliendo?

No físicamente.

—¿Qué pasó?

Pax se encogió de hombros y dio por imposible lo de quitarse las botas.

Cliff se arrodilló ante él, tan cerca que parecía que sus auras se querían fundir en una sola. Empezó a desatarle los cordones.

Pax tembló.

Cliff levantó la vista y se encontró con la suya. Se la mantuvo unos instantes y Pax sintió otra corriente eléctrica atravesarle de pies a cabeza.

Si no podía decirles la verdad a los del grupo, había pocas posibilidades de que tuviera valor de soltárselo a Cliff.

Ninguna posibilidad.

Absolutamente ninguna.

Cliff desató la lazada y le quitó una bota. Empezó con la otra.

—Intenté algo con la persona equivocada —dijo Pax.

Nada más soltarlo, deseó poder retirarlo. Un frío helador le recorrió el cuerpo al sentirse así de expuesto, así de vulnerable. Necesitaba ver su guitarra, pero el cuerpo de Cliff le bloqueaba la vista. Giró la cabeza y fijó la vista en el alféizar de la ventana, donde el ángel brillaba bajo la luz de medianoche.

Los dedos de Cliff siguieron trabajando en los cordones, pero Pax sintió el más ligero titubeo. Cuando habló, su voz salió suave, considerada.

—¿No fue tu batería quien te pegó? ¿El tal Blake?

Pax odiaba ese nombre.

Odiaba cómo le empezaban a picar los ojos. Odiaba que Cliff lo supiera. No es que tuviera una pista, o una ligera idea. No. Lo sabía. A no ser que Pax pudiera retirarlo...

—Intenté ligar con su hermana. Blake es como tú, muy protector —dijo con un tono de voz una octava más alto de lo habitual.

Cliff hizo una pausa, esta vez más larga, pero Pax no se atrevía a mirarle y siguió mirando el ángel, que ahora era una especie de borrón.

—Ay, Pax. —Los dedos suaves de Cliff le agarraron de la barbilla, girándole la cara para que le mirara—. Qué poco convincente has sonado.

Pax parpadeó. No estaba seguro de qué había estado esperando, pero que Cliff no aceptara sus mierdas era lo que necesitaba en esos momentos.

Un ataque de risa amenazó con salir y se tapó la boca con la mano para mitigarlo, dejando caer la cabeza contra la cama.

Cliff le desató la segunda bota y se la quitó y, al levantarse, deslizó las manos por las piernas de Pax, que se tumbó bocarriba, con las manos detrás de la cabeza. Parecía una postura tranquila y despreocupada, pero por dentro estaba atacado; si liberarle de esos nervios fuera tan fácil como quitarle las botas…

Cliff cogió el Nokia de Pax de la mesilla y luego se sacó su móvil.

Pax le miraba, una extraña necesidad de que le consolara trepándole por el pecho.

—¿Qué haces?

—Intentar irme sin que me vean.

Pax se rio para sus adentros, una enorme decepción apoderándose de él.

—¿Porque soy gay? No tienes nada de lo que preocuparte, Clifford. Las furias no me van.

Cliff se giró a mirarle, un gesto sombrío en su rostro.

—Un poco tarde para erigir barreras entre nosotros, Apolo, y un poco innecesario también: ya sabía que te gustaban los chicos.

Una risa que sonó de lo más hipócrita se escapó entre los labios de Pax.

—Pero si pensabas que estaba interesado en tu hermana.

—No por mucho tiempo.

—¿Qué me delató?

—¿Qué no? El comentario de bañarte desnudo con la Furia, esa versión depravada del villancico, que dijeras esta noche que estoy bueno…

—Vale, no he sido sutil. Y seguro que no te estás yendo porque sea gay. Entendido.

Cliff pareció contener la risa, dejó el Nokia de Pax de nuevo en la mesilla y siguió escribiendo algo en su teléfono.

El silencio se extendió entre ambos y Pax aprovechó

para mirar el perfil de Cliff, que tenía la cabeza inclinada sobre la pantalla iluminada del móvil.

Todo el cuerpo de Pax estaba como un cable de alta tensión, pendiente de todo: cada movimiento de Cliff, cada respiración, cada posible palabra que pudiera decir.

Cliff lanzó el teléfono a la cama y se coló entre las mantas, cayendo sobre Pax y rozándole la piel allí donde su camiseta seguía levantada. Se le puso la carne de gallina con el mero roce.

—En nombre de Bianca —dijo Cliff—. Gracias por esta noche.

Pax frunció el ceño.

—Bianca puede agradecérmelo ella solita. Si me vas a dar las gracias, que sea en tu nombre.

Cliff dejó de mirar a Pax e hizo un gesto hacia el móvil.

—Léelo. Sé que quieres hacerlo.

Pax ignoró el teléfono y tiró de la camisa amarilla de Cliff. Este se dejó arrastrar.

—¿Me puedes dar las gracias? ¿Por favor? —preguntó Pax, sus nudillos rozando los muslos de Cliff.

Cliff le miró y, durante unos segundos eternos, batallaron en silencio.

—Yo… Gracias.

Pax le soltó, pero Cliff se quedó ahí, cerniéndose sobre él.

Con dedos inquietos, Pax cogió el teléfono de Cliff y leyó el mensaje que le había mandado a Luca:

Estoy llegando a casa. Sin Pax. Empieza a preparar té y tú, Henry y yo vamos a sentarnos a organizar los ensayos de la obra + clases de piano.

Pax y Luca debieron de leer el mensaje a la vez porque

se oyó jaleo en la parte de abajo, pasos apresurándose y la puerta principal cerrándose de golpe.

—Bien jugado, Hombre Furia.

Pax le tendió el teléfono para que Cliff lo cogiera. Sus dedos se rozaron y Pax lo soltó lo más rápido que pudo. Su voz sonó temblorosa cuando preguntó:

—¿Lo mejor de la noche?

—No sabría decirte.

—A mí lo que más me ha gustado ha sido cuando hemos luchado.

Una tenue sonrisa por parte de Cliff.

—Qué predecible.

Pax le dio una palmada en el muslo y luego dejó caer la mano sobre la cama, sus dedos descansando de la forma más natural sobre la rodilla de Cliff.

—Es que en las almenas te abriste un poco a mí.

Cliff se inclinó más sobre él y le subió la manta por un lado, tapándole; sus caras a milímetros de distancia.

—Y tú sonreíste.

Pax resopló.

—Siempre estoy sonriendo.

—No así.

Pax se quedó sin aliento y lo encubrió con una suave risa.

—Quizá lo de juntar nuestras espadas sea bueno para ambos.

Cliff se quedó quieto, sus ojos fijos en el ángel.

—Temo que puedas tener razón.

Cliff siguió con la mirada pegada a la figurita, pensativo. Pax le frotó la rodilla y habló en voz baja.

—Puedes llevártelo cuando quieras, lo sabes, ¿verdad?

—Lo sé.

Cliff se dirigió a la puerta, miró a Pax y de nuevo al ángel y se fue.

Capítulo Catorce

Pax estaba profundamente dormido cuando empezó a oír un zumbido. Giró en la cama y, medio grogui, encontró la fuente: su teléfono vibrando en la mesilla de noche.

¿Qué mierda pasaba?

Aún medio dormido, contestó la llamada, sujetando el móvil entre la oreja y la almohada.

—Son las seis —dijo Cliff al otro lado, su voz filtrándose en lo más profundo de Pax.

Abrió los ojos a la luz blanquecina del amanecer y todo lo que había pasado la noche anterior le vino de golpe a la cabeza como una avalancha. Una sensación como de melancolía le invadió y se hundió más en el colchón ondulante. Gimió. No quería tener que enfrentarse a Cliff ni a Luca ni al golpe que su grupo le había soltado. Le daba igual todo, solo quería que el día se acabara ya.

—Estoy esperándote en la puerta del jardín.

—Sabes que estás mal de la cabeza, ¿verdad? ¿Y qué haces llamándome? Podrías haber despertado a Luca.

—Anoche te puse el teléfono en silencio, así que si no quieres despertar a Luca, deja de discutir y sal.

～

Maldiciendo por lo bajo, Pax se puso unos pantalones cortos y unas zapatillas de correr. Había aceptado hacer esto solo para poder volver a entrar en casa como si acabara de volver de estar con el grupo. Se ducharía en casa de Cliff, se pondría ropa limpia y le diría a Luca que eran cosas que tenía en su antigua habitación.

Bajó las escaleras de puntillas, arrastrando la mano por la barandilla y con la bolsa de lona, que Cliff le había devuelto antes de la fiesta, sobre el hombro.

Iba a abrir la puerta principal cuando Luca entró en casa, casi chocando con Pax y soltando una retahíla de lo que debían de ser improperios en italiano.

Pax se ajustó la correa de la bolsa, incómodo. Trató de sonreír, pero la mirada de Luca iba de él a las escaleras tras él y Pax creyó ver en sus ojos lo que había querido evitar a toda costa: lástima.

—Me alegro de que hayas vuelto a casa sano y salvo —dijo Luca, que señaló con el dedo hacia fuera—. He cambiado la batería al monovolumen.

—La batería… Ya. Bien. Yo… —Pax trató de encontrar una excusa que explicara qué hacía en casa a esas horas—. Mierda, es demasiado pronto para pensar —bromeó—. Volví en taxi. No pude quedarme con mis colegas porque no hubiera sido justo para el otro tío al que echaron del grupo. Ya sabes cómo es esto, normas de la banda…

—Oh, Pax Polo. Ellos se lo pierden.

¿Ese respeto y adoración que Luca parecía haber sentido por él? Yéndose a la mierda, tal y como Pax había predicho. Ahora el italiano estaba intentando hacerle sentir bien a él, al músico venido a menos.

Peor aún: al músico sin amigos.

Pax hizo un gesto hacia la puerta, esperando que la voz no le temblara, y dijo:

—Tengo una cita con el Hombre Furia.

Durante la carrera, Pax apenas dijo dos palabras. Pisaba con fuerza, esperando machacar contra el suelo todos esos estúpidos sentimientos que parecían invadirlo todo. Quería volver a ser el de antes, quería volver a la normalidad, a su ser despreocupado.

Pero consiguió el efecto contrario y todo pareció intensificarse aún más.

Cliff corrió a su lado respetando su silencio.

Había dejado la bolsa de lona en la entrada del jardín y cuando volvieron de correr, sin decirle a Cliff ni una sola palabra, la recogió del suelo y entró en casa.

Se pasó el resto del día sentado en el suelo de su habitación, escribiendo canciones. Lo que fuera que combatiera esa sensación de no servir para nada que le recorría las venas.

A media tarde, Luca irrumpió en su habitación.

Entró y, con el ceño fruncido, descorrió las cortinas y abrió la ventana. La verdad es que muy bien no debía de oler ahí dentro.

—Llevo un buen rato llamando a la puerta, ¿por qué no me has abierto?

Pax sujetó con firmeza el cuello de su guitarra y apretó las cuerdas contra la palma de su mano.

—Estoy en plan dramático —dijo Pax, que echó la cabeza hacia atrás para darle más énfasis a su comentario y para no ver de nuevo la lástima en los ojos del italiano—. Está en mi naturaleza, tú ignórame.

—Bueno, pues no puedo. Y Cliff tampoco.

Pax levantó la cabeza de golpe y miró a Luca, que ya salía de la habitación.

—¿Cliff?

—Sí, tiene un mensaje para ti, pero voy a dejar que te lo haga llegar él mismo.

Y, con eso, Luca hizo un gesto hacia la ventana, salió de la habitación y cerró la puerta tras él. Pax escuchó cómo bajaba las escaleras.

¿Cliff tenía un mensaje para él?

Una suave brisa inundó la habitación procedente de la ventana y Pax miró en la dirección que Luca le había indicado. Cliff estaba de pie frente a la ventana del despacho, con expresión seria. Siempre esa expresión tan seria. Llevaba la gafas puestas y un polo que se le ajustaba al cuerpo a la perfección. Por Dios, qué pijo era... Aunque con esa belleza clásica, su estructura ósea y ese cuerpo tonificado, le quedaría bien cualquier *look*.

Y Cliff tenía que saberlo.

Era curioso porque simplemente parecía más cómodo vestido así: todo aseadito y bien peinado. Como el empollón que era.

Y... a Pax le gustaba.

—¿Qué? —articuló Pax sin alzar la voz, aunque por dentro estuviera gritando a pleno pulmón.

Con las manos en el alféizar de la ventana, Cliff se inclinó hacia delante.

—Eres una estrella del rock. Creí que pasarías el bajón con un poco más de estilo.

Cliff le estaba picando y Pax no era inmune. Pero sí lo suficiente como para encogerse de hombros y recostar la cabeza en la cama otra vez.

Una risa sarcástica entró por la ventana junto con otro soplo de aire fresco, que acarició la cara, la garganta y los pies descalzos de Pax.

Se escucharon unas notas altas en el piano y Pax se imaginó a Cliff volviendo a su escritorio. ¿Se habría rendido ya?

Se suponía que tenía que intentarlo un poquito más.

Se suponía que…

Ba-ba-ba-baaam. Bo-bo-bo-booom.

Cuatro notas. La apertura musical más famosa del mundo.

En la pausa dramática que siguió, Pax se puso de pie a toda prisa y deslizó la mano por el cuello de su guitarra.

Cliff estaba sentado al piano, un poco inclinado hacia delante, con los hombros rectos y el pecho henchido, centrado. Su postura era perfecta.

Como si hubiera tocado millones de veces.

Sus dedos se movieron de forma espectacular por las teclas y la *Quinta Sinfonía* de Beethoven cobró vida. Fue cambiando el tempo, lo que hizo que Pax se acercara más a la ventana, como si la música tirara de él, pidiéndole que prestara atención.

La energía fluía desde el piano, vibrante y llena de entusiasmo, y hacía que la melancolía que se había apoderado de Pax desapareciera en un instante.

Cliff era bueno.

Tan bueno como Pax.

Mejor, incluso.

Debería ser él quien diera clases de piano a Bianca. ¿Por qué no lo hacía?

La manera en la que controlaba el instrumento era cautivadora, cada nota bajo sus dedos: perfecta.

Pax apretó la guitarra con fuerza, dejando que la música le bañara.

Cuando el sonido de la última nota se disipó en el aire, un silencio desnudo y doloroso les invadió. Pax miró a Cliff, que miraba sus propias manos y las teclas del piano. Parecía perdido en la miríada de sentimientos que la música había traído consigo.

Cliff había tocado para animarle. Para hacerle abandonar ese estado de melancolía en el que estaba inmerso. Para arrastrarle hacia algo que adoraba: la música.

Y ahora era Cliff el que parecía exhausto y derrotado.

Pax levantó la guitarra, puso los dedos en posición, y empezó a tocar la misma canción, pero en versión eléctrica.

Cliff levantó la vista y observó cómo Pax le daba un concierto solo para él. Las notas llenaban el alma de Pax, haciéndole vibrar, haciéndole sonreír. ¿Cómo no hacerlo?

Cuando acabó, Cliff se pasó una mano por la mandíbula, pensativo, y se volvió a colocar de frente al piano. Empezó a tocar el tercer movimiento del *Claro de luna* de Beethoven.

¿Trataba de competir con Pax, o algo así?

Oh, pues lo llevaba claro.

Puede que Pax fuera magnífico al piano, pero ni punto de comparación con su excelente control sobre las cuerdas de la guitarra.

Pax se unió al tercer movimiento, sus dedos volando por la guitarra, ardiendo, dando vida a otro clásico, sintiéndolo en las venas.

Cuando terminó, alzó la vista. Cliff tenía la mirada fija en él, pero Pax no podía leer su expresión y eso le frustraba.

Sin demora, Cliff se giró hacia el piano una vez más. Batallaron el uno contra el otro a golpe de Beethoven, Mozart y Chopin.

Tocaron todo lo que Pax había tocado como Luca.

Un temblor le recorrió todo el cuerpo cuando sus ojos se encontraron de nuevo, la última nota muriendo en el aire.

Cliff volvió a centrarse en el piano y Pax supo de inmediato qué canción sería la última en esta competición.

Se escucharon los primeros acordes de *Carol of the Bells* y Pax empezó un rasgueo, acompañándole.

Cliff titubeó en un par de notas, lo que era raro, ya que cada pieza había sido tocada con maestría.

Paró, miró el piano y, luego, a Pax. Había dolor en su cara.

Tragó saliva de forma visible, puso los dedos sobre las teclas y empezó de nuevo.

Pax tocó con él, apoyándole. La suavidad de las primeras notas fue *in crescendo* hasta que piano y guitarra sonaron en perfecta armonía, haciendo que Pax se quisiera quedar a vivir en esos sonidos para siempre.

Cliff tocó maravillosamente, pero se notaba cierta tensión. Cierta dificultad.

Y, aún eso, lo hizo; y a Pax, sin saber bien por qué, le pareció… valiente.

Cuando terminaron, Pax buscó la mirada de Cliff una vez más, pero la puerta del despacho se abrió de forma abrupta y Bianca entró corriendo. Cuando llegó hasta su hermano, le pasó los brazos por el cuello y él la abrazó.

El momento parecía muy íntimo y, aunque a Pax jamás le había preocupado la privacidad de nadie, dio media vuelta, puso la guitarra en su soporte y dejó que los hermanos tuvieran su momento.

Salió de la habitación mucho más ligero, la música había avivado su alma.

Cuando llegó al salón, Luca alzó la vista del videojuego con el que estaba y le sonrió de oreja a oreja. No había ni rastro de lástima. Pero es que, aunque hubiera visto compasión en sus ojos, le hubiera dado igual; no había nada que pudiera bajarle del subidón musical en el que se encontraba.

—Pásame un mando. Estoy listo para jugar.

—Cualquiera que fuera el mensaje de Cliff —dijo Luca—, parece que ha funcionado.

La sonrisa de Pax no le cabía en la cara de lo enorme que era.

Capítulo Quince

Llevaban una hora jugando a la consola cuando el teléfono de Pax vibró en su bolsillo. Durante unos segundos pensó que podría ser Cliff y eso hizo que lanzara el mando y se apresurara a responder.

Pero no era su número el que se marcaba en la pantalla, con lo que el subidón que tenía encima se le bajó de golpe a los pies.

—Es Tony —dijo Pax con un encogimiento de hombros ante la mirada expectante de Luca.

El grupo le llamaba.

Posiblemente se acababan de levantar. ¿Podría ser que se sintieran mal por haberle dejado tirado la noche anterior? Quizá le llamaban para disculparse.

El teléfono vibró de nuevo. Pax se hundió un poco más en el puf y contestó:

—¿Sí?

Luca cambió de postura y se quedó muy callado. Pax sabía que estaba escuchando con atención, conocía las señales.

—Hey, tío, acabamos de hablar con Blake y le hemos

dicho que está fuera del grupo. Y que esta vez va en serio. Así que, bienvenido de nuevo, colega. Queremos que vuelvas.

Ojalá Pax encontrara una pizca de entusiasmo ante la noticia. Esto era lo que quería, en lo que había estado trabajando… Pero, en vez de sentirse alegre, le dio el bajón de nuevo. Ya no es que estuviera enfadado porque hubieran pasado de él, es que… le daba igual.

Una parte de él quería decirle a Tony que no, que no quería volver. Pero, aunque los miembros del grupo hubieran demostrado no tener madera de amigos, eran unos músicos excelentes. ¿Tenían que ser íntimos para poder trabajar juntos? Quizá lo único que necesitaba era entablar una relación estrictamente profesional con ellos.

Porque el respeto por la música era algo que todos ellos compartían.

—… en el concierto de Lone Whistle and the Deserted. Lo van a flipar, verás.

Pax se movió, incómodo. Quizá podía dejar al margen lo que había pasado la pasada noche. El concierto con Lone Whistle era más importante que su ego herido, ¿no? Al fin y al cabo, eran sus ídolos y lo habían sido desde que en 1996 pusiera en el tocadiscos su álbum *Blink Jack*.

Tony siguió hablando. Que tenían que quedar, decía. Cuanto antes. Para hablar de qué tocarían en el concierto del próximo sábado en el Untamed.

Pax respiró hondo y miró a Luca, que parecía expectante. Soltando el aire despacio, dijo:

—Mira…

—Los chicos y yo hemos pensado que deberías hacer un solo, un *riff* en la última canción. Bueno, todos tendremos la oportunidad de lucirnos, claro, pero puedes ser tú el que cierre a lo grande.

La promesa contenida en esas palabras mejoró el

humor de Pax. La música era su vida. Y esta podía ser su gran oportunidad. Así que terminó murmurando:

—Nos vemos en el Untamed en veinte minutos.

Luca, siempre sonriente, ahora no sonreía. De hecho, fruncía el ceño.

—¿Eres uno de esos tipos que da dos pasos hacia delante y uno hacia atrás?

Pax se metió el teléfono de vuelta en el bolsillo y suspiró.

—Caray… cada vez hablas mejor nuestro idioma.

—¿Por qué vuelves con ellos?

Pax agarró a Luca por el brazo y lo usó como palanca para ponerse de pie.

—Por Lone Whistle and the Deserted. Tocar con ellos es el sueño de mi vida.

Tras hora y media ensayando con el grupo, Pax estaba más que listo para volver a casa.

Había estado algo distraído y se sentía culpable por no haber dado lo mejor de sí mismo, pero era difícil tocar con la misma intensidad que antes; no cuando aún podía oír el eco de las palabras que le habían dedicado la noche anterior; no ante el recuerdo de cómo le habían dejado solo, aun estando *borracho*.

Ellos casi no lo habían mencionado. Le habían dado un golpecito en el hombro, bromeando sobre lo borrachísimo que había estado. Pero en la mente de Pax se repetía de forma constante una imagen: la del grupo yéndose. Luego esta era sustituida por Cliff volviendo a por él. Por su solidez cuando le llevó a casa. Su calor. Por cómo se había encargado de dejarle en la cama, seguro.

La Furia del vecindario. Su medio amigo. Ahí para él

cuando estos chicos, a los que conocía desde hacía años, no lo habían estado.

Y se lo había demostrado una vez más esta tarde, animándole cuando lo único que había querido Pax era que le tragara la tierra.

Pax arrastró los dedos por las cuerdas de la guitarra, recordando cómo había tocado contra Cliff. *Con* Cliff.

—Tío, te has salido en esa última canción.

Eso sacó a Pax de su ensoñación. Necesitaba volver a casa y ver a Cliff porque… porque tenía algunas preguntas que hacerle. Guardó la guitarra en su funda, se la cruzó por el pecho y dijo:

—Me tengo que ir.

Tony se despidió de él haciéndole un gesto con la mano, como si disparara una pistola.

—Bien. Nos vemos el sábado.

Ese era otro momento por el que Pax debería de estar emocionado, el concierto en el Untamed del sábado y, sin embargo, solo lograba estar medio interesado. Excepto que Cliff, Bianca, Luca y Henry estarían allí. Tocaría para ellos como era debido. Así que sí, lo del sábado estaba bien.

—Lo estoy deseando.

Pax se giró hacia la puerta.

—Ah y cuando quieras dínoslo y vamos con la furgoneta a recoger tus cosas y llevarlas de nuevo al apartamento.

Pax se fue como si no hubiera oído a Tony y lo hizo rapidísimo, no fuera a ser que le siguiera y le hiciera la oferta de nuevo. Sabía que se suponía que tenía que estar dando saltos de alegría, pero la mera idea de dejar a Luca y no inmiscuirse en la vida de Bianca ni espiar a Cliff…

Pues no, no quería mudarse.

Ni ahora ni en un futuro cercano.

No quería mudarse… ¿nunca?

~

—¿SOBRE QUÉ ESTAMOS DISCUTIENDO AHORA, SI PUEDE saberse? —preguntó Pax.

Al llegar, no había encontrado a Luca en casa, así que había dejado sus cosas y había seguido a su oído hasta los gritos procedentes de la casa vecina. No había ninguna razón para presentarse allí. No tenía que distraer a Cliff ni nada de eso, pero… quería…

Quería respuestas.

Se quedó en su lugar habitual entre los helechos, con los brazos apoyados en el alféizar de la ventana que, por fortuna, estaba abierta. Eran poco más de las siete. El sol se estaba poniendo lánguidamente en el horizonte y sumiendo al vecindario en una romántica luz ámbar. El aire olía a limpio y estaba lleno de posibilidades. Pax respiró hondo. Luca y Henry estaban bajo el árbol de Navidad, cada uno a un lado de Bianca, los tres con trajes del Renacimiento y papeles en las manos.

Cuando le vieron, se giraron hacia él y empezaron a hablar todos a la vez.

—No se ponen de acuerdo en quién hará de Orsino —dijo Bianca, que iba vestida de chico, con un bigote falso pegado sobre su labio superior.

—Creo que debería de ser yo —dijo Henry—. Porque me sé el guion de *Noche de reyes* de memoria.

—¡Yo soy italiano y sé pronunciar Cesario! —dijo Luca.

—Ya, pero esta es mi clase de teatro, Beethoven —contestó Henry.

—Pero Bianca pidió otro par de labios.

Pax sofocó una risa y asintió.

—¿No se supone que estamos practicando una de las escenas más románticas de la obra?

La mirada de Bianca fue de Luca a Henry con los ojos brillantes, encantada con toda la atención que le estaban prestando.

—Es la última escena. El director quiere que acabe con un beso.

—Así que ese es el problema. No os preocupéis —dijo Pax, que puso un pie en la pared para coger impulso y subirse a la ventana. Pasó una pierna por encima del alféizar y entró en el salón—. Tengo la solución.

Desde donde estaba pudo ver, por encima de las cabezas del trío, a Cliff. Estaba en el *hall*, apoyado contra la puerta principal, de brazos cruzados y observando toda la escena. Llevaba una camisa blanca de manga larga metida por dentro de un pantalón vaquero. También llevaba cinturón. Y se había afeitado. Pax estaba seguro de que si inhalaba con suficiente fuerza le llegaría el aroma de su *aftershave*.

¿Iría a algún lado?

Cliff apretó los labios, haciendo ver a Pax que le había visto y retándole a continuar.

Pax devolvió su atención a Bianca y a los dos chicos, que parecían estar jugando al tirasoga con ella.

—Sí, tengo la solución perfecta.

Henry arrugó la nariz y dijo:

—Si vas a sugerir que hagamos turnos siendo Orsino… me pido primero.

—Tengo una idea mucho mejor —dijo Pax, que le quitó el guion a Luca de la mano, guiñándole un ojo—. Ninguno de los dos será Orsino. Yo lo haré.

Cliff se apartó de la puerta, irguiéndose.

—Soy el mejor de los tres para besar a tu hermana, ¿no crees? —le preguntó Pax. Cliff debería de estar de acuerdo en eso, dado que él era el único que no sentiría nada al hacerlo.

—Eres un poco mayor.

Cliff tenía que estar de coña.

—Pues dime, ¿a quién votas tú para besar a tu hermana? —dijo Pax, que empezó a pasar hojas hasta que leyó la palabra *beso*.

Cliff miró uno por uno a los tres pretendientes, y acabó centrando la atención de nuevo en Pax.

—Creo que…

—¿Te ofreces voluntario? Estupendo. Porque ya es lo único que le falta a esta casa: un poco de drama incestuoso. Shakespeare estaría impresionado.

Cliff puso los ojos en blanco y volvió a apoyarse contra la puerta.

—Bésala. Pero no pienso quitarte el ojo de encima.

El estómago de Pax dio un saltito de lo más estúpido.

—Démonos prisa —dijo Bianca—. He quedado con Debbie en veinte minutos. —Bianca miró a Henry y después a Luca y, si Pax no estaba equivocado, esa mirada escondía cierta picardía.

Todos tomaron posiciones y fueron repitiendo el guion, cada uno diciendo su frase, hasta que llegó el momento del beso. Pax dijo lo que tenía que decir:

—Ven, Cesario mío; pues tal serás en tanto que hombre fueres; mas cuando te revistas de otras galas, serás de Orsino esposa y reina mía.

Pax se acercó a Bianca, agarrándola de la cintura con suavidad y apretándola contra su pecho. Bianca soltó una risita.

Rodeado de gruñidos de desaprobación, Pax sonrió a Bianca y miró por encima del hombro de esta. Cliff les miraba con los ojos entrecerrados y los labios apretados en una fina línea.

Pax rozó la comisura de su boca y fingió que la besaba. No perdió contacto visual con su hermano en ningún momento y, deslizando una mano por la peluca de chico que Bianca llevaba puesta, la acercó aún más a él.

Cliff parecía impasible, pero en su postura podía verse cierta frustración. Estaba aún más rígido de lo que era habitual.

Bianca se apartó y Pax siguió mirando a Cliff, que empezó a caminar en su dirección.

—¿Te vas a quedar a dormir en casa de Debbie esta noche? —le preguntó a su hermana.

—No, solo cena y peli.

Él asintió. ¿Estaba Cliff nervioso o eran imaginaciones de Pax?

—¿Qué película vais a ver?

—¡Pero si te lo he dicho hace como media hora! —contestó ella, frunciendo el ceño—. *Diez razones para odiarte*.

Sí, sí. Nerviosito perdido.

Pax sonrió y preguntó:

—¿Siguen poniéndola en el cine?

—¿La has visto?

—¿Tú no? —preguntó Luca, sorprendido.

Pax se rio y se dirigió a Luca:

—Tiene un palo metido en el culo, ¿te sorprende? —Fue hacia el árbol de Navidad con el adorno que llevaba metido en el bolsillo—. No te preocupes, Cliff —dijo, mirándole por encima del hombro—. Yo puedo darte mis diez razones para odiarte cuando quieras.

Pax se puso de puntillas e intentó colgar la bola en una de las ramas más altas del árbol. Era una bola de esas como de discoteca y reflejaría mejor la luz en la parte superior del abeto.

Luca y Henry ayudaron a Bianca a guardar los disfraces mientras Cliff miraba todo desde la puerta. Pax no le veía, pero sentía su mirada haciéndole agujeros en la espalda.

—Odio cómo me cierras puertas en la cara y cómo me haces salir a correr —entonó. El hilo dorado de la bola se rompió, pero Pax la cogió antes de que cayera al suelo—. Odio lo pronto que te levantas, siempre trabajando, no te logro distraer.

Hizo un nudo en la cuerdecita.

—Odio lo bueno que eres en todo y que siempre tengas razón; cómo esperas que Bianca siga cada instrucción; odio cómo consigues callarme, ganando en cada ocasión.

Casi pierde el equilibrio al sentir la risa ronca de Cliff contra su cuello. Hizo un esfuerzo para estabilizarse y se giró para quedar cara a cara con él. Le sonrió.

—Podría seguir.

Cliff le quitó la bola navideña de la mano y la puso en una de las ramas más altas. El aire parecía más denso con él estando tan cerca. Y Pax había tenido razón antes, podía oler su *aftershave*.

Estaba tan cerca que sus siguientes palabras le acariciaron el rostro, justo sobre el pequeño lunar bajo su ojo. Pax tuvo que parpadear.

—No seré yo quien te detenga.

—Odio cómo…

Luca soltó una risotada.

Pax se giró para descubrir que él, Henry y Bianca estaban mirándoles atentamente.

—Ámale u ódiale —se burló Henry—. Ambas juegan a favor de Cliff. Si le amas, siempre estará en tu corazón. Si le odias, siempre estará en tu mente.

—Sí —dijo Luca, asintiendo con mucho entusiasmo—. Primera vez en la vida que Shakespeare tiene algo de sentido.

Bianca se mordió el labio —aún con el bigote falso—, mirando primero a Pax y luego a su hermano.

—Nadie ha hablado de amor —dijo Cliff de forma brusca.

Pax casi se atraganta. Más que nada porque lo del amor era… ridículo.

Absurdo.

Un auténtico disparate.

Cliff se apartó y Pax hizo lo mismo, cogiendo aire, aliviado.

Entonces se oyó el timbre de la puerta.

—Parece que tu amiga ya está aquí, Bianca —dijo Pax.

Ella negó con la cabeza.

—No, hemos quedado en el centro. Es para mi hermano.

Burlándose, Pax le dio un codazo a Cliff.

—¿Hay alguien en la puerta y ese alguien no soy yo?

—Llevo diciéndote que tengo amigos desde el principio. —Cliff hizo un gesto con la mano hacia el trío—. Chicos, fuera de aquí.

Luca y Henry salieron disparados del salón.

—Eso también te incluye a ti, Apolo.

—Yo no soy ninguna amenaza.

Cliff se frotó la mandíbula.

—Eres la peor de todas.

Vale, ahí no iba muy desencaminado, porque era verdad que solía cabrear a todo el mundo. Pero no estaba listo para marcharse. Todavía no. No habían hablado de lo de esta tarde y Pax necesitaba respuestas. El recuerdo de la música que habían tocado juntos volvía a él una y otra vez, como una ola arrasándolo todo a su paso; ahogándole, desestabilizándole, instándole a agarrar a Cliff, arrastrarle al despacho y hacer dúos hasta que la música les envolviera por completo, abrazándoles tan fuerte que… terminaran desmayándose.

Bianca se asomó a la puerta del salón y les miró, confundida.

Volvió a sonar el timbre.

—¿Le digo a Anna que pase? —preguntó.

Cliff negó con la cabeza.

—Salgo en un momento.

El nombre se quedó vagando en la mente de Pax. Ahora la camisa, el cinturón y el rico aroma del *aftershave* tenían sentido.

—¿Anna?

—Rapunzel —dijo Cliff—. La conociste anoche.

La chica con la que había bailado cuatro veces. Bueno, no es que las hubiera contado ni nada de eso.

Pax se echó para atrás, riéndose de forma tensa. Se chocó contra el árbol de Navidad y Cliff le agarró por el brazo, salvándole de caerse al suelo y de tirar el árbol. Su agarre ardía contra la piel de Pax.

—Por eso te has arreglado… —Pax le miró de arriba abajo mientras intentaba deshacerse de la decepción que parecía estar nublándole la vista—. ¿Sabe que estás lleno de defectos?

Antes de soltarle, Cliff deslizó los dedos por su brazo, en una suave caricia.

—Si quieres recitarle tu poema para ponerla al tanto…

Pax no tenía ninguna intención de recitarle nada a esa tal Anna.

El timbre volvió a sonar y, por Dios, qué alto y molesto era.

—Con una vez basta —gritó hacia la puerta. Luego, dirigiéndose a Cliff, dijo—: Qué chica más obstinada, ¿no?

Los labios de Cliff se curvaron en una sonrisa y negó con la cabeza.

—Algo que, según parece, resulta que me atrae. Añádelo a mi lista de defectos.

—La lista es demasiado larga ya, no quiero ensañarme. —Pax dio otro paso atrás. Ahora estaba a un abeto de distancia de Cliff—. Al fin y al cabo, estamos en Navidad.

—¿Dónde has estado esta tarde? —preguntó Cliff bajito, con tono urgente, como si llevara rato queriendo hacerle la pregunta—. Luca fue bastante impreciso en sus respuestas.

A Pax se le formó un nudo en la garganta. Se sentía culpable. Miró hacia otro lado.

—Anna te espera. Deberías ir y… hacer lo que sea que vas a hacer con ella.

Cliff le estudió durante unos segundos, luego dio media vuelta y se fue hacia la puerta.

—Nos vemos mañana a las seis de la mañana. Vamos a correr. Pero también vamos a hablar.

Capítulo Dieciséis

¿Mañana a las seis? ¿Cómo que mañana a las seis? ¿Querría eso decir que si la velada con Anna iba bien…?

Pax volvió a casa y se encontró a Luca y a Henry discutiendo mientras se zurraban en un videojuego de boxeo. Olía a tostadas quemadas y a alubias de lata. Luca le ofreció algo de cenar, pero con solo pensar en comida, le entraban unas ganas horribles de vomitar.

Empezó a caminar de un lado a otro del salón, maldiciendo su creatividad. Puede que fuera un don estupendo a la hora de hacer música, pero si se trataba de imaginar qué estaría haciendo el Hombre Furia en esos momentos, se convertía más bien en una maldición.

Cliff había dicho que Anna era una amiga, pero… ¿cambiaría eso después de esta noche? Porque, además, eran las ocho y era de todos sabido que esa era la hora perfecta para una cita.

Cenarían, charlarían, coquetearían, se tocarían de forma inocente, descubriendo la electricidad existente entre ellos y, entonces, Pax no podría hablar con Cliff. Y necesitaba hablar con Cliff. Esta misma noche. No mañana a las seis.

Porque si no hablaba con él, no podría dormir y se pasaría toda la noche dando vueltas y barajando posibles respuestas a sus preguntas. Y no. Necesitaba la verdad, no especulaciones.

—Una casa bajo vigilancia nunca se ilumina —dijo Henry desde donde estaba sentado.

Pax miró a los dos chicos sentados en los pufs.

—¿Cómo es posible que luchéis como perros por Bianca y luego os vengáis aquí a pasar el rato juntos?

Henry miró a Luca, frunció el ceño, y empezó a aporrear al avatar del italiano en la pantalla.

Luca le devolvió los golpes.

—¿Sabéis qué? Ni me contestéis.

Luca le pasó el mando y le dijo que venciera a Henry. Pero jugar no fue de gran ayuda, no le distrajo demasiado y, cuando Henry le pateó el culo en el ring por tercera vez consecutiva, Pax lo dejó por imposible. No podía sentarse ahí en plan ocioso. Necesitaba hacer algo.

Quizá el balcón de la habitación de Cliff estuviera abierto. Podría colarse dentro. Le esperaría allí, para hablar con él en cuanto volviera a casa.

Pero... ¿y si entraba y se encontraba los labios de Cliff pegados a los de Anna y las manos dentro de su camiseta?

—¿Te estamos molestando? —le preguntó Luca.

—¿Qué? —ladró Pax.

—Estás mirando la televisión como si quisieras prenderle fuego. Con los ojos.

Pax dejó el mando y se pasó una mano por la cara.

—¿Sabes? —dijo Luca bajito mientras Pax se levantaba y él se sentaba en el puf—. El árbol de ahí fuera tiene unas vistas fantásticas.

A Luca le brillaban muchísimo los ojos. Pura complicidad.

Pax se acercó a la puertas correderas y presionó la frente contra el cristal. «Una vista fantástica», pensó, «y muy práctica, además».

Bien jugado por parte de Luca. Pax sonrió al reflejo del italiano en la ventana y le devolvió el favor:

—Hoy es una gran noche para ir al cine.

—No me apetece ver ninguna película.

—¿No? ¿Ni siquiera *Diez razones para odiarte*?

Luca estuvo de pie en un santiamén, el mando de la consola cayendo al suelo. Henry iba pisándole los talones y diciéndole que le esperara, que él también iba.

Pax subió las escaleras de dos en dos para ponerse su sudadera negra de capucha, porque no sabía cuánto tiempo le llevaría esta nueva misión. Era un *trepaárboles* novato.

Cogió el ángel, que estaba caliente al tacto por haber estado al sol todo el día, y sintió la extraña necesidad de llevárselo con él.

Se lo metió en el bolsillo de la sudadera.

Si Cliff aún no quería ponerlo en su abeto, vale, pero Pax se lo llevaría con él al pohutakawa, que, al fin y al cabo, era el árbol de Navidad típico de Nueva Zelanda.

Vaya par de ángeles caídos.

Ángeles caídos y congelados.

La humedad procedente del tronco se le filtraba en los vaqueros. Se había colocado entre dos ramas y en esos momentos deseaba haberse traído la libreta de Luca y su lápiz del trol. En ese estado de nervios en el que estaba podría haber escrito alguna buena canción. Porque, además, Cliff y Anna tardaron una hora en volver.

El restaurante donde hubieran ido a tomar una agradable copa de vino, seguida de una cena romántica debía estar cerca, dado que volvían dando un paseo. Un idílico paseo bajo la luz de la luna y en una noche fría. Qué bonito todo. Cuando Pax los vio aparecer, el frío que sentía se intensificó y tiritó aún más fuerte.

Se pararon en la puerta del jardín, sus voces demasiado bajas para que Pax pudiera enterarse de algo, así que, intentando agudizar el oído, cambió de postura y se deslizó por la rama, clavándose varias astillas en la palma de la mano. Estúpidos capullos en flor.

Alargó el brazo para mover un poco las hojas y asomarse por un hueco entre ellas. La rama se movió por el cambio de peso y Pax trató de no moverse, pero Cliff se giró hacia el jardín, escaneándolo, y deteniendo la mirada en el árbol durante unos segundos antes de volver a fijar sus ojos en Anna, que le estaba sonriendo como si tuviera ante ella a la más inaccesible de las deidades.

Cliff dijo algo y ella se rio.

El sonido fue como el ruido que haría un camión de la basura, pero bueno, cada cual con lo suyo.

Cliff la envolvió en sus brazos y a Pax se le secó la garganta de repente. Quería reírse. ¿Qué pretendía Cliff? ¿Marcarla con su olor o algo así? No parecía tener ni idea de cómo conquistar a una mujer.

Consejo número uno: No abrazarla durante tanto rato. Un abrazo así de largo daba miedito.

Consejo número dos: Dejar que se fuera con las ganas. Le daba intriga al asunto.

Consejo número tres: …

¡Por fin! Menos mal que la chica se retiró para

marcharse. Bien, que siguiera andando colina arriba y no bajara más.

Cliff se quedó mirando cómo se iba hasta que desapareció de su vista y luego empezó a andar por el jardín, hacia el árbol. Puto Hombre Furia que se daba cuenta de todo.

Pero bueno, no le venía del todo mal. Pax había tenido intención de revelar su presencia. Aunque Cliff le había quitado la oportunidad de sorprenderle lanzándole una ramita desde arriba. Y eso era muy injusto.

Los ojos de Cliff se centraron en él, sin un atisbo de sorpresa.

—Anda, Apolo, baja.

—Estoy bien, gracias. Desde aquí tengo muy buenas vistas.

—Estoy seguro de ello.

Pax miró hacia abajo, hacia la cara iluminada por la luna de Cliff.

—Tengo preguntas que hacerte —le dijo.

—Puede que yo tenga respuestas.

Pax metió ambas manos en el bolsillo central de su sudadera y acarició el ángel.

—¿Qué tal tu cita?

No era eso lo que quería preguntar. Se reprendió a sí mismo en silencio y miró hacia la oscuridad, hacia las espesas hojas a su izquierda.

—No era una cita.

—Ya, claro. Y seguro que ahora no estabas intentando meterle mano.

—Al final va a resultar que las vistas no son tan buenas desde ahí arriba.

—Sube y averígualo por ti mismo.

Cliff dudó y, por un instante, Pax creyó que no lo haría.

—¿Dónde estuviste esta tarde? —preguntó Cliff, subiéndose al árbol. Se quedó en una rama más baja que la suya y colocó un brazo por encima de la cabeza de Pax, lo que provocó que quedaran muy cerca el uno del otro, hasta tal punto que el abdomen de Cliff rozaba la parte externa del muslo de Pax. Y estaban cara a cara. Eso sí, por una vez, Pax estaba por encima.

—En cuanto a la cita… voy a tener que darte un par de consejos…

—Que no era una cita. Tengo otras cosas en las que centrarme: mi máster, encontrar trabajo.

—Hay trabajitos manuales y orales que también merecen tu tiempo.

—El único otro trabajito que me preocupa es el juego al que crees que estás jugando conmigo.

Pax abrió la boca y la cerró de nuevo, mirando mal a Cliff.

—¿A cuál de ellos te refieres, exactamente?

Cliff soltó una carcajada, maldijo y volvió a reírse.

—A todos ellos.

—Si vamos a discutir —dijo Pax buscando los ojos de Cliff—, y estoy más que dispuesto a ello, que conste, quizá debamos escoger un punto de partida y seguir a partir de ahí. Voto por lo de las clases de piano, porque llevo horas dándole vueltas y…, en serio, ¿sabes tocar? ¿Así de bien, además?

—Venga, pues empezamos entonces por lo de las clases de piano: sí, toco y es más, me atrevería a decir que lo hago tan bien como tú.

—Sé que estamos discutiendo y eso, pero ¿se me permite disfrutar un poco del cumplido?

—No.

—Vale. De todas formas, tú tocas mejor —dijo Pax y a

Cliff se le iluminó la cara al oírle—. Hey, no es justo, has ido a pillar.

Cliff volvió a su expresión seria de siempre.

—Pero te creíste la farsa durante algún tiempo, ¿a que sí? —preguntó Pax.

—¿Eso es lo que crees? —dijo Cliff, acercándose más y haciendo que a Pax le cosquilleara todo el cuerpo.

—¿Hasta Chopin, al menos?

Cliff negó con la cabeza.

—¿*Claro de luna*?

Cliff negó con la cabeza una vez más.

—¿El anuncio?

—Lo del anuncio me encantó y decidí seguirte el juego. Sentía curiosidad por saber hasta dónde llegarías.

—¿Y hasta dónde he llegado?

—Tan lejos que resulta increíble.

—¿No resulté convincente en ningún momento?

—No. Y, aunque hubieras logrado engañarme, me hubiera dado cuenta con lo de las esquelas.

Lo de las esquelas había sido espantoso, Pax aún sufría de solo pensarlo.

—¿Por qué no enseñas tú a Bianca? ¿Por qué titubeaste con el principio de *Carol of the Bells*?

—¿Dónde has estado esta tarde?

Pax levantó los brazos tan de golpe que casi se cae del árbol. Para sostenerle, Cliff elevó las caderas, sus abdominales acariciando el muslo de Pax.

—Estaba ensayando con el grupo, ¿vale?

Los labios de Cliff, presionados en una triste y delgada línea, eran demasiado para Pax, que bajó la vista hacia su regazo, donde Cliff había estado rozándole hacía unos segundos. Seguían estando muy cerca; ya no se tocaban, pero Pax aún podía sentir el roce de su cuerpo contra el suyo.

Cliff cambió de posición la mano que tenía en la rama de arriba.

—A mí, Bianca no me escucha —dijo Cliff en voz baja —. Si le digo que haga algo, no lo va a hacer. Le encanta tocar el piano. No es demasiado buena, pero le encanta. — Cliff negó con la cabeza—. No puedo quitarle esa pasión insistiendo en ser yo quien la enseñe.

Oh… Ya. Mmm… vale.

Las hojas temblaron con la brisa y minipétalos rojos, del tamaño de una aguja, llovieron sobre sus cabezas. Uno aterrizó sobre la nariz de Pax y Cliff se la quitó con el dedo pulgar.

El aleteo que Pax sentía en el estómago se aceleró.

—Pero Bianca te ha abrazado. Después de tocar, quiero decir.

—Y esa es la otra razón por la que no le he dado clases de piano hasta ahora. —Hizo rodar los hombros, evitando el contacto visual—. Llevo mucho sin tocar.

—Has estado increíble —dijo Pax.

Y es que daba igual lo mucho que Cliff le sacara de quicio, nunca mentía en cosas que tuvieran que ver con la música. Y su música había tirado de él, le había hecho querer más. Le había hecho sentir vivo y lleno de energía, como si pudiera hacer lo que se propusiera. Y eso era talento. Eso era belleza. Eso era amor.

Cliff sonrió, taciturno.

—Nada comparado con mi padre.

—¿Tu padre tocaba? —la voz de Pax sonó ronca.

—Era profesor de música en Otago. —Cliff cerró los ojos durante unos segundos—. De hecho, cuando te oí tocar *Carol of the Bells*… por un momento, fue como oírle a él.

Y, entonces, Pax se dio cuenta. El conocimiento le vino de golpe, como lo había hecho el puño de Blake, pero esta vez dolió mucho más y fue directo al pecho. Cómo se compadecía de Cliff y Bianca, cómo sentía su pérdida.

—¿Eres el hijo del profesor Cartridge? Pero ¿te apellidas Wilson?

—Llevamos el apellido de nuestra madre. —Cliff miró las manos de Pax durante unos segundos—. Fue él, ¿verdad? Fue mi padre quien te enseñó.

—Y me enseñó muy bien.

—Sí, te he oído tocar.

—Era impresionante.

—Lo sé.

—Sus clases eran las únicas a las que iba.

—Pues imagínate lo espectacular que serías si hubieras ido a todas las demás.

Pax le dio un empujoncito de forma juguetona y Cliff se tambaleó. Para no caerse, se movió hacia delante y su nariz chocó contra la barbilla de Pax, que le estabilizó poniéndole una mano en el pecho, sobre la suave tela de su camisa. Cliff se echó para atrás.

—Tienes que estar helado —dijo Pax, sin apartar la mano.

—Ahora mismo, no.

Era una noche oscura y húmeda. Gotas de rocío se aferraban a las ramas y se adherían a la capucha de Pax. Los puños de la chaqueta le rozaban, húmedos, la piel. La luna se colaba entre los árboles iluminando la cara de Cliff y dándole un toque etéreo. Olía a *aftershave* y a canela y, con ojos precavidos, parecía analizar la cara de Pax.

Pax sintió cómo el estómago le daba un vuelco y dejó salir una risa nerviosa.

—No hemos terminado de discutir. He hecho otras cosas. Bueno, sigo haciéndolas. Y, sin duda, haré otras en el futuro.

—Estoy seguro de ello.

Cliff cambió de posición y se echó hacia atrás. El aire frío, que hasta ahora había bloqueado con su cuerpo, fue como una bofetada contra el rostro de Pax. Se lo merecía. Por la estúpida risa que acababa de soltar. Tan fuera de lugar… ¿Por qué siempre tenía que levantar muros?

Quizá era por eso por lo que no tenía amigos de verdad.

—Es tarde. —Cliff se bajó de un salto, sus pies cayendo gráciles sobre el césped—. Mañana tengo mil cosas que hacer.

Pax tuvo una especie de ataque de pánico. Quería que Cliff subiera al árbol otra vez. Quería seguir con la pelea. Quería tontear con él.

Quería que se quedara. Sin más.

—¿Nunca te tomas un día libre? —medio gritó Pax.

Cliff iba caminando hacia su casa.

—No. Y menos aún en esta época del año.

—¿Porque tus padres murieron en Navidad?

Cliff se paró de golpe y el aire pareció crepitar con tensión, como si se avecinara un enfrentamiento. Pax había sobrepasado una línea invisible y, por muy suave que hubiera dicho las palabras, las había dicho.

Cliff no habló, pero su postura tensa lo decía todo.

Pero es que Pax no podía contenerse más. Estaba lleno de frustración y de pena.

—¿Cómo eras antes de que murieran? ¿Tenías amigos? —Debería parar, lo sabía, pero no podía—. ¿Alguna vez hiciste algo por el mero placer de hacerlo?

Pax trataba de provocarle.

Quería picarle y que reaccionara. Cualquier reacción le valía, siempre y cuando no se fuera.

Que peleara con él. Que le odiara.

Pero que se quedara.

—¿O siempre fuiste el Hombre Furia?

Pax sentía vergüenza de sí mismo. Normal que no tuviera amigos, era un ser egoísta y no los merecía.

No merecía ni medio amigos.

Cliff se dio media vuelta y Pax cerró los ojos durante un segundo.

—Joder, lo siento…

De dos brincos, Cliff se subió de nuevo sobre la rama. La luz de la luna iluminaba su gesto serio y sus gafas, perfectamente colocadas, resaltaban la firmeza de su mirada. Una mirada centrada por completo en Pax, que frotaba nervioso las manos contra la corteza rugosa del árbol, a la espera de la respuesta cortante que seguro llegaría. Pero lo único que obtuvo fue una suave maldición, susurrada contra su barbilla y la mano de Cliff subiendo desde su hombro hasta su nuca, donde le agarró con fuerza.

—¿Qué…?

Cliff estampó sus labios contra los de Pax.

Pax gimió contra su boca.

Cliff respondió al gemido con una caricia de su lengua y, con un movimiento de caderas, le presionó contra la rama del árbol. Pax le tiró de la camisa, acercándole más a él, sintiendo el subir y bajar de su pecho contra el dorso de su mano. Cliff enredó los dedos en el pelo de Pax, cuyo corazón latía a un ritmo indescriptible y, cuando sus lenguas se tocaron, ese latir desmesurado se convirtió en un temblor de pies a cabeza.

Cliff tiró de su pelo con más fuerza, acercándole más a él, envolviéndole en su calor. Sabía a canela y a clavo. Sabía a Navidad. Su polla presionaba dura contra la pierna de Pax; la de Pax tirante contra la costura de los vaqueros. Tanto que tuvo que palmearse y recolocársela, gimiendo. Cliff profundizó el beso. Madre del amor hermoso, la boca de la Furia estaba hechizada o algo así. Sabía a música y se le metía bajo la piel.

Pax se fundió en el beso, sus manos recorriendo el torso de Cliff, intentando colarse dentro de su camisa, pero antes de que pudiera sacársela de la cintura de los vaqueros, Cliff se apartó, despacio, con expresión aburrida.

—Sí, tenía amigos. También tenía *novios* y sí, hice muchas cosas solo por el placer de hacerlas. —Se acercó más a Pax, hasta que las narices de ambos se tocaron—. No, no siempre fui el Hombre Furia.

Pax se lamió el labio inferior.

—Lo siento, Cliff.

Cliff le estudió durante unos instantes y Pax se revolvió bajo su mirada. Se rio… porque era lo único que sabía hacer.

—Necesitas volver a salir. Besos como este no pueden echarse a perder entre las cuatro paredes de un despacho.

Más pétalos rojos llovieron sobre ellos.

Ninguno cayó sobre Cliff, pero Pax le pasó las manos por los hombros igualmente.

—Que sepas que ya era consciente de que te atraían los chicos.

Cliff soltó una carcajada de incredulidad.

—¡Pero si querías interrogarme para ver qué había pasado con Anna!

—Ya, pero porque estaba celoso. Y, además, podrían gustarte también las mujeres. Sabes que existe la opción de que te gusten las dos cosas, ¿no?

Cliff tenía los ojos fijos en los de Pax y parecían brillar, sorprendidos.

—¿Estabas celoso?

—Creí que intentaría liarse contigo y eso… y, bueno… yo estaba aquí antes.

El arrebato de egocentrismo no pareció sorprenderles a ninguno de los dos.

Luca le había definido a la perfección antes con eso de los dos pasos hacia delante, uno hacia atrás.

—Y todo es un juego para ti, ¿verdad? —El tono de Cliff sonó divertido y frustrado a partes iguales.

Quizá no. Quizá no todo. Pax le dio unos golpecitos en la pierna con el pie.

—Sí y tú estás ganando todas y cada una de las partidas, maldito. Bésame otra vez.

Una risa irónica.

—No.

—Venga, unos besitos, en un árbol de florecitas carmesí… suena a canción y todo.

A Pax le hizo gracia ver cómo Cliff ponía los ojos en blanco.

—Es que tienes un sabor estupendo, Hombre Furia. Y, aunque las matemáticas no sean mi fuerte, estoy bastante seguro de que sé cuál es el resultado que obtienes de sumar un tío cachondo más otro tío cachondo.

Cliff se echó para atrás de forma brusca y se bajó del árbol.

—No estoy interesado, gracias.

—Pues ese beso parecía decir lo contrario —dijo Pax.

—El beso ha sido para demostrarte algo. Nada más.

—¿Que no siempre fuiste una furia?

Cliff ya estaba en el porche cuando contestó:

—Sí. Tus labios son el ejemplo de lo que antes consideraba divertido.

—¿Así que no ha significado nada? Para mí tampoco. —Pax se deslizó por las ramas y cayó en el suelo dando un traspiés y haciendo que el ángel en su bolsillo se le clavara en la tripa. Se enderezó y corrió tras Cliff, que seguía en la puerta, buscando su llave. Cuando llegó a él, le puso una mano contra el pecho y le empujó contra la pared.

—Aunque no signifique nada, podríamos besarnos un poco más.

—No.

—No tienes por qué seguir siendo el Hombre Furia.

De repente, Cliff le empujó contra la pared opuesta del porche, acorralándole con una sonrisa lobuna. Pax notó la fría madera contra la espalda.

—Quizá quiera seguir siéndolo —dijo Cliff y se giró, sacando las llaves del bolsillo—. Vete a casa.

Pax gimió de pura impotencia.

—Vale, pero que sepas que cuando esta noche me corra en mi mano, estaré pensando en ti.

—Lárgate ya —dijo Cliff sin la más mínima alteración en la voz.

Pax se acercó un poco a él y le dio un mordisquito en el labio inferior.

—Creo que ya sé cuál será mi siguiente juego.

—¿Convencerme para que te folle?

Pax empezó a retirarse, pero no sin antes susurrarle al oído:

—Convencerte de que lo pases bien conmigo. Sobre mí... Dentro de mí... eso lo dejo al criterio del antiguo Cliff, lo que más le guste a él.

«Lo que sea que traiga una sonrisa a su cara», pensó Pax.

Capítulo Diecisiete

C liff le llamó por teléfono una hora más tarde.

Pax estaba recién salido de la ducha. Gotas de agua se deslizaban por su cuello y le calaban la camiseta de dormir. Con el móvil entre el hombro y la oreja, se acercó a dejar el ángel en su sitio, sobre el alféizar de la ventana. Aprovechó para mirar hacia el despacho de Cliff, que estaba a oscuras, pero vio que había luz en la planta baja, en el salón.

¿Se le notaría en la voz que estaba sonriendo? Porque sonreía, y mucho. Le dolía hasta la mandíbula de lo enorme que era su sonrisa.

—Sabía que cambiarías de opinión. ¿Quieres que vaya? —dijo Pax a modo de saludo.

Una risa desprovista de todo humor le llegó desde el otro lado de la línea.

—¿Puede saberse por qué Henry y Luca están escoltando a mi hermana por el camino de entrada?

—Porque son unos caballeros.

—¿Es cosa tuya?

—Me has pillado.

Eso fue recibido con un enorme suspiro.

Pax intentó disimular la sonrisa cuando dijo:

—Venga, anda. Ellos lo han pasado bien, nosotros lo hemos pasado bien… ¿Cómo ha ido tu ducha, por cierto? Porque si ha sido como la mía vamos a dormir como reyes.

Cliff colgó.

Pax se acostó riéndose a carcajadas.

Al amanecer, Pax abrió las cortinas y las puertas correderas. La brisa olía a limpio, a luz y a verano.

Luca hacía café en la cocina.

Cliff estaba sentado en el alféizar de la ventana de su salón, con ropa de correr, sosteniendo una taza entre las manos. Cuando levantó la vista en su dirección, Pax le lanzó un beso. La única respuesta de Cliff fue dar un trago a su café, pero no dejó de mirarle en ningún momento y le siguió con la vista hasta que Pax se sentó en el piano.

Con los dedos sobre las frías teclas, cogió aire, nervioso, y tocó.

Salieron a correr.

Cliff iba unos pasos por delante a un ritmo infame.

Atravesaron varios prados, corriendo entre arbustos y densos árboles, y ninguno de los dos habló.

Pax, al menos, tenía una excusa: o hablaba o jadeaba, las dos cosas a la vez no podía.

Las pisadas de Cliff resonaban sobre el suelo húmedo, firmes, sus gemelos tensándose a cada paso. Los pantalones de nailon que llevaba le abrazaban el culo a la perfección y, cada vez que una ráfaga de aire les golpeaba desde atrás, la camiseta se le pegaba más al cuerpo, marcándole los músculos de la espalda.

Al final iba a resultar que Pax estaba bien sin hablar y, mejor aún, corriendo detrás de Cliff.

—¿Sabes? —le dijo cuando llegaron al claro del arroyo, que ahora brillaba con los primeros rayos de sol—. Estoy empezando a ver el lado bueno a esto de salir a correr contigo.

Cliff empezó a estirar contra el lateral de un banco, ignorándole. ¿En serio? ¿Se negaba a mirarle? Vale, sin problema, Pax esperaría pacientemente, admirando la vista.

—Mira, uno de los dos va a tener que dar el primer paso —dijo Pax instantes después, sentándose en el banco frente a Cliff.

Parecía que lo de «esperar pacientemente» no se le había dado demasiado bien.

—Si con dar el primer paso te refieres a retomar la carrera —dijo Cliff, fijando la vista en él—, me ofrezco voluntario.

Dicho eso, cambió de pierna y siguió estirando. Tenía la frente húmeda por el sudor y su olor se mezclaba con el de la hierba fresca.

Pax se quitó la camiseta y, al hacerlo, el aire frío golpeó su torso empapado, poniéndole la piel de gallina y los pezones como piedras.

Se deshizo de la camiseta, tirándola sobre el banco, entre ambos, y Cliff paró a mitad de un estiramiento para mirarle. Sus ojos ardían, vagando entre su pecho y el rastro de vello que se perdía bajo la cintura de sus pantalones cortos, donde Pax tenía enganchados los pulgares.

—Qué calor… ¿no? —dijo Pax.

Cliff dejó de estirar de golpe.

—Eres un provocador.

—Yo tengo calor, tú parece que también... —Pax se puso de pie, mirando hacia el arroyo.

Se quitó los zapatos. Después los calcetines.

Sintió los ojos de Cliff fijos en él. Seguro que estaría preguntándose qué esperar, qué le depararían los próximos minutos. Lo sabía porque así era como se sentía Pax desde que se conocieron: en un estado de fascinación permanente desde que Cliff le cerrara la puerta en las narices por primera vez.

—¿Quieres unirte a mí?

—No, ni siquiera un poquito. —Pero su voz sonó cargada de tensión.

Pax se bajó los pantalones hasta los tobillos, liberando su polla semidura. Y se acercó a Cliff, que seguía mirándole impertérrito.

Pax sonrió y se inclinó sobre el cuerpo cálido y húmedo de Cliff, su muslo rozando el bulto en sus pantalones cortos. Le habló al oído, diciéndole lo mismo que Cliff le había dicho a él la primera vez que habían salido a correr juntos.

—Si vas a mentir, al menos, sé convincente.

Se echó hacia atrás y Cliff le agarró de la muñeca, reteniéndole.

—No necesito mentir. Estás buenísimo, Apolo. Eres uno de los tíos más impresionantes que he conocido en mi vida y me la pone dura el solo verte y hablar contigo.

Pax dejó de sonreír. Las mariposas en su estómago alzaron el vuelo cargadas de electricidad y se instalaron en su pecho, endureciéndole la polla en su ascenso.

Cliff le acarició el interior de la muñeca y acercó más sus cuerpos. Esta vez fue él quien susurró palabras al oído de Pax:

—Pero no estoy interesado en echar un polvo —dijo

Cliff y, acto seguido, le palmeó el culo—. Venga, seguro que el agua fría te siente bien.

Antes de que Pax pudiera siquiera parpadear, Cliff había enfilado el sendero y se alejaba corriendo.

Pax gritó en su dirección:

—Lo intentaré de nuevo. Soy así de patético y cabezota.

Cliff no se giró a mirarle, pero su respuesta devolvió a Pax la sonrisa:

—No eres patético. Y que seas así de cabezota tiene su encanto.

Pax vio cómo desaparecía por el camino. Levantó la cara hacia el cielo azul plata y gimió. Sentía algo extraño por este sobreprotector, pijo, aprendiz de policía.

Y esperaba poder controlar esos sentimientos.

~

Dado que su baño no había resultado como esperaba, decidió volver a casa.

Diría que hizo el camino de regreso corriendo, pero a quién quería engañar, eso no era correr sino, más bien, andar rápido.

Lo que se llamaba una marcha nórdica.

Dejó atrás el local de *fish 'n' chips* y la iglesia, con su fachada color crema brillante bajo los rayos del sol. Empezaba a pensar que la Furia le había echado un maleficio. O usado desconocidos poderes magnéticos contra él. Porque, antes del beso, del hechizante y cautivador beso, las neuronas de Pax habían funcionado perfectamente. Pero, después, se le había quedado el cerebro frito y había dejado de pensar con claridad.

Cliff había parecido más relajado esta mañana. Como si, en cierto modo, su conversación en el árbol le hubiera liberado. Seguía siendo el tío más directo del mundo, pero Pax ahora sabía que, tras esas miradas impasibles, había un Cliff encantador que esperaba ser liberado y dar rienda suelta a las pasiones que llevaban tanto tiempo bajo la superficie, cociéndose a fuego lento.

Al menos, eso era lo que Pax quería pensar. Y, de hecho, era en eso en lo que iba pensando en su camino de regreso a casa mientras arrastraba la mano de forma ausente por las vallas de los jardines por los que pasaba.

Lo de bañarse desnudos no había cuajado. Tendría que probar otra estrategia de seducción.

Pero había una cosa aún más importante que el sexo: traer a la vida al antiguo Cliff. Ese del que Pax solo había tenido un pequeño vislumbre. El Cliff de las risas, el de las sonrisas secretas, el de las miradas largas e intensas.

Un Cliff que viviera para algo más que trabajar, que bromeara con su hermana, que se sonrojara ante un halago; y, sí, un Cliff completamente entregado a esos besos tan sexis.

Justo en el poste de la luz donde Cliff había *encontrado* el anuncio de Luca había ahora un perro con la pata levantada, haciendo un pis. Cuando el animal vio a Pax, se acercó a él con ganas de jugar. Su pelo suave y su hocico húmedo haciéndole cosquillas en las pantorrillas.

Pax miró a ver si su dueño estaba cerca, pero parecía que estaba solo.

Se agachó y le acarició, haciendo girar su collar rojo para echar un vistazo a la chapa, pero con tanto besuqueo y tanta baba era imposible leer el nombre escrito en ella.

—Por lo menos, hay un perro que me encuentra irresistible. —Unas patitas le treparon por los muslos a modo de respuesta—. Oye, que eso no era una invitación, colega. ¿Dónde está tu dueño?

—Ese es Gizmo, el perro de Gary.

Pax levantó la vista: Bianca caminaba en su dirección con una caja de ropa. Una peluca sobresalía por uno de los laterales, revelando que lo que había en su interior eran disfraces.

—Siempre se está escapando —continuó ella.

—Ahora que lo mencionas, recuerdo que Cliff me lo contó. Que se soltaba y atormentaba a los niños del vecindario.

Gizmo dio un ladridito de alegría y le lamió la mejilla. Pax recordaba ese segundo día en que había salido a correr con Cliff con terrorífica precisión: la alarma del BMW saltando ante la pequeñísima patada que él le había dado; Cliff protegiéndole de la dueña gruñona del coche; Cliff diciéndole a Pax que solo había sido una excusa para sacar al malvado perro de las calles del barrio.

Pax rascó a Gizmo detrás de las orejas. Era muy suave.

—Es un encanto, ¿no?

Bianca se cambió la caja de lado, apoyándola en su otra cadera y dijo:

—¿Gizmo o mi hermano?

Pax levantó la vista y se encontró con la mirada penetrante de Bianca. Se pasó una mano por el pelo, le dedicó una tímida sonrisa y se puso en pie. Le cogió la caja con Gizmo pegado a su pierna.

—Llevemos a Gizmo a casa y tus disfraces a la iglesia —le dijo a Bianca.

—Cliff viene detrás con más disfraces.

Pax quería esperar. Quería sonreír a Cliff según doblara la esquina y exigirle que le besara de nuevo.

Y también quería largarse pitando de ahí antes de que Cliff pudiera poner esos impresionantes ojos verdes en él.

Bianca le dio un pellizco en el brazo.

—Hoy tenemos el ensayo general de la obra, así que las sonrisas tontorronas pueden esperar a más tarde.

—¿Sabes lo que no puede esperar a más tarde? Mi misión de reconocimiento. Un análisis detallado de Clifford Wilson —dijo Pax, empezando a andar detrás de Bianca.

Desde que se habían hecho amigos, Pax había querido saber qué es lo que hacía saltar a Cliff. Ahora, ya no se trataba de querer saber. Se había convertido en una verdadera necesidad.

Una bandada de pájaros salió de entre las ramas de un árbol y pasó muy cerca de ellos, haciendo que Gizmo ladrara, feliz. El cielo estaba despejado y Pax se sentía ridículamente ligero.

—¿Qué quieres que te cuente? —le preguntó Bianca.

—Todo.

Dejaron a Gizmo en casa. Bianca no dejó de hablar de Cliff hasta que no estuvieron en el frío interior de la iglesia.

Entre bambalinas, los actores iban de allá para acá, colgando y descolgando disfraces de las perchas. Pax dejó la caja junto a una guitarra que estaba apoyada en la pared, bajo un verso bíblico.

Oyó cómo alguien le pedía a Cliff que le ayudara a mover un árbol de Navidad y a ponerlo en el escenario y Cliff desapareció por detrás de la cortina roja.

Una chica frente a un espejo dorado llamó a Bianca y Pax decidió apoyarse contra una pared y esperar ahí al Hombre Furia. El sudor de la carrera se le había empezado a secar y ahora estaba medio tiritando en el gélido ambiente de la iglesia. Cliff volvió y se puso a su lado. Su cuerpo era un bloque de calor al que Pax se acercó más por instinto.

Cliff olía a champú de vainilla y llevaba bermudas, zapatillas y un jersey rojo de cachemir.

—Sujétame las gafas —dijo.

Pax las cogió y le miró con curiosidad.

Pero no pudo ver bien su expresión ya que su cara desapareció bajo el jersey que se estaba quitando. Se lo dio a Pax y dijo:

—Póntelo antes de que te resfríes.

Cliff se colocó las gafas de nuevo. Pax le guiñó un ojo a modo de agradecimiento y se puso el jersey.

—¿Es así como uno se siente siendo tú?

—Cómodo, ¿verdad?

—Es como ser abrazado por un grande y suave…

Cliff le dedicó una mirada de advertencia.

—… Elmo.

Se giraron hacia el alboroto que llegaba desde el otro lado de la iglesia donde un señor mayor con barba y un portapapeles en la mano enumeraba en voz alta todo lo que quedaba por hacer antes del ensayo general de esa noche. Iban a ofrecer un pequeño bufé para el público antes de la obra y el chico que tenía que traer la tarta se había puesto enfermo.

—Si queréis os puedo hacer un par de docenas de *muffins* —dijo Pax en voz alta.

Todas las cabezas se volvieron hacia él. Bianca sonrió. Cliff le miraba con tanta intensidad que debía de estar haciéndole un agujero en la sien.

El hombre del portapapeles le apuntó con el dedo y dijo:

—Quienquiera que sea ese tipo que se parece a Pax Polo, se acaba de convertir en mi persona favorita del mundo. Los demás: quiero que lo deis todo esta noche, ¿de acuerdo?

—¿*Muffins*? —murmuró Cliff.

La verdad es que la oferta le había salido de forma espontánea.

—Se me ha pegado de ti, supongo. Me gustaría tenerte pegado a mí de otra manera, la verdad. Y te diré que hasta he rezado, suplicándolo. Pero, según parece, tengo que ser más específico en mis plegarias.

—Fuera de esta iglesia inmediatamente —ladró Cliff.

PAX NO QUERÍA IRSE A CASA. SABÍA QUE ESA ENERGÍA que tenía dentro no sería fácil de quemar. Daba igual el tiempo que pasara tocando la guitarra o cascándosela. No se quedaría satisfecho. Así que le dijo a Cliff que podían esperar a Bianca en la puerta de la iglesia, juntos.

Se sentaron en los escalones, flanqueados por barandillas de madera y el aroma de la hierba recién cortada. Se oían voces en el interior y un perro ladrando en la distancia. ¿Sería Gizmo?

Pax se inclinó hacia Cliff, dándole un golpecito con el hombro.

Cliff siguió con la mirada fija en el jardín.

Pax le volvió a dar otro toque.

—Hey —le dijo.

—Hey —contestó a su vez Cliff, con expresión cautelosa.

Pax se acercó un poco más a él.

—Parece que se lo están pasando bien ahí dentro.

—Y puede que tarden, deberíamos irnos, tengo cosas que hacer. —Pero no hizo movimiento alguno ni intentó levantarse.

—Tengo algo que contarte —dijo Pax, que se giró hacia él, sus rodillas rozando la parte superior de los muslos de Cliff.

—¿Qué?

La puerta se abrió tras ellos y las voces del interior de la iglesia inundaron el espacio en el que estaban. Pax se acercó más a Cliff y le susurró:

—Acércate un poco más.

Cliff miró hacia atrás, hacia la puerta.

—¿Es sobre Bianca? ¿Sobre ese harén inverso que le has montado?

¿Había dicho «harén inverso»? Pax hizo una pausa, conteniendo la risa.

—¿Acabas de… hacer una broma?

—¿Qué quieres contarme?

Pax bajó la voz:

—La cosa es que… —dijo, acercándose todavía más.

—Si te sigues pegando a mí vamos a acabar besándonos —le dijo Cliff en tono seco, sus bocas casi pegadas.

Pax sonrió de oreja a oreja.

—Pero bueno, Cliff, si esa era mi frase estrella…

Cliff le dio una colleja en la nuca, tiró de él y prácticamente le arrastró a casa.

Capítulo Dieciocho

P ax estaba tumbado en su cama de agua con el jersey rojo de cachemir cubriéndole hasta la nariz. Por Dios, el olor de Cliff le estaba volviendo loco.

Gimió y rodó sobre sí mismo, poniéndose bocabajo. Cogió de la mesilla la libreta de Luca y el lápiz del trol y decidió centrarse en componer las canciones que se había comprometido a tener antes del concierto del Untamed.

Las horas pasaban despacísimo.

Pax llevaba mucho tiempo observando cómo Cliff leía en el despacho, cuando oyó la risa de Luca. Se apartó de la ventana, se dirigió a su cuarto y observó al italiano desde la puerta. Estaba sentado en su silla reclinable, echado hacia atrás, con el *walkie-talkie* en la mano. Luca se percató de su presencia y le saludó con un gesto de cabeza.

Desde donde estaba, Pax pudo oír la voz de Bianca con claridad:

—¿Me dejarán entrar?

Luca miró a Pax.

—Bianca podrá entrar mañana, ¿verdad?

—Voy a ir a recoger su carnet falso esta tarde —contestó Pax que, inquieto, se acercó a Luca—. ¿Me la dejas un segundo?

Luca le lanzó el *walkie* y Pax lo cogió al vuelo. La voz de Bianca sonó divertida cuando dijo:

—¿Qué es lo que quieres saber ahora de mi hermano?

—¿Por qué asumes que te voy a preguntar algo sobre Cliff?

—¿No lo vas a hacer?

—Bueno, sí. Pero porque tengo un problema.

La tos de Luca sonó muy parecida a una risa y Pax le fulminó con la mirada, llevándose el *walkie-talkie* a su habitación con él.

—¿Me contestarías a un par de preguntas más?

—Dispara.

—¿Podrías decirme qué tiene tu hermano apuntado en su lista de «cosas que hacer»? ¿En la que tiene en el corcho de su cuarto?

Pax quería hacerse un hueco entre esos planes.

—¿Quieres que me cuele en su habitación?

—Sí.

—¿Estás loco de remate?

Sí, sí, lo estaba. Y que le encerraran antes de que hiciera alguna estupidez. O, mejor dicho, alguna *otra* estupidez.

—¿No has tenido bastante de su habitación ya? —le preguntó Bianca.

Pax suspiró. Este giro en los acontecimientos y lo que ahora le pasaba con Cliff no era algo que le gustara demasiado.

—Por desgracia, no. Ni de cerca.

—Si mi hermano me pilla dentro… No me parece una misión nada fácil, ¿eh?

Angel caído

Era cierto.

Pax se apoyó contra el marco de la ventana. Cliff seguía ahí como una estatua, la mesa llena de folios y libros. Aunque las ventanas de ambos estaban cerradas, Pax bajó un poco la voz al decir:

—Yo vigilo a tu hermano. Si levanta la vista de sus libros, te aviso.

Treinta segundos más tarde, la voz de Bianca vibró a través del *walkie-talkie*.

—Estoy dentro. Buf, las habitaciones de chicos huelen raro. Vale, voy a abrir el balcón para que se airee un poco. A ver… su lista de cosas que hacer tiene una cartulina que pone «acabar la tesis» y una foto tuya.

—¿Y está llena de agujeros?

—¿De agujeros?

—Da igual. Echa un vistazo a su música. ¿Qué ha estado escuchando?

Bianca se rio.

—¿Vas a hacerle a mi hermano una cinta de canciones favoritas?

Durante unos segundos, a Pax no le pareció mala idea. Pero se deshizo enseguida de ese pensamiento cursi y aterrador, y de las mariposas que habían empezado a revolotear en su estómago.

—¿Es todo música clásica? ¿O hay alguna sorpresa?

La línea se quedó muda y Pax empezó a dar rítmicos golpecitos contra la pared mientras miraba a Cliff y esperaba.

Por fin, tras un zumbido de estática, le llegó la voz de Bianca.

—Sí, hay alguna sorpresa —dijo en tono quedo.

Pax dudó.

—¿Estás bien?

Otro chisporroteo de estática.

—Sí, sí, es solo que… no sabía que escuchaba estas cosas.

—¿Qué cosas?

¿A qué se referiría? ¿Cintas de su padre? ¿Algo de su infancia?

—Hay tantos… —dijo Bianca casi sin aliento.

Pax miró a Cliff, que estaba escribiendo algo en una hoja. Era zurdo. ¿Cómo no se había dado cuenta antes de que era zurdo?

Pese a estar a cinco metros y con dos cristales entre ambos, Pax podía sentirle. Como si la mera presencia de Cliff cambiara el espacio a su alrededor, haciéndolo más denso, más intenso. ¿Podría Pax llamar su atención con solo susurrar su nombre?

¿Y qué era lo que escuchaba que había hecho que Bianca sonara como si estuviera al borde de las lágrimas?

—¿Quieres que vayamos a hacerte compañía? ¿Luca y yo?

Ella se rio.

—No. Yo… ay.

—Si quieres, voy a distraer a tu hermano mientras Luca y tú tenéis un momento a solas.

—Sabes que no necesitas ninguna excusa para venir a ver a Cliff, ¿verdad? Que puedes venir cada vez que quieras.

Pax iba a discutírselo, pero no lo hizo.

—¿Qué es lo que has encontrado?

Bianca suspiró.

—Cedés de cómo ser padre. Cientos de horas de cómo criar a un adolescente.

A Pax se le hizo un nudo en la garganta. Seguir mirando a Cliff e imaginarlo con el Discman escuchando guías de cómo ser un buen tutor, un ejemplo a seguir, era demasiado para él.

Apoyó la frente contra la pared. «¿Qué le estás haciendo a mi vida desordenada y sin preocupaciones, Cliff?», pensó Pax.

Justo en esos momentos, Cliff levantó la cabeza y le miró como diciéndole: Dándole una buena dosis de la profundidad que tanto parece necesitar.

Cliff entrecerró los ojos al ver el *walkie-talkie* en la mano de Pax.

Entonces, se levantó a toda prisa de la silla y salió disparado del despacho.

—Bianca, ¡sal del cuarto de tu hermano o me voy a meter en un lío tremendo!

Excepto que *me voy a meter en un lío tremendo* no era la expresión más adecuada.

Porque la verdad era que ya estaba en un lío y lo había estado desde que había visto a Cliff por primera vez.

PAX SE PORTÓ BIEN DURANTE EL RESTO DEL DÍA: LE ROBÓ el coche a Luca, recogió el carnet falso de Bianca, y sonrió de la forma más falsa posible a los miembros de su grupo cuando pasó por el local de ensayo a dejar la guitarra y los amplificadores para el concierto de esa noche.

Luego se dedicó a hacer *muffins* y no soltó más que una o dos blasfemias cuando fue a la iglesia a dejarlos.

Como sentía curiosidad por la obra, se sentó entre el público y vio ensayar a Bianca. Era estupenda en el escenario, tenía un estilo fascinante. Y la obra era buena, pero…

—Si la música es el alimento del amor, tocad —dijo Pax para sí mismo.

La obra había acabado y Bianca estaba cambiándose en la parte de atrás. Pax la esperaba de brazos cruzados contra la pared en la que Cliff y él habían estado apoyados antes.

Al oírle, Bianca le miró y le dijo:

—Esa es la frase de apertura de la obra, veo que has estado atento.

—Sí, estaba atento. ¿Y sabes otra cosa que oí? O, mejor dicho: ¿sabes lo que no oí?

—¿El alimento del amor?

—Exacto. ¿Qué ha pasado con la música?

Bianca suspiró.

—El chico que toca el piano ha cogido salmonella. Igual que el que toca la guitarra. Y el de la armónica.

—¿Toda la banda tiene salmonella?

—Estoy haciéndolo sonar peor de lo que es, perdona. Todos son la misma persona.

Pax le pasó la cazadora.

—Pero quitando eso, has estado magnífica.

Bianca le sostuvo la puerta para que pasara.

—Me alegro de que la hayas visto.

—Yo también.

—Y siento no poder ir yo a verte a esa cosilla que tienes en Nochebuena.

—¿Cosilla? Esa cosilla es el concierto de mis sueños.

—Oye, pues si sale bien quizá mis amigas pongan tu póster en sus paredes.

Fueron caminando juntos a casa.

Luca y Henry les esperaban comiendo algo en el jardín, al lado del buzón.

—¿Qué tal ha ido? —preguntó Luca, apoyando su plato de espaguetis sobre uno de los postes de la valla y haciendo malabares para que no se cayera. Henry metió su plato en el buzón y se apoyó en él en un movimiento que no fue para nada natural ni relajado.

Madre mía con los tontos enamorados.

Pax dirigió a Bianca una mirada suplicante y le dijo:

—Cuando me comporte… Bueno, si alguna vez llego a comportarme así, mátame, por favor.

Capítulo Diecinueve

E ra sábado por la noche y había llegado el momento de ir al Untamed para el concierto de Serenity Free.

Fueron todos juntos en el coche de Cliff. Pax iba de copiloto y el trío feliz en el asiento de atrás, sin parar de discutir. Corrección: Luca y Henry discutían mientras Bianca asentía ante los comentarios de uno y de otro, escuchando el punto de vista de ambos.

Pax miraba a Cliff y se mordía el labio. Esto era algo nuevo. Salir con ellos de esta forma. Porque no lo hacía porque necesitara distraer a Cliff, sino porque… quería hacerlo. Quería que Cliff se distrajera… con él.

No había nada físico en juego. Pax había conseguido el concierto de sus sueños. Henry parecía contento y él tocaría con el grupo por última vez.

Bueno, no, por penúltima vez.

Se mordió el labio de nuevo y cuando Cliff le devolvió la mirada, bajó el parasol con chulería y se miró al espejo de forma despreocupada: pelo perfectamente despeinado, su lunar un poco más visible de lo normal por haberlo repasado con lápiz de ojos y los labios hinchados de tanto como los había mordisqueado.

Cliff llevaba una camisa negra, vaqueros y unos zapatos de piel marrón oscuro que pegaban muchísimo con la montura de las gafas.

—¿Cuánto tiempo vamos a pretender que antes no estabas haciendo algo que no debías? —dijo Cliff, poniendo el intermitente e incorporándose a la avenida principal.

Pax hizo un ruidito, como si se lo estuviera pensando, y volvió a colocar el parasol en su sitio.

—Mucho tiempo. Muchísimo. Tanto, que no necesite decirte que, siguiendo mis órdenes, Bianca se ha colado en tu cuarto.

Cliff cambió de marcha.

—¿Has encontrado algo interesante?

—Nop.

Pax jugueteó con el cinturón de seguridad, su corazón latiendo a un ritmo trepidante. Uno al que no estaba acostumbrado. Frente a ellos, en luces de neón de varios colores brillaba el letrero del Untamed.

—¿Qué encontraste que te tiene tan nervioso?

—Porno.

Cliff se frotó ambas manos en el volante.

—No tengo porno.

—Y eso es lo que me tiene nervioso. Me perturba, tenemos que hacer algo al respecto y cuanto antes.

Cliff aparcó y puso el freno de mano. Se quedó mirando a Pax.

Por Dios, qué calor hacía en ese coche.

Pax abrió la puerta y salió, pero el golpe de aire fresco no hizo nada para suavizar sus nervios. Oír el familiar bramido de Buster tampoco le relajó. Ni siquiera lo hizo ver cómo Henry se escondía del enorme portero.

Daba igual. Sin problema. En media hora estaría sobre el escenario como parte de Serenity Free.

Y tendría su música.

La música nunca le había fallado.

SERENITY FREE ESTABA COLOCANDO LOS INSTRUMENTOS EN el escenario cuando Pax y compañía entraron. Estudiantes de verano movían las caderas en la pista al ritmo de la música procedente de los altavoces.

Las mesas se alineaban contra las paredes, que estaban cubiertas por espejos desde la mitad hasta el techo, y rodeaban todo el local. En la esquina más alejada había una mesa de billar y una diana.

El suelo estaba pegajoso bajo sus botas militares y el aire olía a sudor, a algún refresco dulzón y a vodka. Las luces de la pista de baile cambiaban de forma intermitente de verde a rojo.

El trío se fue a buscar una mesa, dejando solos a Cliff y a Pax en medio de la pista, de cara al escenario. Pax le dio un golpecito en el brazo.

—El grupo me llama. Quédate donde puedas verme.

Cliff se giró hacia él.

—¿Cómo? ¿Vas a tocar?

—Hombre, no me he puesto así de guapo solo para ti.

—Creí que habíamos venido por Bianca y su supuesto rito de iniciación.

—Sí, bueno, también hemos venido por eso.

—¿Has vuelto con el grupo?

Pax se retorció incómodo.

—Te lo dije.

—Pero creí que habrías entrado en razón.

—A estas alturas ya deberías saber que hacerme entrar

a mí en razón es imposible. —Tras decirlo, intentó reírse, pero lo que le había dicho Cliff dolía. Porque tenía razón, joder. Pax había terminado con el grupo en el mismo momento en que le habían echado y el pegamento que ahora les unía era de muy mala calidad.

El grupo se separaría otra vez. Pax lo sabía. Y él era el primero que quería separarse de ellos. Pero no esta noche. Lo haría después de Navidad.

Si quería ser alguien en el mundo de la música, tenía que poder decir que había tocado con Lone Whistle and the Deserted.

—Tú solo concéntrate en la música y en mí —dijo Pax.

Cliff le agarró la mano y durante unos segundos los dedos de ambos permanecieron unidos. Cliff le dejó marchar. Su mirada le recorrió la cara, el lunar bajo su ojo.

—¿Qué hicieron los otros miembros del grupo cuando Blake te dio el puñetazo?

—No sabían por qué lo había hecho. No saben que yo…

Un grupo de chicas se acercó por detrás y Cliff tuvo que pegarse más a él. La noche acababa de empezar y Pax ya estaba sudando.

—¿Sabes lo que creo? —le preguntó Cliff.

¿Quería saberlo? Sí. No.

—¿Qué?

—Que habrían hecho lo mismo que cuando fingiste estar borracho.

Los ojos de Cliff le analizaban tan en profundidad que parecían estar leyendo todo lo que Pax pensaba y sentía sobre aquella noche. Cómo le había dolido que sus colegas le dejaran. Lo estúpido que se había sentido por creer que actuarían de otra manera. Qué en carne viva había estado cuando Cliff se ocupó de llevarle a casa.

Le había llevado a casa y le había ayudado a acostarse. Con cuidado. Con cariño.

Una palmada en la espalda le sacó del momento. Se giró y vio a Tony sonriendo de forma empalagosa.

—Tío, te necesitamos en el escenario.

No, no lo hacían y ambos lo sabían.

Pax se fue con él, pero se giró para decirle a Cliff:

—Por favor, la música y yo, nada más.

PAX TOCÓ. Y TOCÓ. Y TOCÓ.

En el centro de un mar de gente bailando estaba Cliff. Sin moverse. Sin quitarle la vista de encima.

Pax se dio por completo a la música, esperando que esta dijera por él lo que él no sabía decir. Pero fue en vano. No estaba entregado.

Y Cliff no sonrió. Ni una sola vez.

Mierda, ¿qué se necesitaba para hacer que se derritiera?

Cuando acabó la última canción, Pax guardó la guitarra y dijo:

—Tony, ¿me llevas esto al local de ensayo, por favor?

—¿No vienes con nosotros? Vamos a tomar algo allí y a tocar un rato.

—*Nah*, he venido con unos amigos.

—¿Amigos?

—Sí, amigos.

—Vale, tío. Yo me ocupo de tu guitarra.

Se disculpó con sus compañeros y se fue. Necesitaba hablar con Cliff, que ahora se alejaba por la pista de baile.

—Espera —le gritó Pax a través de la música que había sustituido al sonido en directo de Serenity Free.

Cliff se paró un segundo y siguió andando a través de parejas que bailaban y se frotaban juntas.

La gente se iba separando a medida que Pax avanzaba. Ventajas de ser una estrella del *rock*.

—Espera —repitió Pax.

Cliff se dio la vuelta, rodeado de bailarines y colores brillantes. Una luz roja le iluminaba la mejilla, la mandíbula y la montura de las gafas.

—¿A qué tengo que esperar? —Llevaba los puños de la camisa desabrochados y no había sido por bailar salvajemente, de eso Pax estaba más que seguro—. Me gustaría ir a ver cómo está Bianca.

Pax se acercó a él. Tan cerca que podía sentir su cálida respiración.

—No has bailado.

—No me apetecía.

—¿Porque era Serenity Free quien tocaba?

—Porque tú tocabas con Serenity Free.

Se miraron el uno al otro durante unos instantes. Ninguno dijo una palabra y, sin embargo, miles de sentimientos pasaron entre ellos.

—Mira, lo sé, ¿vale? —Pax se cruzó de brazos, frustrado—. La música no… No la he sentido. No como cuando nosotros… Debería de haberme hecho sentir completo y no ha sido así.

—Porque tu sitio no está con ellos.

Pax se pasó una mano por el pelo.

La sinceridad de Cliff siempre parecía hacer diana con él.

—Te mereces algo mejor.

—¿Sí? ¿Dónde está mi sitio, entonces? ¿Contigo? —Pax aligeró la pregunta con una risotada—. ¿Por qué no dejas tu criminología y empezamos una banda de *rock* juntos?

A Cliff no pareció hacerle ninguna gracia el comentario.

—¿Te estoy pidiendo mucho? Supongo que sí. —Se pasó la lengua por los labios y Cliff siguió el movimiento sin perder detalle.

Pax miró hacia el escenario donde el grupo seguía recogiendo las cosas. Sentía las piernas pesadas, como dormidas, y tenía los nervios a flor de piel. Pero, esta vez, no quiso sacudirse la sensación de encima y permitió que esos nervios le recorrieran el cuerpo, poniéndole la carne de gallina.

Invadió el espacio de Cliff y le puso los brazos alrededor del cuello. El calor de sus cuerpos fundiéndose en uno.

—¿Qué tal si bailamos? —le preguntó frotando sus caderas contra las de Cliff al ritmo de la música.

Cliff le agarró de la cintura y le advirtió de que tenían público. De que la gente estaría más que dispuesta a cotillear sobre lo que Pax Polo hacía o dejaba de hacer.

—Todos nos miran.

—Bien. Hacía tiempo ya.

Eso fue recibido con algo parecido a una sonrisa.

—¿Es así como quieres salir del armario con el grupo?

Nunca había sido capaz de contarles la verdad, pero que Cliff estuviera ahí con él, le hacía sentir valiente. Arrogante, incluso. Como si tenerle a su lado fuera a suavizar la caída de algún modo.

—No pienso estar con ellos mucho más —dijo, su voz un poco temblorosa. Cliff le agarró más fuerte, transmitiéndole su apoyo—. Que piensen lo que quieran. Estoy harto de fingir que soy hetero.

Cliff le acarició la mejilla con la barbilla.

—Dudo mucho que hayas fingido ser hetero en algún momento de tu vida.

Pax se echó un poco hacia atrás y sus miradas se encontraron.

—¿Bailas conmigo? ¿Por favor?

Cliff no dudó y empezó a moverse al ritmo de la música, contoneando las caderas, arrastrando a Pax con él.

—Es solo un baile.

—Claro que sí. —Pax esperó unos segundos antes de decir—: El resto puede esperar a después.

Entonces, Cliff le giró, apretándole contra él, la espalda y el culo de Pax contra su sólida y caliente parte delantera. Pax levantó los brazos y, echándolos hacia atrás, rodeó el cuello de Cliff.

Cliff le acarició el hombro con la barbilla y fue subiendo hacia su cuello.

—Que yo sea gay y tú seas gay no significa que tengamos que ser gais juntos.

Pax recostó la cabeza contra el hombro de Cliff.

—No, pero, a ver… si yo tengo polla, tú tienes polla, a los dos nos gustan las pollas…

Pax movió las caderas y la erección de Cliff —tan dura como la suya— presionó firme contra su culo. Apretó la nuca de Cliff con más fuerza y le dijo:

—Por favor, dime que eso es un sí a echar unos *kikis* juntos.

Tras decirlo, se giró para estar cara a cara con él. A pesar de la evidente frustración, los ojos de Cliff ardían de deseo. Pax le acarició uno de los puños sueltos de la camisa.

—Ahora que por fin te has decidido a dejar que tu hermana tenga un romance de verano, ¿por qué no tener tú también uno?

—Romance de verano —repitió Cliff, que dejó de mecerse al ritmo de la música.

Pax tiró de él, pero Cliff no cedió.

—La canción no ha acabado y la gente sigue mirándonos.

—Es tarde.

—Tú y yo tenemos que tener una charla sobre lo que significa la palabra tarde. Y, lo que es más importante: lo que significa temprano.

Cliff se separó de él sin ni siquiera mirarle y salió de la pista de baile. Sin molestarse en comprobar la reacción de su grupo, Pax le siguió.

Cliff suspiró.

—Tengo que encontrar a Bianca.

PERO NO SOLO ENCONTRARON A BIANCA Y A LOS CHICOS. Anna, también conocida como Rapunzel, estaba en la mesa con ellos. Tenía su larguísimo pelo recogido en una trenza francesa y llevaba un vestido superajustado.

¿Sabía que Cliff estaría aquí? ¿Por eso había venido vestida como el sueño húmedo de cualquier hombre heterosexual?

Pax se subió las mangas y sacó músculo. Una puesta en escena para enseñar y lucir su tatuaje del brazo. Se sentó al lado de Anna antes de que Cliff lo hiciera y este le miró con algo muy cercano a la diversión, como si pudiera ver a través de él.

Lo de ser transparente para él no molaba nada.

Pax buscó la mirada de Cliff, le guiñó el ojo y le pasó el brazo a Anna por los hombros.

—¿Anna, no? Cuéntame algo de ti, ¿de qué conoces al Hombre Furia?

Anna miró a Cliff que en esos momentos estaba oliendo el refresco de Bianca.

—¿Este es el chico del que me has hablado?

—El mismo que viste y calza.

—No me habías dicho que era así de mono.

Cliff dejó el vaso en la mesa, satisfecho, pero refunfuñando. Miró a Pax y luego a Anna.

—Es así de mono.

Pax sonrió. Puede que se hubiera equivocado y, al final, Anna no fuera el mal hecho mujer.

—Y si no te contó lo bueno que estoy, ¿de qué narices te ha hablado?

Anna habló bajito cuando le dijo.

—Cree que eres un genio musical.

Sí. Pax adoraba a Anna. Iban a ser muy buenos amigos. Esa trenza le quedaba de maravilla y el vestido le sentaba como un guante.

—¿Ah, sí? —dijo Pax mirando a Cliff, que estaba demasiado concentrado en el trío feliz.

Cliff sacó a Luca del asiento y le pidió a Bianca que se levantara. A Henry le hizo una señal de alto con la mano.

Bianca salió del asiento de vinilo que rodeaba la mesa y se puso frente a su hermano. Y ahí empezó la inspección más desproporcionada de la historia. Cliff le levantó la barbilla, comprobó sus ojos y la hizo caminar en una línea recta.

Cuando le pidió que le echara el aliento, Bianca entrecerró los ojos.

—¡No estoy borracha!

—Por si acaso.

—Lo que quieres es no tener que admitir que Pax tiene un talento impresionante —contestó ella.

«Es la mejor noche de mi vida», pensó Pax, «las mujeres de esta mesa son ángeles caídos del cielo».

Cliff se dignó a mirarle.

—Deja de regocijarte.

—No hasta que lo digas —le provocó Pax—. Cuéntame eso de que soy un genio.

—Prefiero irme a lanzar unos dardos.

Cliff se dio media vuelta y se dirigió a la diana.

Luca y Henry se miraron el uno al otro y luego a Bianca.

—¿Deberíamos ir con él?

Bianca bufó y cogió de nuevo su vaso.

—No pienso jugar a nada con mi hermano.

—Esta noche está un poquito estresado, ¿no? —murmuró Anna, mirando a Pax con gesto divertido.

—No os preocupéis, yo me ocupo —contestó él, que se disculpó, se levantó de la mesa y se dirigió hacia donde estaba Cliff.

No había nadie jugando al billar, solo un grupo de chicas haciendo cola para ir al baño y un chico apoyado contra una ventana de cristales tintados y marco de oropel. Pax se inclinó sobre la mesa de billar y apoyó las manos en su superficie suave, tamborileando los dedos al ritmo de la música que se fundía y vibraba junto con el murmullo de conversaciones y los gritos de la gente.

El grupo sentado en la mesa más cercana a ellos había pedido patatas fritas y su delicioso aroma salado llegaba ahora hasta Pax, que observaba cómo Cliff se colocaba tras la línea de lanzamiento. Tenía un dardo en la mano y lo hizo rodar entre los dedos, ajustando bien el agarre. Se pasaba la punta de la lengua por el labio superior y tenía los ojos fijos en la diana, en señal de concentración.

Igual que cuando había estado sentado al piano, Cliff exudaba una confianza que Pax podía casi palpar. Hacía que el corazón le latiera desbocado y le excitaba de tal manera que tuvo hasta que cambiar de posición.

Cliff lanzó el dardo en una línea recta perfecta y dio en el centro de la diana.

Pax le dedicó un aplauso.

—Déjame adivinar. Has visualizado mi cara, ¿a que sí?

Cliff le dedicó una mirada rápida. Se cambió el dardo de mano y lo cogió con la izquierda, lanzándolo con una mueca que hizo que se le marcara el hoyuelo en su mejilla.

Pax se acercó a la diana y silbó: el segundo tiro también había dado en el blanco, diana doble. Cogió los dos dardos del círculo interior y un tercero que había aterrizado en uno de los anillos exteriores y se los llevó a Cliff.

Cliff le hizo un gesto con la cabeza para que se apartara y le dijo:

—Dime tres números.

—Doce, seis y ocho.

Cliff lanzó los tres dardos en una rapidísima secuencia. Doce. Seis.

Ocho.

Una nueva canción empezó a sonar y Pax la sintió vibrar a través de su cuerpo. Miró a Cliff a los ojos y le dijo:

—Creo que hay una parte de ti a la que le encanta lucirse.

—Se me habrá pegado de ti.

Una broma, bien.

Cliff se acercó a la diana, cogió los dardos y se los tendió a Pax.

—¿Quieres jugar? —le preguntó.

—Tengo la autoestima bastante alta ahora mismo, así que voy a decir que no.

Cliff lanzó otros dos dardos y Pax esperó hasta que tuvo el tercero en posición para meter los pulgares en los bolsillos y extender la manos sobre las ingles, marcando paquete de forma descarada. Quería que fallara el tiro, por supuesto.

—Así que… un genio musical, ¿eh?

Cliff lanzó e hizo doble diana otra vez.

¿Pero es que a este hombre no le afectaba nada?

A Pax se le iba a salir el corazón del pecho. Tenía las palmas de las manos húmedas, la respiración débil y la polla tan dura que le iban a explotar los vaqueros.

Joder, ¿qué estaba haciéndole Cliff?

—Venga —rogó Pax. El Hombre Furia se las pagaría por hacerle suplicar de esta forma—. Admite que te encanta verme tocar mi instrumento.

Cliff le dio una colleja y le empujó hacia la salida. Una brisa helada les golpeó nada más abrir la puerta y Cliff le condujo más allá de Buster, hacia uno de los laterales del club.

Cuando le soltó, Pax se dejó caer contra la pared llena de grafitis.

—¿Qué hacemos aquí fuera?

Los ojos de Cliff fueron directos a los pantalones de Pax.

—Daba la impresión de que necesitabas un poco de aire fresco.

Pax elevó las caderas.

—Y yo creyendo que el antiguo Cliff se había liberado y quería que nos comiéramos la polla el uno al otro en las sombras.

Cliff se rio.

—Si te la fuera a comer, ten por seguro que no sería en las sombras.

—Vacilarme te pone, no lo niegues.

—Un poco.

Pax le miró, muerto de deseo.

—No entiendo por qué no quieres.

Cliff apoyó el brazo en la pared, junto a la cara de Pax y se inclinó sobre él.

—Eres listo —Cliff le dedicó una sonrisa tensa y le palmeó la polla, dura como una piedra. Pax gimió y se acercó más a su toque. Cliff le dio un apretón—. En algún momento te darás cuenta de por qué no te arranco los pantalones y te la chupo aquí mismo. Y, cuando lo hagas: te alejarás. Y lo único que sentirás será un alivio enorme. —Cliff le susurró al oído—: Y lo que es más importante... yo también.

Cliff se apartó de la pared y con él la deliciosa fricción contra su polla.

Pax le miró boquiabierto.

—Sobreestimas lo listo que soy.

Cliff se alejó.

—Entonces supongo que tendré que retirarlo.

—Retirar, ¿qué?

Cliff se recolocó las gafas antes de doblar la esquina.

—Que eres un genio.

Cuando le vio desaparecer tras el edificio, Pax echó hacia atrás la cabeza, dándose varios golpes contra la pared. Gimió, se rio, murmuró y.... Joder, cómo era posible que Cliff le hiciera sonreír así.

Su sonrisa no desapareció hasta que fue al local de ensayo y habló con el grupo de los detalles del concierto de Lone Whistle.

Le habían estado mirando raro todo el rato, así que cuando acordaron las canciones que tocarían en Nochebuena, Pax les miró y les preguntó:

—¿Algún problema con lo que habéis visto esta noche?

Tony se pasó una mano por el pelo.

—Qué va, tronco, está... está bien, ¿verdad, tíos?

Tim se encogió de hombros.

—Donde metas la salchicha es cosa tuya.

—Bueno, si afectara al grupo, o a la ventas... —La mirada que Tony dedicó a Ted le hizo callar inmediatamente—. Pues eso, que da igual.

—¿Lo que pasó con Blake tuvo algo que ver con esto?

Pax cerró la cremallera de la funda de su guitarra y se la colgó del hombro.

—Sí. Es un gilipollas homófobo.

—Ya, bueno, pero, ¿intentaste ligar con él o algo así?

—¿Y qué si lo hice?

Tony mandó callar a Tim.

—Viste el cardenal. Con eso Blake igualó el marcador. Olvidémoslo.

Pax se frotó el hombro, justo donde tenía colgada la guitarra y, con un apresurado «nos vemos», se marchó.

Cliff tenía razón. Si hubieran sabido el porqué del puñetazo de Blake, les hubiera dado igual. Hubieran hecho lo mismo que cuando Pax había fingido estar borracho.

Nada.

Una actuación más y lo dejaba.

En el camino de vuelta a casa, Cliff metió a Pax en el asiento trasero. Un movimiento sin duda destinado a evitar que coqueteara con él mientras conducía. Luca se sentó en el asiento del copiloto y Henry atrás. Como era de esperar, iba intentando camelarse a Bianca. Los ojos le hacían chiribitas al mirarla y, sin embargo, fulminaba a Luca con la mirada cada vez que ella le dedicaba un poco de atención al italiano.

Cliff le miró por el espejo retrovisor dos veces. Sí, Pax las estaba contando.

—Entonces... —le dijo a Bianca en un susurro—.

¿Hay algo más que deba saber sobre la Furia?

Para consternación de Henry y Luca, Bianca se acercó mucho a Pax para susurrarle al oído:

—¿Es broma o vas en serio?

Pax se movió, nervioso.

—¿Las dos cosas?

Miró hacia delante y sus ojos se volvieron a encontrar con los de Cliff en el espejo retrovisor.

Bianca no dijo nada más en todo el camino.

Pero cuando Pax se disponía a irse a la cama, se encontró a Luca en su habitación, sentado en la cama con el *walkie-talkie* en la mano. Se lo llevó a la boca, dijo algo bajito y se lo pasó a Pax con una cara un poco triste.

—El lunes… Sé bueno con él el lunes —le dijo Bianca al otro lado de la línea.

—¿Qué pasa el lunes?

Pero tan pronto como lo preguntó, lo supo.

—Es el aniversario de… la muerte de nuestros padres.

Bianca le dio las «buenas noches» en un susurro y Pax se tiró a la cama junto a Luca.

—Tenemos un nuevo objetivo —le dijo al italiano con voz ronca.

—*Sì.*

—Es importante.

—Lo es.

—Y necesario.

Luca asintió y dijo:

—El lunes seremos superbuenos.

—¿Y qué más?

—Les distraeremos para que no sufran.

Pax miró al ángel. Debía ser por el reflejo de la luna porque estaba brillando.

—No, no vamos a distraerles, vamos a ayudarles a hacer frente al dolor.

Capítulo Veinte

Ante la revelación de Bianca, Pax bajó un poco el ritmo de su juego de seducción.

Pero encontró nuevas maneras de marear a Cliff: el sábado se lo llevó a él y al trío feliz al mercado de productos naturales de Otago y les convenció para hacer un picnic en Tunnel Beach. Luego ensayó la obra de teatro con Bianca en voz tan alta, que Cliff no tuvo más remedio que dejar de estudiar y unirse a ellos.

El domingo por la noche, después de cenar los exquisitos *fish 'n' chips* que Cliff había traído para todos, estuvieron tocando el piano juntos en el despacho.

Se sentaron muy cerca el uno del otro en la pequeña banqueta. Luca y Henry también estaban allí, turnándose para bailar con Bianca.

Tanto Cliff como Pax iban en camiseta de manga corta y sus brazos se rozaban cada vez que tenían que tocar las teclas del extremo opuesto del piano.

Pax cantaba y Cliff controlaba los pedales. Sus muslos juntos, presionados el uno contra el otro de forma sólida, cómoda, a pesar del cosquilleo que esa cercanía generaba en la polla de Pax. Cosquilleo que ignoró de forma dolorosa cuando, un rato más tarde, siguió a Cliff a su habitación.

Mientras la Furia se quitaba los pantalones, quedándose en ropa interior, y se ponía la camiseta de dormir, Pax fue pasando la mano por las estanterías. Fue toqueteando y levantando las figuritas de pájaros autóctonos que tenía en las repisas hasta que vio la colección de cedés por sí mismo.

Justo como Bianca le había dicho, los títulos contenían palabras como «adolescentes», «confianza», «disciplina», «aceptación».

—Creí que habías desistido de lo de tratar de acostarte conmigo —dijo Cliff, quitándose las gafas y metiéndose bajo las sábanas.

—¿Estás decepcionado? —bromeó Pax.

Cliff no se dignó a contestarle. Se puso una almohada entre la espalda y el cabecero, y esperó.

Pax titubeó. Sabía por qué estaba ahí, pero estaba mucho más nervioso de lo que había pensado que estaría. Volvió a mirar hacia los cedés y tragó saliva con dificultad.

—Mañana es lunes —dijo.

—Y eso quiere decir que salimos a correr pronto. Deberías irte a la cama. —Cliff sonaba tenso, más que nunca, pero también había un eco de dolor en su voz.

Pax se desabrochó el botón de los vaqueros y se bajó la cremallera.

—Que quede clara una cosa: mañana no vamos a salir a correr. Y hoy me quedo aquí contigo.

—Te lo dije el viernes, Apolo…

—No estoy tratando de seducirte —dijo Pax mientras se quitaba los pantalones y se quedaba en calzoncillos y camiseta.

—Supongo que entiendes por qué me resulta difícil creerte.

Pax le dio la espalda y sacó un par de cintas de vídeo.

—No busco sexo. Esta noche no, al menos.

Metió una película, la rebobinó hasta el principio y le dio al *play*. Aunque estaba de espaldas, podía notar cómo Cliff no le quitaba la vista de encima.

La pantalla de la televisión cobró vida y, tras respirar hondo para darse fuerzas a sí mismo, se metió en la cama al lado de Cliff.

—¿Por qué estás aquí?

—Por lo mismo que la última vez: para tenerte despierto toda la noche.

—¿Qué pasa? ¿Que mañana Bianca y Luca tienen otro desayuno con tortitas?

—No. —Pax hizo una pausa—. Aunque hay muchas probabilidades de que eso también suceda.

Vieron los primeros minutos de *La princesa prometida*, pero después de que Buttercup dijera eso de «abrillanta mi silla de montar, quiero ver mi rostro reflejado en ella», Cliff cogió el mando y le dio a la pausa.

El repentino silencio incomodó a Pax, que dijo:

—La entiendo perfectamente, ¿sabes? A mí también me encanta ver mi cara reflejada en las cosas.

—¿Por qué estás aquí? —preguntó Cliff. Su voz sonó suave en la semioscuridad y no había ni rastro de humor en ella.

Pax no contestó. Se quedó mirando la foto de la mesilla mientras Cliff le miraba a él con ojos astutos e intensos. Y no tardó mucho en darse cuenta de lo que pasaba. Pax lo notó en la forma en la que se tensó a su lado y por la gran exhalación que precedió a la pregunta:

—¿Estás aquí para distraerme y que no piense en ellos?

—No, no quiero que *pienses* en ellos —dijo Pax, acariciándole la barbilla y sintiendo el rastro áspero de su barba. Le miró a los ojos y le mantuvo la mirada—. Lo que quiero es que me *hables* de ellos.

—¿Hablar? —Cada sugerencia sexual que Pax había hecho a Cliff había sido recibida y devuelta con casi ninguna reacción por su parte, pero la mera sugerencia de que no hicieran nada más que hablar hizo que la voz de Cliff se quebrara.

Pax le pasó los dedos por la mandíbula antes de retirar la mano. Era un momento muy íntimo, sus respiraciones inestables y temblorosas. A Pax le dio un vuelco el estómago.

Ambos se quedaron mirando la pantalla, a la imagen congelada de *La princesa prometida*. Pax hizo rodar los hombros, nervioso, antes de decir:

—El plan es casi idéntico al de la otra vez: si no duermes, estarás tan cansado que no pensarás con claridad y terminarás contándome cosas que no me contarías si estuvieras del todo lúcido.

—¿Y no hay forma de hacer que te vayas?

—Pásame una almohada, anda, que quiero estar cómodo.

Cliff se incorporó y el movimiento hizo que su cuerpo tapara la luz de la lámpara, sumiendo la habitación en una oscuridad solo rota por los colores tenues de la televisión. Pax notó unos dedos en la espalda, instándole a que se separara del cabecero, y una cómoda almohada tomando su lugar. Se echó de nuevo hacia atrás, los codos pegados a los de Cliff, las piernas de ambos tan cerca que podía notar cada mínimo movimiento.

—Está bien —dijo Cliff, en tono dubitativo—. Pero si yo voy a abrirte mi corazón, más te vale que sepas cómo dejarme exhausto.

Los labios de Pax vibraron por la carcajada que trató de no soltar.

—Por Dios, Cliff, que estoy intentando contenerme para no tirarme encima de ti.

—Háblame de tu familia —fue la respuesta de Cliff.

Pax se tapó hasta la cintura con las mantas.

—Interesante giro, pero está bien. ¿Qué quieres saber?

—Lo que quieras contarme.

—Es una historia bastante aburrida, la verdad.

—Mejor, así me dejarás exhausto antes.

Los ojos verdes de Cliff estaban fijos en él, intensos. A Pax se le aceleró el pulso.

—Te contaré todo lo que se me ocurra, entonces.

Los números del despertador de Cliff brillaban tanto que eran casi deslumbrantes. ¿Cómo era posible que ya fuera casi la una de la madrugada?

Había estado hablando de su familia durante una hora y contestando a todas las preguntas que le había hecho Cliff sobre cada detalle de su vida y eso incluía hasta el color de la camiseta de su equipo de fútbol del instituto. Cliff se había reído con ganas cuando Pax le había confesado que solo había jugado al fútbol para poder ver al resto de chicos con la equipación corta y que correr tras ellos había sido la única forma de hacerle correr.

—El entrenador decía que era el peor portero en la historia de Ravensbourne. Le dije que me extrañaba, porque en lo único en lo que podía pensar era en pelotas. Fue el primer adulto al que le dije que era gay. Aunque supongo que el resto del equipo tenía una ligera idea. El centrocampista seguro, dado que follábamos como conejos.

—Ahora que lo pienso —dijo Cliff—, debimos enfrentarnos en algún momento. Yo jugaba en el Maori Hill.

—¿El Maori Hill? Eso no era jugar, eso era machacar. Cuando terminabais con nosotros no nos acordábamos ni de nuestro nombre.

—Es curioso como la historia tiende a repetirse una y otra vez.

—¿Tienes pensado jugar conmigo y machacarme hasta que no sepa ni cómo me llamo, Cliff? —Pax subió y bajó las cejas de forma sugerente y cuando levantó la vista…

Cliff le dio una colleja cariñosa y le dijo:

—Ya lo estoy haciendo.

CLIFF HIZO MÁS PREGUNTAS Y PAX LE DIO MÁS respuestas.

Estaban sentados muy cerca el uno del otro. Sus piernas estaban unidas en los muslos y en los pies y Pax no hacía más que poner su pie encima del de Cliff. Era una especie de juego para ver si conseguía sacarle de quicio lo suficiente como para apartarse.

No lo hizo.

Hablaron más. Pax empezó a hacerle cosquillas en la planta del pie.

¿A quién quería engañar? No era ningún juego. Era una distracción. Pax nunca le había contado a nadie tanto de sí mismo, esos detalles que podían parecer insignificantes, pero que para él eran un mundo.

Nunca pensó que a alguien le importara el rollazo que había sido su infancia, pero Cliff pensaba que era fascinante, que su madre era increíble por haberle criado sola.

Que ser madre soltera y sacar adelante semejante hijo, era todo un logro.

—Ya, bueno, hay cosas con las que no está tan contenta. Por ejemplo: con mi tatuaje del Banco Nacional.

—¿No me habías dicho que no era el logo del Banco Nacional?

Pax suspiró y echó la cabeza hacia atrás, contra la almohada.

—Primera y última vez que me emborracho. Corramos un tupido velo.

Cliff le acarició el pie en señal de asentimiento.

—Pero lo mejor de mi madre —continuó Pax—, es cómo ancló mi infancia a la música.

Por el rabillo del ojo vio cómo Cliff le estudiaba.

Pax siguió hablando:

—Le encantaba la música clásica. Deberías haber visto lo pálida que se quedó cuando le dije que lo mío era el *rock*.

—¿Le costó acostumbrarse a la idea?

—Ni pestañeó cuando le conté que me iban los chicos. Pero cuando le sugerí que la guitarra eléctrica era el amor de mi vida… —La voz de Pax se llenó de cariño ante el recuerdo.

—¿Intentó hacerte cambiar de opinión?

—Se lo pensó un par de días. Luego me sentó frente a ella y mirándome a los ojos me dijo que me apoyaría en cualquiera que fuera el instrumento que decidiera tocar, pero que debería aprender música antes de mandarlo todo a la mierda.

—¿Descubrir todo lo que… la música puede ofrecerte antes de meter la pata? Me parece un consejo muy sabio.

—Nunca lo digas delante de ella. Si crees que a mí me gusta regodearme, no tienes ni idea de la que te espera.

Cliff se rio.

—¿Eso significa que tendré la oportunidad de conocerla?

Pax siguió acariciándole el pie bajo las sábanas.

—Este año pasa la Navidad en Australia, pero cuando vuelva… podemos quedar con ella y así le cuentas mis jueguecitos y maquinaciones. Si quieres, claro.

Cliff metió el pie por debajo del de Pax y ahí lo dejó.

Tras mucho rato hablando, terminaron de ver la película. Bueno, ninguno de los dos había prestado mucha atención, pero al menos, habían tenido la vista fija en la pantalla hasta los créditos finales, momento en el cual ambos se levantaron para ir al baño. Cliff se encargó de apagar la televisión y rebobinar la cinta.

Ahora, horas más tarde, estaban tumbados juntos y las puntas de sus pies seguían acariciándose. La ventana del balcón estaba un poco abierta y las cortinas ondeaban con el viento del exterior, pero, a pesar de ello, el ambiente dentro de la habitación era sofocante. Y las estanterías parecían aún más imponentes en la oscuridad.

El corazón de Pax latía a mil por hora.

—¿Cliff?

—¿Hmm?

—¿Estás cansado?

—No.

Pax buscó su mano bajo las sábanas, que les cubrían hasta el pecho, y enlazó sus dedos a los de Cliff.

—¿Quieres hablarme de tus padres igualmente?

La respiración de Cliff se entrecortó.

—Sí —contestó.

Pax se giró para mirarle y Cliff hizo lo mismo. Sus

miradas se encontraron en la seguridad que las sombras les conferían.

—¿Cómo se conocieron?

—Por el ángel.

—¿Por el ángel?

—Sí. Fue él quien les unió.

ENTRE SUSURROS, CLIFF LE FUE CONTANDO HISTORIA tras historia. Lo mucho que quería a sus padres. Lo que ellos les querían a él y a Bianca.

—También había frustraciones y discusiones, claro, pero a pesar de eso… nos queríamos muchísimo. Y yo hice de eso el centro de mi mundo.

—Pero eso es lo normal, ¿no? Que ese amor fuera el centro de tu mundo —le dijo Pax.

—Sí, cuando eres un crío, supongo que sí. Cuando no tienes ni idea de cómo funcionan las cosas en realidad.

Cliff se rio entre dientes y Pax le dio un apretón en la mano.

—Mis padres lo eran todo para mí, Apolo, y nunca pensé que llegaría el día en que ellos no estuvieran ahí. Habían estado a mi lado en cada cosa: en mi primer día de colegio, cuando salí del armario, cuando me enseñaron a bailar para su vigésimo aniversario… Y se suponía que estarían ahí para todo lo importante que aún quedaba por hacer.

—¿Como cuando te gradúes con un doble máster? —preguntó Pax.

—Y cuando encuentre trabajo.

—Y cuando traigas a casa a un chico que crea que eres el hombre más fabuloso que existe.

—*Furiabuloso*, no te olvides —contestó Cliff con un rastro de sonrisa en la voz.

La oscuridad eclipsó la ligereza con la que había sido hecho el último comentario. Cliff suspiró.

—Un día estaban ahí y, al siguiente, no lo estaban. Esas primeras semanas sin ellos fueron como vivir en una marcha fúnebre constante —dijo Cliff, recordando esos momentos.

Pax se acercó más a él y le pasó el brazo por el pecho.

Se quedaron así, Cliff hablando de sus padres con pena y cariño hasta que su voz se tornó ronca.

Tras un largo silencio, Pax suspiró contra el brazo de Cliff, donde estaba apoyado:

—Lo duro que eres con Bianca… Realmente no estás preocupado porque se acueste con chicos. Ni te has convertido en el Hombre Furia para obligarla a que se centre en sus estudios.

Cliff miraba al techo sin decir nada. No había nada que decir.

—Quieres protegerla del amor. De que quiera a alguien otra vez. De que le rompan el corazón.

Cliff se frotó la frente.

—También me preocupan esas otras cosas que has dicho.

—Pero en menor medida.

—En menor medida.

TARDE, MUCHO MÁS TARDE, CUANDO CLIFF YA ESTABA dormido, Pax se levantó, se puso un jersey y salió al balcón a escribir. Y ahí, bajo la luz de la luna, escribió la letra de otra canción.

Tras mucho borrar y reescribir, dejó el papel en la

mesilla, al lado de la foto de los padres de Cliff y Bianca, y se metió de nuevo en la cama. Se subió encima de Cliff y apagó la alarma. Después, se hizo un ovillo a su lado.

Cliff tenía la boca entreabierta y parecía tranquilo. La luz plateada procedente del balcón iluminaba su perfil, sereno mientras dormía. Le hizo pensar en el ángel. El ángel de Cliff.

El ángel de sus padres.

—Siento mucho que el futuro amor de tu vida no vaya a conocer a tus padres —susurró Pax—. Pero al menos conocerá a tu hermana. Y a tus amigos.

Cliff se movió y Pax se quedó muy quieto.

—¿Y qué pensará de ellos? ¿Le gustarán? —dijo Cliff con voz ronca.

Así que le había oído. Era Cliff, qué esperaba.

—En una escala del uno al diez: ¿cuántas posibilidades hay de que mañana recuerdes esta conversación?

Cliff le agarró y pegó su cuerpo al suyo.

—Contéstame.

—Quizá luego —dijo Pax con la cara contra la axila de Cliff—, si te portas bien.

Cliff se rio y volvió a dormirse.

Capítulo Veintiuno

Al sentir movimiento a su lado, Pax se despertó. Se estiró sobre las sábanas de algodón e ignoró el aguijonazo de decepción que sintió al encontrar la cama vacía.

Abrió los ojos.

Cliff estaba de pie frente a la mesilla, con un papel en una mano y la foto de sus padres en la otra. Estaba meditabundo, con los hombros encorvados y parecía tener dificultades para tragar.

Lo sentía tanto por Cliff que tuvo que luchar con todas sus fuerzas para no saltar de la cama y sumergirle en un enorme abrazo.

Cliff necesitaba este momento para sí mismo.

Cuando Pax vio que empezaba a girarse hacia él, cerró los ojos y fingió estar dormido.

—Te lo he dicho más veces. —Ya era de día y Cliff volvía a su tono directo—. Eres la persona más transparente que he conocido en mi vida.

Pax sonrió.

—Y tú eres más simpático cuando estás cansado. Te pones cariñoso y pones esa voz tan ronca… Empiezo a pensar que esta cama es mágica. —Pax abrió un ojo—. ¿Te metes otra vez aquí conmigo?

Cliff volvió a bajar la vista hacia el papel.

—Anoche estuviste escribiendo.

—Te debía una canción sobre amistad mejor que la anterior.

—Sí, ya me he dado cuenta de que en esta no hablas de pizza.

—No, en esta no. —Pax se incorporó sobre un brazo—. ¿En qué piensas?

Cliff dudó un momento antes de dejar la foto que aún seguía teniendo en la mano. La puso en la mesilla.

—Creo que el día de hoy va a ser como una prueba de fuego. —Sus ojos verdes se clavaron en Pax y fue como recibir una descarga. Exactamente igual que la primera vez que se habían visto—. Y creo que no voy a poder superarla.

Pax salió de la cama y, con piernas temblorosas, intentó sonreír.

—Yo te ayudaré con la música.

La risa de Cliff sonó cruda. Esperanzada. Desesperada.

—¿A superar la marcha fúnebre? ¿O te refieres a ti y a mí con la guitarra y el piano?

Pax le dio un beso muy suave en los labios.

—Primero nos centramos en una y, luego, en la otra. Ven.

Le agarró de la mano y le llevó hacia el olor de tortitas recién hechas.

La mesa estaba llena de cosas: una fuente hasta arriba de tortitas y distintos tipos de mermeladas, miel y sirope de arce. Henry y Luca estaban discutiendo sobre a cuál de los dos le había quedado mejor la masa y rogando a Bianca para que probara ambas y declarara quién era el ganador.

Cliff se paró de golpe. Primero miró mal a Luca, luego a Henry y luego a Luca otra vez.

—Esta bien, ya he tenido suficiente. —Se giró hacia Bianca—. Ten una cita con uno y luego con el otro, pero después, vas a tener que elegir solo a uno.

Cliff sacó una silla de la mesa y, acto seguido, se echó a un lado y se sentó en la siguiente.

Vaya… ¿Esa silla era para él? Pax cogió dos platos limpios y se sentó donde parecían haberle indicado que lo hiciera.

Probó ambas tortitas y, aunque le dijo a Luca que su masa era la mejor, no era verdad. Henry había sido más que generoso con la mantequilla y eso había hecho que su tortita estuviera suave y deliciosa.

El desayuno fue agradable. Casi normal, a pesar de las miradas de preocupación que, de vez en cuando, Bianca dirigía a su hermano. Cliff, sin embargo, cada vez estaba más callado.

Pax le dijo a Henry que se fuera a casa, que ya recogían ellos todo.

Luca le ayudó a quitar la mesa.

—¿Qué planes tienes para hoy? —preguntó Bianca a Cliff. Se le había escapado un mechón de la coleta y se lo colocó tras la oreja.

—Tengo que hacer la compra de la semana —dijo Cliff, levantándose de la mesa—. Y cambiar las sábanas. Y limpiar la casa. Y olvidé mandar los regalos de Navidad a los primos, así que eso también. Y me prometí a mí mismo que hoy terminaría otro capítulo de la tesis.

Pax cogió la lista de la compra de la nevera e interrumpió el plan maestro que Cliff había trazado para mantenerse ocupado. Entendía de qué iba el tema demasiado bien, dado que llevaba casi toda la vida evitando sentir aquellas emociones que no quería sentir.

Emociones que Cliff —y Luca, Bianca y, quizás, incluso Henry— le habían estado ayudando a enfrentar.

Era una sensación muy agradable, lo de notar cómo esos sentimientos salían nadando hacia la superficie. Y quería que Cliff sintiera el mismo alivio.

—Luca y yo nos encargaremos de todo. Vosotros pasad el día juntos. Las tareas son cosa mía.

Cliff entró en la cocina.

—Necesito ocuparme… —dejó de hablar de golpe y levantó una ceja, sorprendido—. ¿Harías las cosas de la casa por mí?

—¡Oye, que yo puedo ser muy doméstico!

Un fogonazo de incertidumbre cruzó el rostro de Cliff. Bianca miraba su plato, en silencio. Cliff se frotó la nuca.

—¿No me encontraré las sábanas puestas del revés?

—Si le quitas toda la diversión al asunto, me cortas el rollo.

Cliff agarró a Pax por el brazo y lo arrastró hasta el pasillo, donde no pudieran oírles.

—¿Por qué estás haciendo esto?

—Necesitas este día con tu hermana.

Pax vio cómo Cliff luchaba contra la idea. Otra vez tenía dificultades para tragar.

—¿De verdad irás a la compra?

—Y compraré todo lo que se necesite.

—Me voy a encontrar lubricante y tropecientos mil condones en el cajón de mi mesilla, ¿verdad?

Aunque no quería, Pax se apartó de él.

—Una cosa voy a tener que reconocerte, Cliff: vas a ser un hacha con los perfiles psicológicos.

Cuando Cliff se dio la vuelta para ir hacia Bianca, Pax pudo ver el principio de una sonrisa en sus labios.

∾

Una vez que los hermanos se hubieron ido, Pax empezó con la limpieza de la casa.

Lo primero con lo que se puso fue con la cocina. Luca le ayudó y lo hizo sin parar de sonreír en ningún momento. Pax quería reírse de la sonrisa soñadora del italiano, hasta que vio su propio reflejo en el tostador y comprobó, para su consternación, que él tenía la misma cara de tonto.

—Tenemos que dejar de sonreír así —murmuró Pax y su sonrisa se hizo aún más grande. ¿Qué narices le pasaba?

Luca se subió a la encimera y empezó a balancear las piernas, dando golpecitos con los talones a los armarios que quedaban a la altura de sus pies.

—La cita que tenga con Bianca será La Cita. Mi destino me llama.

Pax se mordió el labio y empezó a frotar la encimera.

—¿Qué te hace estar tan seguro?

Luca empezó a hablar en italiano, a mil por hora y gesticulando de forma exagerada hacia su pecho. Tras varios segundos se calló, se aclaró la garganta y empezó de nuevo:

—Estoy seguro porque el corazón me late desbocado, tengo las palmas de las manos sudorosas y no hago más que soñar con ella y Henry besándose, lo que me rompe el corazón en dos.

Pax tiró la bayeta al fregadero.

—Esta cita definirá mi futuro.

—Eso es mucha presión —dijo Pax.

Luca suspiró.

—¿Y tienes ya algún plan pensado?

A Luca le brillaron los ojos ante la pregunta.

—Algo increíble. Memorable. Lleno de inspiración.

—¿En casa? ¿Fuera? ¿Informal? ¿Serio?

—No sé.

—Supongo que Shakespeare se decantará por algo

superdramático, así que si yo fuera tú, intentaría algo sencillo. Algo normal.

Ahora Luca daba verdaderas patadas a los armaritos de la cocina.

—Es que Henry... Ya verás, se ganará el corazón de Bianca con toda esa palabrería.

—No te agobies. Te ayudaré.

Cuando Pax empezaba a retirarse, Luca le agarró por los hombros y le miró a los ojos.

—Eres un buen amigo, **Pax Polo**. Puede que el mejor que haya tenido.

Pax bajó a Luca de la encimera y, riéndose, le dio un abrazo.

Pero no iba a negar que, a pesar de la risa, sus ojos se habían empezado a humedecer.

Capítulo Veintidós

Pax estaba tumbado en la cama de agua, con los brazos tras la cabeza, imaginando cómo le habría ido el día a Cliff. No le había visto ni había hablado con él desde que se fuera con Bianca esa mañana. Pax sabía que había vuelto a casa porque, cuando había salido de la ducha, había visto luz en su salón.

Se había tirado en la cama, desesperado, en un intento de no seguir mirando por la ventana hacia la casa vecina. Estaba atacado de los nervios y necesitaba relajarse.

Y parecía que lo de tumbarse no estaba sirviendo para nada.

Seguía nervioso. Seguía sintiendo un peso encima y seguía lamentándolo mucho por Cliff. Pero había algo más. Un anhelo. Algo que necesitaba que le diera voz, que saciara de alguna manera.

Era un sentimiento que había nacido cuando se había levantado en la cama de Cliff esa mañana. Y lo único que había hecho desde entonces era crecer. Había intentado centrarse en limpiar, en la compra y en planear la cita de

Luca, pero su mente no había hecho más que vagar hacia Bianca y Cliff: qué estarían pensando, qué estarían sintiendo…

De repente, su Nokia vibró en la mesilla y Pax tiró la lámpara en su afán por contestar lo más rápido posible.

—He estado pensando en ti —dijo Pax al descolgar, intrépido y seductor.

La voz de Cliff sonó un poco dubitativa.

—¿Estás ocupado?

—No.

—Ha sido un día muy largo.

—¿Has oído la marcha fúnebre?

—Esta vez la música tenía letra.

—¿Cómo que tenía letra?

—Pues que Bianca y yo… hemos estado hablando mucho. Muchísimo, durante horas. Es lo más cerca que me he sentido de ella desde que…

Pax tragó saliva. Cogió unos pantalones cortos y, sujetando el teléfono entre la oreja y el hombro, se los puso.

—¿Cliff? —Se asomó por la ventana, pero el despacho estaba a oscuras—. ¿Estás en el salón?

—Estoy en la cama.

A Pax se le aceleró el pulso.

—¿Puedo…?

—Ven.

—Por la puerta, Apolo.

Pax pasó la pierna por encima del espinoso enrejado y se cayó en el balcón. Pero, en vez de aterrizar en el suelo, lo hizo en los brazos de Cliff, sus pechos chocando juntos. Pax sonrió ante la cara de paciencia de Cliff.

—La costumbre.

El olor de las flores nocturnas endulzaba el ambiente. Pax tenía una hoja de parra enrollada en el codo y Cliff se la quitó.

Cliff llevaba unos *boxers* con estampado de notas musicales y una camiseta tan fina que Pax no podía evitar que los ojos se le fueran a sus pezones endurecidos. Levantó la vista. Cliff tenía el pelo mojado por la ducha que seguro se acababa de dar y las gafas perfectamente colocadas. Lo que era una pena, porque Pax estaba deseando tener una excusa para recolocárselas y subírselas sobre el puente de la nariz.

Cliff también le estudiaba a él. Se lo estaba comiendo con los ojos, de hecho. Su mirada vagando entre la camiseta de Nirvana que llevaba puesta y su pelo recién peinado.

El aire entre ellos cambió cuando Cliff se separó de Pax de forma abrupta. Abrió más la ventana corredera del balcón y le hizo un gesto para que entrara del todo. Pax había estado en esta habitación unas cuantas veces ya, pero ahora era… distinto.

En cuanto puso un pie dentro, sus nervios se dispararon de nuevo. Las lámparas de ambas mesillas estaban encendidas, dotando al cuarto de una luz dorada y cálida.

El anhelo de antes empezó a treparle por el pecho y le aceleró el corazón.

La habitación estaba exactamente como la había dejado a mediodía tras cambiar las sábanas y poner unas limpias color verde oliva. Pero lo sentía distinto. El ambiente era más denso. Era como si no solo entrara a la habitación de Cliff, sino como si se sumergiera en su abrazo.

Respiró hondo. Olía a *aftershave*, a almizcle y a necesidad.

Le resultaba intenso e íntimo y, sobre todo: le resultaba cómodo.

Se quitó las zapatillas. No se había molestado en ponerse calcetines y ahora la esponjosidad de la moqueta le acariciaba las plantas de los pies.

Cliff estaba frente a él, a los pies de la cama, estudiándole. Pax se cruzó de brazos y alzó una ceja.

Cliff tenía su dilema interior escrito en los ojos con nítida claridad y tras unos segundos que parecieron eternos, apretó la mandíbula y se pasó la mano por la cara.

—Gracias. Por la charla de anoche. Por animarme a pasar el día con Bianca.

—¿Quieres hablar más de ello?

Cliff negó con la cabeza y se dirigió a su lado de la cama. Se quitó las gafas y las puso al lado del despertador.

—Ibas en serio. Has limpiado de verdad.

—Y he comprado todo lo que se necesitaba: leche, pan, mantequilla…

Cliff le miró con desconfianza y abrió un cajón de la mesilla.

—Y te has contenido, muy bien.

—Abre el otro cajón.

Un crujido de madera después:

—Cómo no.

Pax se acercó por detrás. Una corriente de electricidad nació en las palmas de sus manos y se extendió hasta las puntas de los dedos cuando puso los brazos alrededor de la cintura de Cliff, que se puso rígido durante un segundo, antes de bajar sus manos y colocarlas encima de las de Pax.

—¿Has pensado en lo que te dije la otra noche en el Untamed?

A Pax se le aceleró el pulso.

—¿Respecto a por qué te niegas a follar conmigo?

—«Porque te gusto. Porque no quieres solo un polvo», pensó Pax, que acabó diciendo—: Creo que sé por qué, pero sigo procesándolo.

—Se suponía que tenías que salir corriendo.

Pax se quedó quieto durante unos instantes y luego tiró de Cliff para que se girara y le mirara. Entrelazó los dedos de ambos y el mero toque de piel con piel hizo que Pax se quedara sin aliento.

—No. Eres tú el que quieres que salga corriendo.

—Sí.

—Pero creo que también quieres follar.

Cliff tenía los ojos medio cerrados.

—Sí.

—Piano y guitarra…

Cliff le atrajo contra su cuerpo y, de repente, su boca estaba pegada a la de Pax y su lengua acariciando sus labios, haciéndole temblar de forma tan deliciosa que hasta se le encogieron los dedos de los pies.

Cliff relajó un poco su agarre, dándole espacio por si quería apartarse.

Pero Pax se pegó más a él, juntando sus pechos todo lo que pudo, dejando salir ese trueno que acababa de explotar en su interior.

—Joder, cómo me gusta sentirte.

—Estoy perdiendo el control —contestó Cliff, dándole mordisquitos por la mandíbula hacia esa zona tan delicada de debajo de la oreja—. Sé que podría lamentar esto mañana por la mañana. —Le acarició ahí con la nariz—. Y me da igual.

Pax le agarró la camiseta y se la sacó por la cabeza.

—Si vas a arrepentirte mañana, más nos vale hacerlo digno de arrepentimiento. Lo más digno de arrepentimiento que podamos.

—No sé si eso tiene sentido.

—¿Sentido? ¿Qué es eso? Yo en lo único que puedo pensar es en tus pectorales, tus músculos, en cómo va a ser frotar todo mi cuerpo contra ese abdomen plano y duro, y contra el suave pelo de tu pecho.

Cliff gimió. Pax podía notar cómo luchaba entre su deseo por continuar con esto y la necesidad de contenerse.

Pax se agarró el dobladillo de la camiseta y se la levantó un poco, desnudando la cadera. Miró a Cliff maliciosamente y exageró un aspaviento de dolor.

—Me he raspado mientras subía por la enredadera. Se me han clavado varias astillas del enrejado.

Cliff alzó una ceja, incrédulo, y se rio. La risa sonó dulce y llena de ternura.

—Entonces, será mejor que le eche un vistazo.

Agarró a Pax por las caderas y sus pollas duras se rozaron a través de las capas de ropa que aún había entre ellos.

Pax sintió las uñas de Cliff contra su piel cuando empezó a quitarle la camiseta, que aterrizó en el suelo junto a ellos con un ruido amortiguado.

—No hay astillas —murmuró Cliff.

—A lo mejor deberías mirar más abajo.

Cliff se arrodilló y la polla de Pax palpitó con más fuerza.

Acto seguido, le bajó los pantalones, dejándoselos en los tobillos, y le empezó a acariciar las piernas, su boca siguiendo el camino de sus manos. Pax pudo sentir el rastro de su respiración contra la cara interior del muslo cuando dijo:

—Aquí tampoco hay ninguna.

—Pero tú eres de esos que busca pistas en cada recoveco.

Cliff se rio. El calor de esa risa se filtró por los *boxers* de Pax y le hizo jadear. Entonces, presionó los labios contra la cabeza de su polla. Y no dejó de mirarle ni un solo segundo. Madre del amor hermoso, este hombre iba a acabar con él.

Pax movió las caderas hacia delante, frotando la polla contra la boca de Cliff. ¿Si era así de increíble por encima de la ropa interior, cómo sería sentir su lengua contra su piel?

Cliff le bajó los *boxers* y le liberó la polla, que saltó libre contra su mejilla.

Los ojos se le oscurecieron de tal forma que parecía que iban a estallar en llamas y esa imagen llevó a Pax a maldecir en voz alta y a enredar una mano en el espeso pelo de Cliff para poder mantener el equilibrio. Y cuando le rodeó su duro miembro con la mano, y unos suaves y calientes labios le acariciaron la punta de la polla, las obscenidades que Pax soltó por la boca alcanzaron un nivel superior.

Cliff no paraba de provocarle y lamerle mientras que, con las manos en su culo, le urgía a que empujara más fuerte. Pax obedeció, echando hacia delante las caderas y metiéndosela entera en la boca. La húmeda succión de su lengua y el terciopelo de su garganta tenían a Pax al borde de la locura. Nunca jamás en su vida el acto de meter y sacar la polla de una boca le había hecho sentir de este modo.

Hasta ahora, las mamadas habían sido algo que se hacía en la oscuridad, de forma rápida y furiosa. Algo divertido y ya.

Nunca habían sido algo tan… real.

Tan erótico. Tan íntimo.

La cama deshecha, las cortinas ondulando con el aire,

la moqueta suave, la cómoda y esas estanterías de roble que hablaban de una vida, dotaban a la habitación de personalidad. Cada milímetro era puro Cliff. Y era una sensación increíble.

Lo de mirar a los ojos a alguien mientras empujaba en su boca también era algo nuevo. Nunca lo había hecho. Y el deseo que veía en ellos le tenía completamente entregado. No había necesidad de apresurarse ni de exagerar gemidos. No había necesidad de fingir ni decir cosas que hubieran sonado muy fuera de lugar en el silencio de la habitación.

Despacio, volvió a introducirse en la habilidosa boca de Cliff y, con la cabeza de la polla contra el interior de su mejilla le dijo:

—Espera un segundo. —Se inclinó hacia delante para coger las gafas de la mesilla. El movimiento hizo que se le saliera la polla y saltara contra la barbilla de Cliff. Le puso las gafas—. Ahora, sí. Perfecto.

Cliff le pasó los pulgares por el culo en una suave caricia y empezó a devorarle. Se miraban fijamente el uno al otro, los ojos de ambos ardiendo en un fuego que lo único que hizo fue avivar aún más la llama en el interior de Pax. Su anhelo. Su anhelo por Cliff. Su necesidad de él, tanto por dentro como por fuera.

Todo esto era… joder, era demasiado. Echó la cabeza hacia atrás, su visión del techo volviéndose un borrón por todas las sensaciones que lo embargaban.

Era como la letra de una canción. No. Era como la letra de mil canciones. Todas preciosas y de armonía perfecta.

El dolor en su polla no hacía más que aumentar. Necesitaba más y no quería correrse así.

No la primera vez.

«La primera vez...», el pensamiento había salido de la nada, poniéndole la piel de gallina.

Sacó la polla de la boca de Cliff y tiró de él para que se pusiera de pie. Presionó sus pechos juntos y se deleitó en la sensación, en todos esos músculos duros contra él. Era cálido y fuerte, y el vello sedoso de su pecho le acariciaba de forma deliciosa los pezones.

Pax le agarró la erección por encima de la tela de los calzoncillos y apretó.

—Joder, me encanta tu ropa interior. Quítatela —dijo Pax, dejando besos por todo su cuello.

Cliff tiró de la cinturilla de sus *boxers* y, moviendo las caderas, se los bajó hasta los tobillos. Salió de ellos dando un paso al frente, la cabeza de su polla saltando contra el estómago de Pax y dejando un beso húmedo en sus abdominales.

Por Dios... Cliff era espectacular. Alto, fuerte, seguro de sí mismo.

Pax le pasó las manos por los hombros, por los omóplatos y las deslizó hacia abajo por la espalda, notando cómo sus músculos se contraían a su paso. Entonces, Cliff le agarró por la nuca, tiró de él y le metió la lengua en la boca.

Ardiente e insistente.

Pax le devolvió el beso, agarrándole el culo y empujándole contra él. Acercándole más. Podría quedarse a vivir en los besos de Cliff para siempre. El hombre era una maravilla con la lengua. Presionaba, chupaba, jugueteaba... y todo en la medida perfecta.

Y ahí estaban los dos, aferrándose el uno al otro, sus pollas frotándose juntas.

—¿Qué te gusta? —gimió Cliff entre besos.

—Que me admiren. Que me llamen genio musical...

La risa de Cliff acarició los labios húmedos de Pax, que también sonrió.

—Dilo —le instó.

—Te lo digo cada día —contestó Cliff mientras le acariciaba la garganta con la nariz. Pax sintió las siguientes palabras como una caricia contra su oído—: ¿Por qué crees que te llamo Apolo?

Apolo.

Apolo.

A Pax se le aceleró el pulso. Joder.

Apolo, Dios del sol, de la luz y de la *música*.

Se quedó sin aliento.

—Madre mía, Cliff, me voy a correr como en mi vida… y solo por el cumplido. —Pax se lanzó a la cama, al lado deshecho donde solía dormir Cliff y se puso una de las almohadas bajo la cabeza—. Así que imagínate lo que me hará tu polla.

Cliff se rio y trepó sobre él.

—¿Qué te gusta? ¿Quieres que lancemos una moneda al aire?

Sus pollas se rozaron y Pax tiró de Cliff hacia abajo, para que le cubriera con su peso.

—Si sale cara: tú arriba; si sale cruz: yo abajo —dijo Pax, guiñándole el ojo y levantando las caderas para frotarse contra la parte baja del abdomen de Cliff. Estaba abrumado, lleno de necesidad. El peso sólido sobre él le quemaba. Levantó la cara para pegar sus labios a los de Cliff y continuó—: Y saca toda esa furia que llevas dentro. Como si te fuera la vida en ello.

Cliff enterró su lengua aún más profundo en su boca y se estiró sobre él para abrir el cajón de la mesilla, su polla rozando la cadera de Pax.

—¿A que ahora te encanta que sea un cabezota obstinado?

Cliff lanzó un condón y el lubricante a la cama y dijo:

—¿Ahora? Ya me encantaba antes.

Sus miradas se encontraron y Pax tembló ante la conexión que pudo sentir. Quería apartar la vista…

Acercó una mano a la cara de Cliff y le subió las gafas por encima del puente de la nariz. Esos ojos verdes… Pax se incorporó sobre los codos y, agarrándole por el cuello, le dio un beso en los labios. Dulce. Suave.

Y notó cómo Cliff se quedaba sin aliento contra su boca.

Pax se echó para atrás y arqueó una ceja.

—Házmelo de tal manera que mañana aún pueda sentirte dentro de mí.

Eso llevó a Cliff al frenesí más primitivo y, de repente, los besos en el cuello de Pax eran auténticos mordiscos.

Sintió cómo la mano de Cliff subía por la parte interior de su muslo y llegaba hasta su culo. Notó el frío lubricante sobre sus huevos y perineo, y un dedo resbaladizo colándose en su entrada.

—Joder, más. Otra vez. Dámelo todo.

Pax se arqueó cuando el dedo en su interior se movió. Cliff tenía la mejilla pegada a su polla y le mordisqueaba el muslo, haciendo que Pax no pudiera con la sobrecarga de sensaciones y empezara a rogar de forma ininteligible, pidiendo más, ansioso por más.

Más lubricante, más dedos que le abrieran. La intrusión le hizo jadear y, durante unos segundos, contrajo los músculos alrededor de los dedos de Cliff, que ahora se deslizaban despacio en él, haciéndole gemir. Y, entonces, la boca de Cliff estuvo en su polla una vez más.

La presión crecía de forma incontenible, salvaje, y Pax tuvo que agarrar a Cliff y quitarle de encima.

—Te necesito.

Cliff se puso un condón y trepó de nuevo sobre Pax,

aprovechando el movimiento para lamerle un pezón. Le cogió las muñecas y se las sujetó por encima de la cabeza, contra la suave almohada. Con el pie, le dio un toquecito en el tobillo, instándole a que se abriera más y Pax obedeció, deslizando la pierna por las sábanas frías. De forma instintiva, subió su otra pierna y rodeó con ella el culo y los firmes muslos de Cliff.

No se discutió en ningún momento en qué posición lo harían. Estarían cara a cara. Con la luz brillando sobre ellos.

Cliff cogió las pollas de ambos con su mano libre y las acarició juntas.

—Te pone mortificarme —jadeó Pax.

—Cierto.

—A mí también me pone mortificarte a ti.

—Lo sé.

—Métemela hasta el fondo, Cliff.

—Es que te vas a correr demasiado pronto.

—Qué va, seguro que duro más que tú.

Cliff soltó sus pollas y le dio un azote en el culo. Se puso en posición, hasta que la cabeza de su polla rozó la entrada de Pax.

—¿Tienes que hacer de todo un juego?

—Es más divertido así.

La respuesta de Cliff fue empujar dentro de él y Pax se contrajo a su alrededor con un siseo.

—¿Paro?

—Como te atrevas, te mato.

Cliff le dio un apretón en las muñecas y embistió hacia delante con un gemido estrangulado que hizo que cada segundo de ardor que Pax estaba sintiendo mereciera la pena. Sus miradas estaban pegadas, enlazadas la una a la otra y, entonces, dándole el más ardiente de los besos, Cliff empezó a deslizarse en su interior.

El segundo y tercer envite hicieron que la quemazón se volviera placer. El cuarto llevó a Pax a liberarse del agarre que Cliff tenía sobre sus muñecas, para poder llevarlas a su culo e incitarle a que le diera más, más profundo. Su polla palpitaba contra el abdomen de Cliff cada vez que este descendía sobre él para besarle.

La mano que Cliff tenía en el culo de Pax, empezó a subir hasta su pecho, donde le pellizcó un pezón, retorciéndolo entre el índice y el pulgar. Luego se deslizó por su brazo, acariciándole el tatuaje.

—Eres tan tremendamente sexi —le dijo al oído, clavando la pelvis contra la base de la polla de Pax, haciendo que el placer fuera tan enorme y tan abrupto que Pax casi pierde el control.

Se quitó a Cliff de encima y lamentó su pérdida de forma inmediata. Le lanzó sobre la cama y se subió a horcajadas sobre él, murmurando una serie de barbaridades que hicieron sonreír a Cliff. Entonces, se empaló en su durísima polla y convirtió esa sonrisa en un gemido lleno de deseo.

Pax contrajo los músculos de los muslos y del culo alrededor de Cliff, su polla golpeando sus duros abdominales con cada movimiento. La imagen de Cliff debajo de él, era lo más pecaminoso que Pax hubiera visto nunca: los labios en carne viva; la mandíbula irritada, por la fricción de la barba de ambos; el pelo despeinado; y las gafas… Esas putas gafas. Le encantaba ver a Cliff con ellas y le gustaba que, al llevarlas puestas, él también pudiera verle mejor.

Pax emprendió un ritmo tortuoso, su polla haciendo ruidos obscenos cada vez que golpeaba los abdominales de Cliff.

Cliff tenía la mandíbula apretada y le apretaba los muslos con una fuerza deliciosa. Su polla estaba hundida en lo más profundo de Pax, acariciando su próstata con cada movimiento y, aunque el placer era enorme, ese anhelo seguía ahí, pidiendo más.

—Dilo otra vez —murmuró Pax.

Cliff le leyó la mente y bajó un poco el ritmo.

—Córrete sobre mí, Apolo.

Pax tembló al oír el nombre salir de su boca y su mirada fue directa al corcho. Al póster. Que no tenía ni un solo agujero salvo en el lunar. Y casi ni podía verse…

Joder.

Había creído que sabía por qué Cliff había estado tan reticente a follarle, pero creerlo no era nada comparado con esa certeza que sentía ahora mismo. Esa certeza que ahora le calaba hasta los huesos. Su cuerpo se empezó a descontrolar. La respiración a mil por hora.

—¿En serio estás mirando tu foto? —gimió Cliff, incrédulo.

Pax intentó ocultar el manojo de nervios en el que se había convertido su cuerpo y esperó que su sonrisa no fuera demasiado inestable.

—Por supuesto.

Cliff elevó las caderas, metiéndosela aún más profundo.

—Mírame a mí.

Pax se agarró al cabecero y miró hacia abajo, a Cliff. Sus miradas se enlazaron y Pax bajó una mano para agarrarse la polla. Empezó a tocarse a un ritmo vertiginoso que acompañaba en perfecta intensidad al placer que sentía.

—¿Qué tipo de música es esta? —Su voz fue un mero susurro.

Notó las uñas de Cliff deslizarse por sus caderas, el placer y la necesidad *in crescendo*, culminando en el gutural «somos nosotros» que salió de la boca de Cliff y que hizo que Pax se empalara hasta el fondo. Gruñó, advirtiéndole que iba a acabar y Cliff empezó a embestir más fuerte.

El orgasmo de Pax recorrió su cuerpo en forma de espasmos, haciendo que se le retorcieran los dedos de los pies y se le erizara el vello de la nuca. Se corrió sobre Cliff, su semen cubriéndole el pecho.

Pax deslizó el dedo pulgar por el líquido perlado y lo extendió por uno de los pezones de Cliff, que arremetió contra él tres veces más antes de que su polla empezara a palpitar en su interior. Pax se echó hacia delante, enganchándose a la boca de Cliff y tragándose su grito de éxtasis.

Pax no quería que esto acabara; no sabía cómo hacer frente a las consecuencias. Así que cerró los ojos y siguió besándole. Pero era un mal ángulo, incómodo después de un rato y, además, la polla de Cliff había empezado a salirse de su interior.

Daba igual, él quería sus labios juntos.

—¿Estás bien? —le preguntó Cliff, aún pegado a su boca.

Los besos de Pax se volvieron todavía más frenéticos. Estaba quedando como un idiota.

Unas manos fuertes le agarraron por la nuca y se posaron firmes en su espalda, invirtiendo sus posiciones. Ahora Pax estaba debajo, podía sentir la suavidad de las sábanas contra su piel y, cuando Cliff pegó sus cuerpos juntos, abrió los ojos.

Los de Cliff eran precavidos, llenos de dudas. Debía estar sintiendo lo mismo que Pax, esa inseguridad sobre lo que se suponía que debía pasar ahora.

Verle así hizo que Pax se viniera arriba y saliera del estado de incertidumbre en el que se encontraba. Le dedicó una pequeña sonrisa y le dijo:

—Primero nos limpiamos y luego volvemos a la cama, que me voy a quedar a dormir.

—¿Sí?

Eso había sonado más como una pregunta que como una afirmación. Y a Pax no le gustó nada de nada.

PAX ESTABA SENTADO EN UN TABURETE EN LA ISLA DE LA cocina. Llevaba puesta su camiseta y los *boxers* de Cliff porque, al parecer, tenía una especie de fetiche y le gustaba ponerse su ropa interior. Cliff se había limitado a negar con la cabeza y se había puesto un par de calzoncillos limpios que, para horror y deleite de Pax, tenían dibujos de pequeños demonios rojos con cara enfadada.

—Deja de mirarme los *boxers* —dijo Cliff, cerrando el frigorífico.

—Deja de gruñirme como las minifurias que llevas en ellos.

Cliff soltó una risotada y se acercó a él con una botella de leche. Llenó los dos vasos que había sobre la isla.

—Me los compró Bianca en plan broma.

—Por lo menos uno de vosotros tiene sentido del humor.

Cliff le dirigió una mirada de advertencia y le pasó uno de los vasos.

—¿Por qué no haces unos *muffins*? —preguntó Pax, tras dar un gran trago de leche.

—Es pasada la medianoche.

—Lo que quiere decir que es por la mañana, tu momento favorito del día para hacer miles de cosas.

—Bébete eso y a la cama.

Pax se pasó la lengua por el rastro blanco que la leche había dejado sobre su labio superior.

—¿A hacer un poco más de música juntos?

—A dormir.

—¿Y qué tal si vemos una película en la cama con las tortitas que han sobrado? —Pax hizo un gesto hacia el Tupperware donde las habían guardado tras el desayuno.

—Me llenarás todas las sábanas de migas.

—Y lo usaré como excusa para acurrucarme contigo. Como la primera vez que dormimos juntos.

—Pues no se hable más: peli y tortitas —dijo Cliff con una sonrisa deslumbrante.

∿

ESTABAN TUMBADOS UNO FRENTE AL OTRO.

Cliff tenía a Pax entre sus brazos.

Pax una pierna por encima de los muslos de Cliff.

Cliff le dijo que dejara de darle golpecitos en el costado.

Pax le dijo que se fuera acostumbrando al ritmo.

Cliff le empezó a dar golpecitos a él.

Pax estuvo de acuerdo en que no cada segundo del día necesitaba música.

∿

CUANDO CLIFF SE DURMIÓ, PAX DEJÓ FLUIR TODAS LAS emociones que había estado conteniendo. Levantó la vista hacia el póster de la pared, hacia su cara, y revivió la epifanía que había tenido en pleno polvo.

A Cliff le gustaba Pax. Quizá «gustar» fuera un verbo que se quedaba corto. Y había intentado ocultárselo desde el principio; incluso había lanzado un dardo contra su foto como probando que no sentía nada por él.

Pero sí que sentía algo. A Cliff le gustaba Pax y eso le

asustaba. Porque Pax solo estaba ahí para pasar el verano. Pax era un tío que cuando estaba cachondo se enrollaba con otros tíos que también estaban cachondos. Pax era un canalla.

El rompecorazones por excelencia.

Se acurrucó más contra Cliff y le dio un beso en la clavícula. Tenía la garganta seca y sus palabras apenas fueron un susurro.

—No. No lo soy.

Capítulo Veintitrés

Pax se había olvidado de apagar la alarma del despertador y ahora estaba dando puñetazos a cada botón que encontraba. Cliff se rio debajo de él y le agarró la muñeca para evitar que asesinara a golpes a su preciado tesoro de relucientes dígitos.

Pax gimió y escondió la cara en el cuello de Cliff.

—Es martes.

—Martes Silencioso —le contestó Cliff en tono sarcástico—. Esa tradición italiana tan real.

—Luca estará muy decepcionado si hago algo que no sea susurrar.

—Venga, pues te libero de tocar hoy a Chopin. Pero levántate, que por suerte para ti, correr es un deporte que se puede hacer en silencio.

—En mi caso eso es mentira y lo sabes. Me has *oído* correr.

Cliff hizo un gesto de dolor.

—Ahí voy a tener que darte la razón, sí.

Los dedos de Cliff se deslizaron por su espalda hasta

posar la mano en su cintura, justo encima de los *boxers* de notas musicales y, a pesar de lo cansado que estaba Pax, ese mero roce hizo que se le endureciera la polla en cuestión de segundos.

Pax hizo un ruidito contra la piel caliente y suave de la garganta de Cliff.

—Pero podríamos hacer algún otro ejercicio... —Se incorporó, apoyándose sobre las manos, que tenía a ambos lados de los hombros de Cliff—. A no ser que ya te hayas arrepentido de lo de anoche.

Cliff le sostuvo la mirada tan intensamente que a Pax se le secó la boca.

—Aún no.

Pax empujó las caderas contra él.

—¿Y qué tal si le quitamos el «aún»?

—¿Qué estás sugiriendo?

—Estoy sugiriendo que echemos un polvo y que luego bajemos a desayunar.

Echaron un polvo. Bajaron a desayunar.

El polvo fue desesperado e íntimo.

El desayuno silencioso y tenso.

Sus miradas parecían estar jugando al pillapilla sobre los tazones de cereales mientras las palabras no dichas se ahogaban en pensamientos difíciles de expresar en voz alta; pensamientos como: «¿y ahora, qué?».

Entonces apareció Bianca y ambos dieron un brinco en sus asientos, como si les hubiera pillado haciendo piececitos debajo de la mesa.

—Esta noche tienes la cita con Henry —soltó Pax. La silla se le estaba clavando en la parte trasera de las rodillas, así que la empujó hacia atrás, haciendo que las patas chirriaran sobre el suelo de madera. ¿Por qué se estaba comportando de forma tan torpe?—. Esto… eh… ¿Dónde va a llevarte?

Bianca le miró divertida y luego dirigió esos ojos astutos hacia su hermano. Cliff parecía igual que siempre, pero Pax creía poder ver cierto sonrojo en sus mejillas. Puede que su hermana también lo notara porque, tras servirse un poco de zumo de naranja, se quedó un rato sonriéndole al vaso.

—A un italiano —contestó por fin Bianca—. Uno muy elegante del que le han hablado muy bien.

Al oírla, tanto Cliff como Pax alzaron las cejas.

—¿A un italiano? —preguntaron a la vez.

—Sí —dijo ella, intentando ocultar una sonrisa—. Es un poco raro, ¿no?

—Quizá nuestro Shakespeare debería leer un poquito a Freud.

Ella se encogió de hombros.

—Y tú, ¿qué vas a hacer esta noche?

—Más ejercicio con tu hermano —contestó tranquilamente Pax.

Las cejas de Bianca se alzaron de golpe, su mirada brillando de pura diversión. La de Cliff también brillaba… pero de los rayos que estaba lanzándole con los ojos.

Pax se aclaró la garganta.

—Y con «ejercicio» quiero decir que tu hermano me va a ayudar a cargar y devolver el piano al local de ensayo.

Cliff cerró los ojos y negó con la cabeza.

Bianca se rio.

—Así que esta noche ensayas… ¿Y estás nervioso por lo del viernes? Es el concierto de tus sueños, ¿no?

Si el momento ya era incómodo de por sí, Bianca lo acababa de empeorar. Maldita adolescente metepatas.

Pax le sacó la lengua y ella se rio.

—¿Y tú no tienes que irte a ensayar tu obra o algo así?

—Prefiero quedarme aquí y presenciar este drama, gracias.

—Lárgate, anda —le dijo Cliff con una mirada que lo decía todo.

Bianca suspiró y se fue, su mirada bailando entre ambos antes de desaparecer por la puerta.

De repente, el silencio de la habitación era atronador.

Cliff se cruzó de brazos en un gesto muy de padre.

—¿Qué es eso del concierto de tus sueños?

—Voy a tocar con Lone Whistle and the Deserted.

Cliff frunció el ceño y, acto seguido, dejó caer los brazos.

—El desayuno ha sido…

—¿Superdivertido?

—Incómodo.

—Iremos mejorando con la práctica.

Cliff pareció vacilar ante el comentario de Pax, pero luego sonrió. Fue breve, pero sonrió.

—Venga, vamos —dijo Cliff, dando una palmada—, que tengo cosas que hacer.

—Ya lo creo que sí —contestó Pax subiendo y bajando las cejas de forma sugerente mientras se acercaba a él y al foco de calor que era su cuerpo.

—Cosas de trabajo, Apolo —dijo Cliff, recogiendo la mesa—. Vas a tener que entretenerte tú solito hasta la hora de ir a ensayar.

Cliff pasó por su lado de camino al fregadero.

Pax le siguió.

—¿No puedes tomarte el día libre?

—Nop —contestó Cliff girándose y apoyándose contra la encimera. No paraba de mirarle los labios y Pax aprovechó la ocasión para lamérselos a conciencia—. ¿Qué tal si le pones música a esa canción que escribiste?

—¿La de la amistad?

—Sí, la de Luca.

Así que se había dado cuenta de que la canción era sobre Luca…

—¿Estás celoso?

Porque estaba escribiendo otra canción. Una que estaba aún sin acabar.

—Sí, estoy celoso, y lo estaré todavía más cuando le pongas música. —Cliff le agarró de las caderas y le dio media vuelta—. Así que, ¿por qué no me hundes ya del todo convirtiéndola en la mejor canción que haya oído en mi vida?

—Eso me gustaría.

Cliff se rio y empezó a empujarle hacia la puerta principal.

Pax se giró en su brazos.

—¿Quieres que antes hagamos un poco más de música juntos?

Cliff le rodeó y abrió la puerta, dejando entrar una cálida brisa.

—Que tengas un día productivo, Apolo —dijo, empujándole hacia fuera; Pax notó el suelo frío del porche contra las plantas de los pies.

—¡Oye! ¡Mis zapatillas!

Cuando Cliff le cerró la puerta en la cara, la sonrisa de Pax era enorme.

NADA MÁS LLEGAR A CASA LE DIJO A LUCA —QUE ESTABA destripando un ordenador en su habitación— que no se preocupara, que seguro que ganaba el corazón de Bianca porque Shakespeare había perdido la cabeza.

Luca paró lo que fuera que estaba haciendo con el destornillador entre cables y placas, y alzó la vista.

—¿Cómo que ha perdido la cabeza?

—Pues que si antes estaba loco, ahora está para que lo encierren.

Luca se echó para atrás en la silla, encantado con lo que oía. Y ahí le dejó Pax, que una vez dada la noticia, se volcó por completo en su música.

El ángel le observaba desde el alféizar y Pax se acercó a cogerlo. Miró a Cliff, que estaba sentado en su mesa en el despacho y, de repente, unas ganas incontenibles de cantar le recorrieron de pies a cabeza.

Abrió la ventana, para que solo un cristal les separara y, agarrando con fuerza el ángel a modo de micrófono, empezó a cantar.

Joder, su voz sonaba más alto de lo normal, como si el ángel fuera un altavoz… quizá fuera la acústica de su habitación, que era buenísima; o quizá fuera cierto que este ángel tenía algo especial.

Cliff, que había estado escribiendo hasta ese momento, dejó de hacerlo. No levantó la vista, pero el bolígrafo no volvió a tocar el papel hasta que él terminó de cantar la canción de Luca.

Pax sonrió.

Ahora Cliff debería levantarse de la silla, abrir la ventana y rogarle que fuera.

Dejó el ángel, conectó la guitarra al amplificador y lo inundó todo de música. Se sumergió en ella. Cada rasgueo más sensual que el anterior. Era como un eco del toque de Cliff.

Y era agradable. Más que eso: era estupendo.

Pero no se acercaba a lo que era sentirle a él de verdad. Esa cercanía que podía hacer que se le cortara la respiración.

Suavizó el rasgueo y se deleitó en la mirada de Cliff cuando este levantó la vista y los ojos de ambos se encontraron.

Siguió tocando, cada vez más suave. *Venga. Acércate. Abre la ventana.* A Pax le picaban los dedos de la necesidad de tocarle.

Sabía cuál iba a ser su siguiente canción. La que había estado ahí entre ellos desde el principio. Porque esta sería la tercera vez que la tocara y había oído algo sobre que a la tercera iba la vencida.

Guiñó el ojo a Cliff, hizo una breve pausa y entonces: *ba-ba-ba-bum*, entró de lleno en la *Quinta Sinfonía* de Beethoven.

Cliff se levantó.

El corazón de Pax latía al ritmo de cada acorde.

Cliff le hizo un gesto para que se diera la vuelta. Pax obedeció y siguió tocando, imaginando cómo Cliff podría estar desnudándose a sus espaldas. Quizá cuando se diera la vuelta le vería en la ventana con la cabeza echada hacia atrás, cascándosela al ritmo de su música.

Por Dios, que así fuera.

Le pareció oír el crujir de la madera de una ventana al abrirse y se giró en el último acorde con un levantamiento de caderas de lo más sexi.

Cliff estaba inclinado sobre el alféizar de la ventana del despacho. Y, por desgracia, totalmente vestido.

Pero en cualquier momento abriría esa boca pecaminosa suya y esos ojos verdes se oscurecerían de deseo. En cualquier momento le pediría que fuera y…

Levantando una ceja, Cliff se agachó a coger algo del suelo y, de repente, las zapatillas de Pax estaban volando por el aire en su dirección y aterrizaban en el suelo de su cuarto. Justo al lado de sus pies.

Pax saltó hacia atrás y gritó, indignado:

—¡Pero bueno!

Cliff cerró la ventana, no sin antes decir:

—Venga, a trabajar. Cada uno en lo suyo.

Capítulo Veinticuatro

E ran las siete de la tarde cuando Cliff ayudó a Pax a meter el piano en el monovolumen de Luca, que se lo había dejado para la ocasión.

Los últimos rayos de sol de la tarde se filtraban por las ventanas del coche, iluminando bajo su tono anaranjado tanto el piano como el perfil de Cliff. Una vez tuvieron la espineta bien sujeta, bajaron de la parte trasera del coche y salieron a la cálida brisa del exterior, que traía consigo el olor a humo de alguna barbacoa cercana.

Le daba pena tener que devolver el instrumento, pero realmente no era suyo y el grupo había insinuado que lo quería de vuelta. Además, siempre podía usar el piano del despacho de Cliff…

De hecho, sí, había decidido que iba a usarlo.

—Voy a darle clases de piano.

—¿Hmm?

—A Bianca. Necesita un buen profesor y dado que tú tienes razones de peso para no hacerlo, me gustaría ser yo quien lo haga.

—Te ha llevado tu tiempo, ¿eh? —dijo Cliff, cerrando las puertas de atrás.

Pax le miró boquiabierto. Luego refunfuñó algo ininteligible.

Cliff abrió la puerta del conductor y Pax la del copiloto, pero antes de entrar, Cliff se quedó mirándole por encima del coche.

Pax se lamió los labios. De repente, los tenía muy secos.

—¿Qué? —preguntó Cliff.

—Me cabreas.

—Lo sé.

—No puedo creer que hayas estado trabajando todo el día.

—Se llama disciplina.

—Me vuelve loco.

—¿Te vuelve loco?

—Sí, me dan ganas de irrumpir en todo ese orden y ponerlo patas arriba.

—Ya lo haces, créeme.

Pax negó con la cabeza.

—Y ese brillo en tus ojos… es como si estuvieras provocándome a propósito.

—¿Qué puedo decir? *Quid pro quo*.

Cliff se metió dentro del monovolumen.

Pax le fulminó con la mirada y luego sonrió.

—No sabes el polvo que te voy a echar cuando volvamos.

Cuando no cambiaba de marchas, Cliff apoyaba la mano en la pierna de Pax, curvando los dedos en la cara interna de su muslo. Era agradable y, sobre todo, era…

significativo. Un toque que iba más allá del sexo. Un toque mucho más profundo.

Decía «me gustas» como pocas cosas lo hacían.

Pax tragó saliva varias veces de forma compulsiva y apoyó una mano contra la puerta. Tenía la palma sudorosa.

—¿Estás nervioso por el concierto? —le preguntó Cliff cuando paró en un semáforo en rojo. Se estaba haciendo de noche muy rápido y el brillo de las luces tenía hipnotizado a Pax. O quizá lo que le tenía hipnotizado era la necesidad de fijarse en cualquier otra cosa que no fuera Cliff. Pero es que estaba tan guapo con ese jersey verde...

Se encogió de hombros.

—No tenemos por qué hablar de cosas que tengan que ver con el grupo.

Cliff le dio un apretón en la pierna.

—¿Estás nervioso por el concierto? —repitió.

Pax nunca se había sentido así de abrumado. Se rio.

—Estoy nervioso, sí. Me da la impresión de que voy a cagarla.

—No sabía que la música te pusiera nervioso, Apolo —dijo Cliff en voz baja.

Pax quería saltar el reposabrazos y acurrucarse contra él. Besarle el hombro. Decirle que, durante el resto de su vida, siempre que oyera lo de *Apolo*, el corazón se le saldría del pecho.

Quería cogerle la cara, obligarle a mirarle a los ojos. Decirle que la noche anterior, que esa mañana... Que lo suyo no era ninguna aberración. Que no estaba jugando con él, que su corazón estaba a salvo.

Quería decirle que a él también le gustaba. Que «gustar» era un verbo que se quedaba corto.

—Cuando se trata de cosas importantes sí que me pongo nervioso —contestó al fin.

Cliff frunció el ceño y Pax hizo lo que siempre hacía: sonreír.

—Lo sé, lo sé, es difícil de creer con este físico que me gasto.

Cliff le echó un vistazo de reojo y Pax le dijo, divertido, que mirara al frente.

Cuando aparcaron, bajaron el piano y se dirigieron al Untamed. Hicieron una pequeña parada para descansar justo donde estaba Buster gritándole a un par de tíos que sacaran la cabeza del culo.

—¿Ha llegado ya el resto del grupo? —le preguntó Pax.

Buster asintió y dijo:

—Todos y cada uno de ellos.

Pax reajustó su agarre sobre el piano. Había esperado ser el primero en llegar para que Cliff no tuviera que verles. Quería evitar la tensión, porque puede que Cliff pareciera llevarlo bien, pero Pax sabía lo que pensaba de los miembros de Serenity Free.

Laburnum.

Pasaron por la pared en la que Cliff le había advertido sobre lo que sentía por él. Se miraron y Pax se preguntó si él también estaría recordando ese momento.

«Ya sé a qué se debía tu advertencia», quiso decirle, «y no, no quiero alejarme de ti. Ni quiero que tú lo hagas».

Cuando llegaron a la puerta del local de ensayo, bajaron el piano.

—Gracias —dijo Pax.

Cliff se puso frente a él y, como si fuera algo que hiciera todos los días, llamó a la puerta con toda la tranquilidad del mundo.

—Te ayudo a meterlo.

—Ya, lo que quieres es estar conmigo un rato más, ¿a que sí?

La mirada de Cliff era puro fuego y Pax se moría de ganas de besarle.

A tomar por culo, lo iba a hacer. Se acercó más, se puso de puntillas...

Y, entonces, la puerta se abrió, dejando salir la luz del interior.

El gemido de frustración de Pax se transformó en un gruñido cuando, por encima del hombro de Tony, vio a Blake sentado a la batería. Blake... con el mismo pelo despeinado de siempre; con el mismo collar de conchas, bien apretadito al cuello; y con el mismo puto puño con el que le había golpeado.

Se lo debería haber imaginado. Debería haber sabido que algo se iría a la mierda, porque los últimos dos ensayos habían sido espectaculares y eso no podía durar.

Pax maldijo en voz baja.

—¿En serio? —le dijo a Tony—. ¿Blake? Tienes que estar de coña.

Notó cómo Cliff se ponía tenso a su lado.

Tony se apoyó en la puerta.

—Sí, bueno, queríamos hablar contigo y que reconsideraras su vuelta al grupo.

—¿Después de la pelea que tuvimos? ¿Después de...?

—Esperábamos poder olvidarnos del tema, la verdad. Blake es mejor batería que Ted y si vuelve, Ted podría tocar el bajo otra vez. El viernes tenemos que impresionarles y, últimamente, a nuestro sonido le falta algo.

Pax se había quedado sin palabras. Esta era la gota que colmaba el vaso. Si no fuera por lo mucho que deseaba tocar con Lone Whistle and the Deserted... No quería renunciar a eso.

—¿Qué me dices? ¿Sacas un poco de espíritu navideño y le perdonas? —dijo Tony con una sonrisa que a Pax le hubiera encantado borrar de un guantazo.

Cliff le agarró la mano, la que Pax tenía apretada en un puño a su lado.

—¿Qué tal si vuelcas toda esa energía en algo útil y metemos el piano dentro? —le dijo Cliff.

Blake le miraba con una sonrisilla engreída, pero al ver la mano de Cliff alrededor de la suya, la sonrisilla se transformó en una evidente mueca de asco.

Cliff también debió de darse cuenta porque, dedicando un seco «disculpa» a Tony, entró en el local como si hubiera estado allí miles de veces y se dirigió hacia la batería. Pax salió corriendo tras él.

Cuando Cliff habló, sus palabras sonaron frías, mordaces:

—¿Quién coño te crees que eres?

—Cliff, déjalo, no merece la pena.

Pero no le hizo caso.

Blake había seguido tocando, ignorando a Cliff sin pudor alguno… pues nada, que Cliff hiciera lo que quisiera, Pax no le iba a detener.

Cliff extendió el brazo y cogió el extremo de una de las baquetas de Blake.

—Te he hecho una pregunta.

Blake no se dignó a mirar a Cliff, pero la mirada que le dedicó a Pax decía claramente que era una pena que ya no tuviera el cardenal en la cara.

—Me gustaría saber quién te has creído que eres para pegar a mi amigo.

Blake fulminó a Cliff con la mirada.

—A ver, cómo te lo explico… Me estuvo comiendo con los ojos durante meses, lo que ya de por sí era incómodo de cojones. Y un día estando borracho me caí sobre él, me llevó a casa y me metió en la cama.

—O sea, que estabas borracho y te ayudó a llegar sano y salvo a casa.

—Y me quitó las botas y los vaqueros.

—¿Algo más?

—No, pero tío, eso es cruzar la línea. Eso sobrepasa la línea de largo.

—Estoy de acuerdo en que alguien cruzó la línea, sí, pero no fue Pax.

—¡Oye, que yo iba a pasar del tema! Hasta que me besó. Debajo del puto muérdago. Seguro que llevaba meses fantaseando con hacerlo.

Sin duda, el peor error que Pax hubiera cometido en su vida.

Incómodo, cambió el peso de un pie a otro. Se avergonzaba de haber leído mal las señales, de haberse equivocado con Blake. Y lo que era peor: que Cliff viera lo muchísimo que se había equivocado.

—¿Le pusiste el ojo morado durante una semana por un simple beso?

—Una semana es más o menos lo que tardé yo en quitarme su sabor de la boca.

Cliff soltó una risa carente de todo humor y fulminó con la mirada a las Tres Tes, especialmente a Tony.

—¿Dejaste tirado a un amigo para ser *justo* con este tío?

Fue Blake quien contestó:

—Si hubiera mantenido la lengua en su boca no hubiera tenido que pegarle.

Cliff se centró de nuevo en Blake.

—Así que todo es culpa de Pax, ¿no?

—Pues sí, pero puedo olvidarme. Siempre y cuando no intente nada conmigo otra vez.

—¿Sabes lo que creo? Creo que deberías tomarte la vida con un poco más de humor. Que estabais bajo una rama de muérdago, por Dios. Y también creo deberías sentirte culpable. Bueno, y ya que estamos, agradecido.

Porque te llevó a casa cuando estabas borracho, cosa que ninguno de vosotros hizo por él cuando lo necesitó.

Pax se sonrojó y bajó la vista.

—Deberíais avergonzaros. Todos vosotros —concluyó Cliff con una dureza que Pax sintió muy dentro.

—Diría que no sé quién coño eres para venir a decirme todo esto —dijo Blake con la sonrisa más cabrona del mundo—. Pero estaría mintiendo, porque Tony me lo ha contado. Sé que eres el tío del que Pax tenía que hacerse amigo para que pudiéramos tocar con Lone Whistle en Nochebuena.

Pax levantó la cabeza de golpe, su vergüenza convirtiéndose en algo mil veces peor: puro y horrible terror.

Los hombros de Cliff se tensaron y Pax sintió las palabras de Blake como un nuevo puñetazo. Pero, esta vez, el golpe había sido más fuerte. Y había dolido mucho más.

Odiaba ver a Cliff así, balanceándose sobre los talones, como si las palabras que acaba de oír le hubieran desestabilizado.

Pax se abrió camino a través de su alto y firme muro de culpa y agarró la mano —ahora laxa— de Cliff.

Blake había recuperado la baqueta y había vuelto a tocar, pero Pax no tenía ni ganas de liberar su ira en el batería. Blake daba igual. Agarró a Cliff por ambos brazos y le susurró que se fueran.

Las Tres Tes fingieron estar muy ocupados comprobando sus instrumentos y Pax sintió que le embargaba una enorme decepción. Jamás se había sentido tan decepcionado como en esos momentos. Decepcionado con su grupo. Decepcionado consigo mismo.

Pax y Cliff hicieron el camino de vuelta al coche.

—Cliff… —dijo Pax una vez dentro.

—No pasa nada, estoy bien.

—Sí, sí pasa. Lo siento.

Cliff puso en marcha el coche sin mirarle.

—No tienes por qué sentirlo.

—Bueno, pues yo creo que sí. Quiero disculparme. Lo siento.

Cliff puso ambas manos en el volante y fijó la mirada en la carretera.

—Blake es un gilipollas. Ha soltado eso sabiendo lo que conseguiría.

—¿Hacerte daño a ti y avergonzarme a mí? —preguntó Pax.

Cliff puso el intermitente.

—No entiendo qué veías en él.

—Estaba tan centrado en conseguir lo que quería que no pensé en que podría hacer daño a alguien. Lo siento mucho.

—Es que no ha mostrado ni un poco de arrepentimiento.

Pax echó la cabeza hacia atrás, contra el reposacabezas y se rio, frustrado.

—Por Dios, Cliff, déjame que yo sí muestre algo de arrepentimiento.

Cliff siguió con los ojos fijos en la carretera.

—No sabía que era por el concierto de tus sueños, pero sí sabía que había una razón para que me quisieras distraer. Sabía que era parte de algún plan. No soy tonto, Apolo. Al menos, no lo había sido hasta ahora.

—¿Hasta que te acostaste conmigo, quieres decir?

Cliff no dijo nada durante unos minutos.

—No creo que fuera tu intención jugar con mis sentimientos. No es tu culpa que yo te dejara hacerlo.

Pax casi se ahoga con el nudo que tenía en la garganta.

—Enfádate conmigo, por favor. Mándame a mi cuarto, amenázame con darme unos azotes… no sé, algo, lo que sea. Me lo merezco.

Cliff le dedicó una pequeña sonrisa.

—Ya te has disculpado. Estoy bien, no pasa nada.

—Tienes suerte de ir conduciendo tú y de que haya tráfico, porque sino, te estrangulaba.

—¿Porque no te doy de azotes?

—¡Sí! Me siento fatal. Quiero que volvamos a estar como estábamos antes.

—¿Y cómo estábamos?

—Bueno… ya sabes, hablando y eso.

—Estamos hablando y eso ahora.

Pax se hundió más en su asiento.

—No, Cliff, no lo estamos haciendo.

Y Pax lo sabía bien. Porque durante mucho tiempo había sido el amo y señor del reino de no hablar.

Capítulo Veinticinco

Cliff seguía diciendo que no pasaba nada, que estaba bien.

Pero era como si algo se hubiera roto.

Cuando llegaron a casa, Cliff se fue directo a la suya y Pax se lo permitió, porque la verdad es que no tenía ganas ni de incordiarle.

De bajón, con la piernas pesadas y con dolor de cabeza se arrastró hasta su habitación.

Luca no estaba, menos mal, porque Pax no estaba de humor para hablar. Se metió en la cama y allí se quedó.

Durmió hasta las diez de la mañana.

Se incorporó en la cama con la vejiga a punto de explotar. Necesitaba una visita urgente al baño. Pero, antes, su teléfono.

Lo cogió: tenía un mensaje.

Pero no era Cliff exigiéndole que levantara el culo de la cama y saliera a correr.

Era Tony haciendo una gracia en el grupo que compartía con ellos.

Llevaba semanas esperando que las Tres Tes volvieran a mandarle mensajes, pero en esos momentos, eran las últimas personas sobre las que quería tener noticias.

Fue al baño y se arrastró hasta la cocina para beber agua. Luca estaba en el salón, arrodillado ante la mesa de café, que tenía llena de aparatos electrónicos. Las puertas correderas estaban abiertas.

Pax se obligó a sí mismo a interactuar:

—¿Qué haces?

A lo lejos se oyó ladrar a un perro. ¿Sería Gizmo? No tardó mucho en que sus pensamientos vagaran del cariñoso perrete de orejas largas y suaves hasta la persona que le había hablado de Gizmo por primera vez: Cliff.

Cliff y esa afirmación suya de que todo estaba *bien*.

—… y eso forma la placa base.

Pax parpadeó.

—¿Perdón? ¿Qué decías?

Luca ladeó la cabeza y le miró con más detenimiento.

—¿De verdad quieres saber lo que estoy haciendo?

—Sí, claro.

—Estás raro.

—No… de verdad quiero saber para qué sirven todos esos cables brillantes, ¿crees que si me los enchufas me subirías un poco el ánimo?

—Algo te pasa, Pax Polo.

—¿Tan obvio es?

Pax notó movimiento en la casa de al lado y salió a la terraza. Estaba nublado y el aire era húmedo y espeso. Se rodeó el cuerpo con los brazos, observando cómo Cliff limpiaba el salón y cómo levantaba los cojines del sofá y sacaba unos regalos del hueco de debajo.

Mírame, mírame, mírame.

Pero Cliff no le miró. Se agachó a poner los regalos al pie del árbol de Navidad. Cuando se incorporó, se quedó mirando el abeto con intensidad y pasó un dedo por una de las bolas que Pax había colocado allí. Parecía tan triste...

Pax dejó caer los hombros como si un gran peso invisible hubiera caído sobre él. Se frotó la mandíbula, áspera por la barba que le empezaba a salir.

—¿Quieres hablar? —murmuró Luca tras él.

Pax no podía mirarle a los ojos, así que cabizbajo, entró de nuevo en casa y le contestó taciturno:

—La he cagado.

Se arrastró escaleras arriba y volvió a meterse en la cama. Había mucha luz en su cuarto, así que se cubrió con la manta y se tapó con ella hasta la cabeza.

Un rato más tarde, Luca entró en la habitación. Pax oyó cómo decía su nombre y se sentaba en la cama a su lado. Se limitó a girarse hacia él, pero sin salir de debajo de la manta, su cara aún escondida en la oscuridad que esta le propiciaba. Parpadeó.

—Llevas aquí dos horas —dijo Luca.

—Pues creí que llevaba más.

—¿Vas a levantarte?

—Sí.

Pero no podía moverse.

Luca tiró de la manta, y la cara y las pestañas húmedas de Pax quedaron al descubierto. Pax contuvo el aliento.

—No me encuentro bien —dijo finalmente, con voz ronca. Hizo una pausa—. Y no estoy acostumbrado a sentirme así.

Luca se levantó de la cama y cogió el ángel.

—¿Qué ha pasado con Cliff?

—¿Cómo sabes que lo que me pasa tiene que ver con Cliff?

—Porque tu idioma es mi tercera lengua. El italiano, la segunda. Y la primera, sin duda, la de las emociones.

—Esa es posiblemente la frase más cursi de todas las cursiladas que alguna vez hayas dicho.

—Pero te ha hecho sonreír —dijo Luca señalándole con el ángel—. Así que, ser cursi no puede tener nada de malo.

Pax cerró los ojos. Ay, Luca… el chico era sincero, dulce y comprensivo. Se merecía lo mejor de lo mejor. Y por parte de todo el mundo, además. Incluido Pax.

—Cliff siempre se imaginó que había alguna razón para que me acercara a él y tratara de hacerme su amigo.

—¿Desde el principio?

—Sí.

—¿Y por qué estás triste?

—Porque hay una gran diferencia entre imaginarse algo y *saberlo*.

Luca frunció el ceño y Pax continuó:

—Cuando solo nos imaginamos algo, cuando no lo sabemos seguro, mantenemos una pequeña esperanza de que las cosas no sean como creemos. En el caso de Cliff, yo creo que siempre tuvo la esperanza, por poco probable que fuera, de que podría estar equivocándose. Saber la verdad le quitó esa esperanza. Le he hecho sentir como un peón en un tablero de ajedrez, Luca. Le he hecho daño y me odio por ello. Quiero devolverle la esperanza.

—Dile que lo sientes.

Pax suspiró. Ya se había disculpado y Cliff le había dicho esa horrible frase de «no pasa nada».

—Eso no es suficiente. —Entonces, miró el reloj y se dio cuenta de la hora que era—. ¿No deberías estar en tu pícnic con Bianca?

—Estoy donde tengo que estar —contestó Luca.

—Pero lo habíamos planeado al detalle. Si hasta habías

comprado una cesta y una manta a cuadros. Henry ganará.

—Pues si es a Henry a quien quiere, les desearé lo mejor. Ven.

—¿A dónde?

—A cualquier sitio que no sea la cama.

Pax parpadeó, intentando quitarse la humedad que sentía en los ojos, pero fue demasiado tarde y una lágrima se deslizó por su sien. Se quedó mirando al techo.

—No estaba en mis planes enamorarme de él.

—No creo que él tampoco lo tuviera en mente, la verdad. Parece que ha sido una inconveniencia para ambos.

Pax se pasó las manos por los ojos y se quitó las lágrimas.

—¿Qué está haciendo?

Luca salió de la habitación de forma abrupta y volvió a los veinte segundos con el *walkie-talkie* en la mano.

—¿Qué está haciendo? —habló al aparato.

La voz de Bianca llegó desde el otro lado.

—Está tumbado en la cama con los cascos puestos, mirando el póster de Pax.

Pax se puso de rodillas en la cama, el agua del colchón ondulando bajo él. Se sorbió la nariz, soltó una risa y volvió a sorber otra vez.

—Oh, qué *emo* es.

Luca sonrió y le tendió el *walkie* a Pax, que lo cogió y dijo:

—Dile… Dile que como buen empollón que es debería superar el bajón sumergiéndose en su tesis *Cómo coger a un delincuente*.

Medio minuto de silencio y después:

—Dice que necesita un momento. Pero que está bien.

Pax apretó el *walkie-talkie* con más fuerza.

—Pásamelo.

—Vale —dijo Bianca en la distancia—. Es tuyo.

Sí que lo es, sí.

—Apolo —dijo Cliff en tono cansado.

Pax sacó todo su encanto.

—¿Te acuerdas de cuando eras el Hombre Furia? Pues vuelve a serlo. —Hizo una pausa—. ¿Por favor?

Tras un silencio que se hizo larguísimo, llegó la respuesta de Cliff:

—Escribe otra canción.

PAX SE PASÓ TODA LA TARDE HACIENDO LLAMADAS Y tirando de todos los hilos que conocía. Después, hizo de chofer para Luca y Bianca y les llevó al castillo de Larnach.

Que Luca no hubiera tenido su pícnic de mediodía había sido su culpa, así que iba a intentar compensárselo con un pícnic al atardecer. Se había encargado del *catering* y había pedido que subieran una pequeña botella de champán y unas lamparitas de calor a las almenas.

Mientras los tortolitos se confesaban su amor, Pax desapareció de su vista y se fue a dar un paseo por los jardines. No había manera de borrarle la sonrisa bobalicona de la cara mientras recordaba aquella noche, la fiesta de disfraces.

Mandó un mensaje a Cliff:

Pax: *Tengo algo que decirte.*

Cliff: *?*

Pax: *Tenemos que cruzar nuestras espadas de nuevo.*

Cliff: *He cerrado la puerta del balcón.*

Pax: *Un reto. Bien. Me lo tomaré como juegos preliminares.*

Cliff: *Eres increíble.*

Pax: *Sigues enfadado.*

Cliff: *¿Y qué sugieres para solucionarlo? ¿Un polvo?*

Pax: *O que lances más dardos a mi cara.*

Horas más tarde, Pax llevaba de vuelta a casa a Luca y a Bianca, que iba muerta de risa en el asiento de atrás. Él les miraba de vez en cuando por el espejo retrovisor, para asegurarse de que no se tocaban donde Cliff no aprobaría que se tocaran. Qué autocontrol tenían, por Dios. Ya podrían darle clases a él.

—Bianca —dijo Pax—. Por favor, dime que vas a elegir a Luca y no a Henry.

Sus ojos se encontraron en el espejo. Pero Bianca se giró para mirar a Luca, su sonrisa un poco vacilante. En el silencio que siguió, Pax se concentró en la carretera.

—Hemos decidido ser solo amigos —contestó Luca.

Ojalá Pax pudiera ver la cara del italiano, pero desde su asiento no podía. No sonaba molesto, pero… se había currado tanto lo de intentar enamorarla…

—¿Amigos? —preguntó él. Bianca estaba mirando por la ventanilla, hacia el mar y la costa rocosa—. ¿Te vas a quedar con Henry?

Bianca se giró bruscamente al oírle.

—No. No voy a quedarme con ninguno de los dos. Me gusta Luca. Y también Henry… Y me gustaría conservar su amistad. No sé, me da la impresión de que eso es lo más importante.

—¿Y qué pasa con eso que decías de echar *kikis*? ¿No era eso lo que se suponía que querías? —El arrebato de Pax pilló desprevenida a Bianca, que alzó las cejas, sorprendida—. Hmm…, vale, quizá sea mejor que no le cuentes a tu hermano lo que acabo de decir.

—Estaba enfadada con Cliff —dijo ella—. Y os usé a los tres para demostrarle que si me proponía algo, él no iba a poder pararme. Odio haber actuado así y si hay algún villano en nuestro grupo, sin duda, soy yo. —Bianca tragó saliva con dificultad—. Y por eso no puedo escoger entre Henry y Luca. No soy lo suficientemente madura para tener novio. Aún no.

—Ah —dijo Pax con la garganta seca.

—Eso no quiere decir que vaya a olvidarme de los chicos monos… sigo siendo una adolescente. Lo que no quiero es hacer ninguna estupidez. Me gustaría acabar el instituto y dejar lo del corazón roto para cuando vaya a la universidad.

Pax se mordió el labio y se concentró en la carretera.

—Chica lista.

—A veces.

~

UNA VEZ EN CASA —CADA UNO EN LA SUYA— LUCA Y PAX encendieron la consola y empezaron a jugar a un videojuego.

Cuando perdió por tercera vez, Pax dejó el mando.

—Lo siento —le dijo a Luca.

—No lo sientas. Que haya reconocido sus intenciones hace que la respete aún más. —Luca se sacó el móvil del bolsillo, marcó y se lo llevó a la oreja—. Shakespeare. —

Una pausa—. ¿Quieres venir a pelear? Necesito un rival digno—. Luca sonrió y Pax le enseñó el dedo corazón—. Y trae palomitas.

Pax se levantó del puf.

—¿Ya sabe que no tiene nada que hacer con Bianca?

—¿Por qué crees que le he invitado a venir? La pena se lleva mejor en compañía.

Capítulo Veintiséis

P uede que fuera un poco tarde para aparecer descalzo en el porche de Cliff, pero el mero hecho de pensar en pasar otra noche solo, le revolvía todo por dentro. Pax necesitaba a Cliff babeando la almohada junto a él.

Tenía la mano enganchada a la cadenita del timbre, al que llevaba un rato llamando, en nada más que unos *boxers* azul marino y una camiseta de tirantes. Una brisa agitó las flores del pohutakawa del jardín delantero y en su movimiento ondulante pareció que le estaban haciendo la ola, animándole. A estas alturas, Pax aceptaba cualquier apoyo que se le brindara.

Se lamió el labio inferior y saboreó los restos de la manzana que se había comido en su camino hasta ahí. Volvió a llamar al timbre y escuchó cómo su sonido agudo se extendía por el interior de la casa. A Pax se le aceleró el pulso y estaba seguro de que el escalofrío que le atravesó el cuerpo de pies a cabeza no tenía nada que ver con el frío y la humedad de la noche.

Le pareció oír pasos al otro lado de la puerta. Volvió a llamar.

La puerta se abrió y un olor a champú invadió el porche. Cliff apareció en el umbral y le miró de arriba abajo, fijándose en lo que llevaba puesto. Pax, a su vez, también le estudió a él: sus calzoncillos con pequeñas bananas, su pelo despeinado, las gafas que enmarcaban sus precavidos ojos verdes.

—Dime —dijo Cliff con calma.

—Lo retiro —dijo Pax dando un paso al frente y agarrando los *boxers* de Cliff—. Sí que tienes un lado divertido.

—Muy en el fondo.

—¿Me vas a dejar pasar?

Cliff pareció dudar unos instantes, pero terminó negando con la cabeza y cerrándole la puerta en la cara.

Pax frunció el ceño y volvió a tirar de la cadenita de la campana.

—Cliff, déjame entrar.

—Tus bolas están prohibidas en esta casa —fue la respuesta de Cliff, que llegó un poco amortiguada desde el otro lado de la puerta de madera.

—Te prometo que no me convertiré en una imparable máquina sexual. Al menos, no esta noche.

Se oyó una risa al otro lado.

Eso hizo que Pax se viniera arriba y volviera a llamar al timbre.

Cliff entreabrió la puerta, solo unos milímetros, pero lo suficiente para poder ver a Pax, que hizo un gesto de dolor y, muy dramáticamente, se frotó la espalda.

—No sabes qué dolor de espalda tengo. No puedo dormir en una cama de agua ni una sola noche más.

La puerta se cerró en sus narices otra vez.

Pax creyó oír el crujir de la madera al otro lado y gritó:

—¡He venido comiendo una manzana!

Otra vez el crujir del suelo y, acto seguido, la puerta abriéndose. Esta vez de par en par.

—¿De qué estás hablando? —preguntó Cliff.

Pax le guiñó un ojo.

—Me he comido una manzana de camino aquí y no he tirado los restos en el jardín.

Cliff parpadeó.

—He madurado, Clifford.

Cliff miró al cielo y dijo:

—¿En serio? ¿Este es el chico del que…?

Pax se apoyó contra el marco de la puerta y arqueó una ceja.

—El chico del que… ¿qué?

Una mano salió disparada hacia él y, agarrándole de la camiseta, le metió dentro.

—Solo dormir —dijo Cliff.

—Solo dormir.

No hubo sexo, pero **Pax** se despertó en los brazos de Cliff.

Así que «solo dormir» no tenía nada de «solo».

EL DESAYUNO REUNIÓ A TODA LA PANDILLA ALREDEDOR DE la mesa de Cliff y Bianca.

Luca y Henry se estaban peleando para ver quién se comía los últimos cereales de la caja. Cliff les miraba con paciencia mientras le decía a Pax que se centrara en comer lo que había en su plato. La respuesta de Pax fue deslizar un pie entre las piernas desnudas de Cliff e ir subiendo hasta que sintió la tela de sus pantalones cortos. Bianca estaba al teléfono, protestando por algo. Caminaba de un lado a otro, gracias al cable larguísimo del teléfono de la cocina.

Cliff le apretó el pie con los muslos, pero aparte de eso, ignoró a Pax.

Bianca dio un grito y pidió silencio.

Todos la miraron.

—Era el director de la obra —dijo ella—. Parece que hay un problema con la música.

—¿Qué ha pasado? —preguntaron en un coro de voces.

—¿Os acordáis del chico que iba a tocar todos los instrumentos?

Pax asintió.

—Pues parece que de tocar todos ha pasado a no tocar ninguno.

Oh, oh, mierda.

Cliff cogió un cuchillo y empezó a untar una tostada con mantequilla.

—¿Hay algún piano en la iglesia que pueda usar?

Bianca salió corriendo hacia él y le abrazó desde atrás. Al hacerlo, la tostada de Cliff se cayó al suelo.

—¿Lo harás? ¿En serio?

—Eres mi hermana, por supuesto que lo haré.

Bianca miró a Pax sin un ápice de sutilidad.

—La guitarra le daría aún más dinamismo a la obra.

Pax se movió en su silla.

—Yo...

Cliff se metió:

—Él no puede, tiene el concierto.

Pax se pasó una mano por el pelo y bajó la vista hacia la masa blandurria que ahora eran sus cereales.

—Pero los del grupo son unos gilipollas, se portaron como auténticos imbéciles con nosotros... Yo creo que...

Pax oyó cómo Cliff contenía el aliento, pero no podía verle la cara, porque Bianca seguía abrazada a él, así que no podía ver reflejado en su expresión lo que fuera que estaba pensando. Cuando por fin se echó hacia atrás, su cara no decía nada. Era frustrante.

—Creí que tocar con Lone Whistle and the Deserted era tu sueño hecho realidad.

—A ver, sí, lo es. Es lo que siempre he querido.

Cliff empezó a untar otra tostada.

—Deberías hacer aquello que te llene más. Lo que te haga feliz. —Se giró hacia Bianca y añadió—: No te preocupes, yo me encargo.

PAX VOLVIÓ A CASA CON LUCA Y LO HIZO CON LA sensación de que sus disculpas no habían cuajado como deberían.

Cuando se estaba cambiando en su cuarto, oyó la risa de Luca al otro lado del pasillo. Carcajadas seguidas de una retahíla de palabras en italiano que revelaron que estaba hablando por teléfono con su familia.

Pax admiraba el carácter optimista de Luca. Le encantaría ser como él. Su chica le rechazaba y aún así él veía belleza en esa decisión. La había tratado como a una princesa en el desayuno de esa mañana y ahora hablaba con sus padres y hermanas de forma superanimada.

Este chico conseguiría lo que quisiera en la vida y Pax quería quedarse a su lado tanto tiempo como Luca le permitiera.

Dando saltitos mientras se ponía un calcetín vio el lápiz del trol sobresaliendo de entre las hojas de la libreta. Se quedó mirando el pelo naranja del monstruito y tuvo una idea fantástica.

Le había dicho a Luca que haría algo especial por su hermana, algo que molara.

Así que cogió su guitarra, la libreta, y se plantó una enorme sonrisa en la cara.

Había llegado el momento de cumplir con lo prometido.

Después de cantarle a la hermana de Luca la canción que había escrito inspirándose en él, Pax pasó el resto del día preparando con Cliff los temas de la obra de Bianca. No tenía por qué implicarse, Pax lo sabía. Pero quería hacerlo. Necesitaba hacerlo. Y, aunque pasaron la mayor parte del tiempo discutiendo sobre el tempo y los cambios de tono, Pax esperaba que quedara claro por qué estaba allí; que Cliff entendiera ese «me gustas» implícito en su presencia. Que entendiera que no estaba fingiendo, que esto era real.

Bianca les arrastró hasta la iglesia para el penúltimo ensayo antes del gran estreno.

En una mitad del escenario había una mesa, una cesta, vasos de vino y una maleta; en la otra, un barco que se suponía que había naufragado, con sus velas izadas y, justo al lado de una de las velas, contra la pared más lejana, un enorme piano.

Dos actores peleaban con espadas en el centro del escenario, diciendo sus frases sobre el ruido de metal contra metal. Otro actor esparcía espumillón plateado por el escenario, y le daba un toque festivo al ambiente.

Pax llevó a Cliff hasta el piano y se sentó con él en la banqueta.

—Apolo, como te acerques un poco más vas a terminar sentado en mi regazo.

—Y mira que me gustaría, pero creo que deberíamos

contenernos. —Pax le guiñó el ojo y se levantó—. Los adolescentes son muy impresionables. O eso me han dicho.

Así que, en lugar de sentarse encima de Cliff, Pax se fue a ensayar el guion con Bianca. Tras un par de horas, Pax salió a buscar un café para Cliff, que no había parado de tocar en ningún momento. Después de comer, él también estuvo tocando un rato la guitarra, una que había encontrado en el cuarto de atrás. Por pasar el rato y seguir allí con ellos.

Cada minuto con Cliff parecía un paso más hacia el precipicio de lo desconocido, ambos tanteando la nueva situación en la que se encontraban.

Esa noche volvieron a dormir juntos. Pax acurrucado contra Cliff, su nariz pegada al calor de su axila.

La habitación estaba oscura y una brisa de verano entraba por la puerta entreabierta del balcón, refrescando sus torsos desnudos. Tenían las sábanas a la altura de las caderas y la luz plateada de la luna se reflejaba sobre el cuerpo de Cliff.

Pax le acariciaba el vello sedoso del pecho y Cliff miraba al techo, una de sus manos en la parte baja de la espalda de Pax.

«Solo dormir», le había dicho.

«Solo dormir», había estado de acuerdo él.

Pax movió la cabeza y la apoyó sobre el pecho de Cliff, su oído sobre el latir de su corazón. Iba más rápido que la noche anterior y Pax se giró para mirarle con la boca seca y el pulso acelerado.

—Cliff, yo…

—¿Sí?

La mirada de Cliff, aunque cautelosa, estaba llena de esperanza y, al notarlo, Pax se quedó sin palabras. Así que se acercó más a él y dejó salir todo lo que sentía en un dulce beso.

Cliff le abrazó, reteniéndole encima de él. Sus cuerpos sudorosos pegados el uno al otro, desde el pecho hasta los tobillos. Pax bajó la cara para regalarle otro beso.

Esta vez se encontraron a mitad de camino, sus labios acariciándose.

—Bu-buenas noches —susurró Pax.

Cliff le besó en la comisura de la boca.

—Buenas noches.

La mañana de Nochebuena volvieron a la iglesia para el último ensayo. Las continuas miradas que inter-cambiaban Pax y Cliff parecían decir: «¿Esto está pasando de verdad?» «¿Es esto lo que creo que es?».

Pax se sumergió en la música, frustrado consigo mismo por no haber sido más claro, por no haberse atrevido a decir en voz alta lo que sentía. Había estado tan nervioso…

—Acuérdate, los actores te darán el pie —le dijo a Cliff esa tarde cuando todo estaba listo para que la obra diera comienzo—. Vas a bordarlo.

Cliff hojeó las partituras que tenía en el atril.

—Llevas dos días ayudándonos sin parar, ¿tú no necesitas ensayar para tu concierto de esta noche?

Pax se encogió de hombros. La verdad era que se la pelaba ensayar con Serenity Free. Le habían llamado el día anterior, justo después de haber salido a correr con Cliff, pero a esas alturas todos ellos le importaban bastante poco. Se suponía que tenían que encontrarse hoy a las cinco y media para repasar el repertorio de esa noche y que luego irían juntos al estadio para el concierto, que empezaba a las nueve.

Lo único que tenía que hacer Pax era aparecer y volcarse en la música.

—Eh… sí, en un rato me iré.

Cliff hizo girar la banqueta y le miró.

—Ven aquí, Apolo.

Pax fue hacia él arrastrando los pies.

—Dime, Clifford.

—Sé que este último par de días he estado un poco apagado.

—Más que apagado, yo diría triste. Inseguro.

—Asustado.

—¿De esto?

—De perder esto.

Pax se puso de rodillas en la banqueta, entre las piernas abiertas de Cliff y dejó un beso trémulo en sus labios.

Cliff se rio contra su boca y se apartó.

—Te veo después del concierto. —Gracias a Dios eso había sonado como una afirmación y no como una pregunta, pero aún así, había sido un poco abrupto. Como si Cliff se hubiera esforzado en sonar seguro de ello, pero sin estar convencido del todo de que fuera a ser así.

—Y hablaremos —le dijo Pax.

—Me gustaría, sí. —Compartieron una sonrisa llena de esperanza—. Esta noche dejarás a tu público con la boca abierta.

—¿Y eso cómo lo sabes?

—A mí me tienes con la boca abierta y eso que soy bastante difícil de impresionar.

—Estoy nervioso. —Pax se mordió el labio—. Es el último concierto que daré con Serenity Free. No tengo ni puta idea de qué haré después.

El director les interrumpió, dando una serie de instrucciones de cara a la primera escena de la obra. Los actores se empezaron a mover de un lado al otro del escenario, colocándose en posición y Cliff tuvo que ponerse de nuevo al piano.

Murmuró algo antes de girarse, pero Pax no le entendió y antes de que pudiera preguntarle qué había dicho, le echaron del escenario.

Suspiró.

Salió de la iglesia con el último beso aún cosquilleando en sus labios y se fue a preparar para el concierto de sus sueños.

Capítulo Veintisiete

Su buen humor murió en cuanto puso un pie en el local de ensayo. Cuando llegó, el único que estaba allí era Tony y estaba hablando por teléfono, gritando a alguien al otro lado de la línea. Sus ojos se encontraron y Tony le dedicó un saludo con la mano.

Pax se centró en montar sus cosas, pero la vista se le iba todo el rato hacia la batería, hacia el lugar donde Cliff había plantado cara a Blake. Una ola de ternura le invadió ante el recuerdo, compensando esa rabia que tenía dentro de solo pensar en el grupo.

Hacía demasiado calor ahí dentro. El local parecía más pequeño que nunca, claustrofóbico. Y él estaba inquieto, no paraba de mover el pie mientras afinaba la guitarra.

El resto de miembros de Serenity Free llegó poco después. Irrumpieron en el cuarto envueltos en una nube de marihuana que casi ahoga a Pax. Fue todo muy incómodo. Intercambiaron tensos saludos con él y siguieron con la charla que traían de fuera, riéndose de Blake por haberse quemado el dorso de la mano.

Parecía que trataban de mantener a Pax fuera de la conversación. Y no eran nada sutiles al respecto.

Pero, para sorpresa de Pax, lo único que sintió ante esa pared que parecían haber levantado para dejarle fuera, fue alivio. No quería participar en las bromas. No le apetecía reírse con ellos. Estaba entumecido, le daban igual.

Dejó la guitarra contra la pared. Se sacó el teléfono del bolsillo y escribió a Cliff para preguntarle qué había dicho justo cuando se había ido.

La respuesta de Cliff llegó de forma casi inmediata.

Cliff: *Que sé perfectamente qué harás sin el grupo.*

Pax: *¿Ahora eres clarividente?*

Pax sonrió a la pantalla del móvil y escribió otro mensaje.

Pax: *¿Qué haré?*

Cliff: *Empezar el tuyo propio.*

Pax se quedó pensando en ello unos segundos. Su pie moviéndose más rápido contra el suelo mientras sus dedos volaban por los botones del Nokia.

Pax: *Es más fácil decirlo, que hacerlo.*

Cliff: *Ya has escrito seis canciones.*

Seis canciones… Las que Cliff le había hecho escribir cada vez que habían tenido que negociar algo.

Pax creyó que se lo pedía para tocarle los huevos, porque disfrutaba haciéndole trabajar. Creyó que Cliff estaba siendo un Hombre Furia controlador y que solo lo hacía para sacarle de quicio.

Pero no era eso en absoluto.

Cliff se había estado preocupando por él todo este tiempo.

Desde el principio había previsto que el grupo se separaría y había maquinado un plan para ayudarle. Le había puesto un colchón debajo para que la caída no doliera.

Pax volvió a leer sus mensajes.

Cliff había sido consciente de todo desde el principio. Había jugado mucho mejor que él.

El pecho se le contrajo, le resultaba difícil respirar. Ya no tenía dudas de que había conocido a su igual.

Pax guardó la guitarra en su funda y la cerró.

—Tío, ¿qué haces? Aún ni hemos empezado.

Pax dirigió la mirada a la cara impasible de Blake y luego a los otros tres, que estaban preparando sus instrumentos. Tony tenía un micrófono desconectado en la mano.

—No me necesitáis.

—¿De qué estás hablando?

—Ya habéis tocado sin mí otras veces. Y volveréis a hacerlo.

Pax se colgó la funda de la guitarra al hombro y abrió la puerta del local. La luz del sol y un soplo de aire fresco le dieron de golpe en la cara.

—Si pones un puto pie fuera de aquí, no te vamos a pedir que vuelvas. Nunca.

A Blake se le iluminó la cara. Tim y Ted tampoco parecían estar sufriendo ante la idea.

Tim se encogió de hombros y dijo:

—¿Y no podrías tener la pataleta después del concierto de esta noche?

Pax sujetaba la puerta con una mano, el sol calentándole la espalda mientras el grupo permanecía en el interior, en las sombras.

—Tengo que hacer aquello que me llena. Lo que me hace feliz. —Pax les enseñó el dedo corazón y salió del local—. Me piro.

～

NO HABÍA TAXIS A LA VISTA Y EN AUTOBÚS TARDARÍA demasiado. Ya eran las seis y cuarto, lo que quería decir que solo quedaban quince minutos para que empezara la obra de Bianca.

Pax se ajustó bien la guitarra al hombro y corrió.

Las botas militares golpeaban el asfalto y cada impacto contra el suelo hacía que las piernas de Pax se estremecieran. Le ardían los pulmones, le escocían los muslos y la guitarra se sacudía contra su espalda.

Corrió cuesta abajo hasta la base de la colina. Le iba a dar un puto infarto e iba a llegar empapado en sudor y sin respiración.

Se autorregalaría un coche por Navidad. No iba a volver a correr nunca más en su vida. Jamás.

Empezó a subir la cuesta. Rodeó un par de coches que salían de sus garajes, evitó chocarse con un peatón que iba tras su perro, y saltó una rama que se había caído en la acera. Y todo eso lo hizo cegado por el sol y maldiciendo el desafortunado momento en el que había tenido su epifanía.

Si se hubiera dado cuenta de todo, no sé... esa mañana, no hubiera tenido que jugarse la vida en una carrera por la ciudad.

En la distancia alguien entonaba *Jingle Bells* de forma un tanto desafinada y los pájaros sobre el tendido eléctrico daban saltitos como si estuvieran siguiendo el ritmo de la canción. Pax volvió a maldecir en voz baja, murmurando que lo único que le faltaba ya era que esa fuera la última música que escuchara antes de morir. Eso y sus jadeos, claro.

Siguió corriendo.

Cuando por fin vio la iglesia, redujo el paso y se dirigió hacia la puerta trasera. Una vez en las escaleras en las que aquel día se había sentado con Cliff, hizo una parada para recobrar el aliento.

La puerta azul brillaba bajo el sol de la tarde y parecía estar llamándole. Se oyó un coro de risas desde el interior y Pax se arrastró escaleras arriba. Sin hacer ruido, abrió la puerta que le llevaría a la parte trasera del escenario. La obra ya había empezado.

Había llegado un poco tarde.

Pero más valía tarde que nunca.

PAX SE QUEDÓ ENTRE BAMBALINAS CON VARIOS ACTORES que esperaban para poder subir al escenario. Al verle, le reconocieron y, cuando sacó la guitarra de su funda, le hicieron un gesto con los pulgares hacia arriba. El día anterior había estado tonteando con una guitarra y el director le había rogado que se uniera a la obra. Él había pasado, pero ahora deseaba haber tenido su puta epifanía en esos momentos.

Agarrado al cuello de su guitarra, se apoyó contra la pared más cercana a la cortina que separaba el escenario de la parte trasera y trató de calmar el trepidante latido de su corazón. Desde donde estaba, se escuchaban perfectamente las voces al otro lado y Pax había ensayado esa escena con Bianca tantas veces que sabía que se acercaba un receso.

La música del piano enfatizó lo cómico de una de las frases y cuando el público estalló en carcajadas, Pax y los otros dos actores subieron al escenario.

Pax se colocó en una esquina, medio oculto tras una de las velas del barco, justo donde el director le querría. La acústica de la iglesia era estupenda y desde donde estaba, la música llegaría a cada rincón de maravilla.

Los actores se movían por el escenario con sus disfraces coloridos y su prosa exagerada mientras, de fondo, los tramoyistas cambiaban el escenario, poniendo el atrezo para la siguiente escena.

Henry y Luca estaban en la primera fila, sonriendo. Tras ellos, un mar de caras entre las que pudo reconocer a sus amigas las jubiladas. Y, en esos instantes, Pax sintió que estaba justo donde tenía que estar.

Se acercó al piano. Cliff levantó la vista al notar movimiento, y la sorpresa y ternura que mostraron sus ojos, hizo que el corazón de Pax latiera a toda pastilla.

—¿Apolo? —susurró.

Pero no era momento de hablar. No había tiempo para explicaciones.

Le guiñó un ojo y cuando les dieron el pie, Pax le acompañó con su guitarra.

Los dedos de Cliff volaban por el piano con una energía que asombró a Pax y le llenó de una alegría que no podía compararse con nada. Sus ojos brillaban llenos de esperanza y Pax absorbió cada una de sus miradas: las curiosas, las alentadoras, las que le cortaban la respiración.

Cuando la obra acabó, Pax estaba tan nervioso que temblaba.

Siguieron mirándose el uno al otro mientras el público salía y los actores se dispersaban. El director se acercó a Pax, le dio una palmada en la espalda y le dijo que, si no le importaba, fuera un poco más puntual en la próxima función.

Y, entonces, Cliff y Pax se quedaron solos en el escenario.

Olía a humedad. Pax se recolocó la guitarra con dedos temblorosos, sus botas haciendo crujir la tarima de forma atronadora a medida que se acercaba a Cliff y acortaba la distancia que les separaba.

Cliff tocó un par de notas altas cuando se giró en la banqueta para ponerse frente a él, justo como había hecho unas horas antes.

—Apolo…

Pax levantó un dedo, pidiéndole que esperara, impidiendo que le preguntara qué hacía allí.

—Tengo una canción para ti —dijo, su voz apenas un susurro.

—¿Para mí?

Pax asintió. Estaba acostumbrado a tocar ante miles de personas y eso siempre le había hecho venirse arriba, crecerse.

Ahora, con solo unos ojos verdes mirándole, Pax estaba más nervioso de lo que lo había estado en su vida.

Atacado como estaba, se equivocó con las primeras notas. Hizo una pausa, cerró los ojos, respiró hondo y volvió a empezar.

Unos suaves acordes después, la música llenaba el espacio entre ellos. Cliff se agarró al borde del taburete y escuchó.

La Furia y yo
Ambos sabemos lo mal que empezó esta relación
Pero si supieras lo que sentía con solo mirarte
Entenderías a la perfección
Por qué no puedo llamar a esta canción

Diez razones para odiarte

Cliff bajó la cabeza, empapándose de la letra, una suave sonrisa sacando a relucir el hoyuelo en su mejilla. Eso llenó de confianza a Pax, que siguió tocando, ahora más seguro.

Pronto me enseñaste que había encontrado a mi igual
Y a cada paso, en cada lucha, me hiciste jadear
Dejando claro que no te podía ganar.
Oh, cómo odié cada batalla perdida
En nuestra eterna guerra entre divertirse y trabajar.

Esos ojos verdes tan profundos
Esas palabras tan directas.
Yo, mentiroso y sinvergüenza
Tú, tan odioso y perfecto,
Te bastó una sola mirada, para ver cada defecto.

Brazos fuertes a mi alrededor, palabras susurradas al oído
Es difícil no temer al amor
Y es difícil saber que no tienes amigos
Pero oh, lo fácil que te resultó
Ver a través de mí desde el principio.

La voz de Pax se quebró, pero siguió cantando.

Sin tus padres a tu lado y con tanta pena en el corazón
Durante un tiempo temí que yo te lo haría pasar aún peor,

**Y todos esos juegos que jugué contigo, se
convirtieron en mi gran error
Así que ojalá ahora pueda demostrarte
Que nadie podrá apagar este amor.**

Cliff levantó la vista y sus miradas se encontraron.

Pax cantó el estribillo de nuevo, tan suavemente, que voló como un suspiro entre ellos.

**La Furia y yo
Ambos sabemos lo mal que empezó esta relación
Pero si supieras lo que sentía con solo mirarte
Entenderías a la perfección
Por qué no puedo llamar a esta canción
Diez razones para odiarte.**

**Cómo darte diez razones para odiarte
Si ni siquiera existen dos
No, no existe ninguna razón.**

La respiración entrecortada de Pax sonaba demasiado alta tras la suavidad de las últimas notas. Cliff se levantó de la banqueta y acortó la distancia entre ellos. Sus ojos no abandonaron los de Pax en ningún momento.

Cliff le quitó con cuidado la guitarra y la dejó encima del piano.

—De verdad estás aquí —dijo Cliff. Era una pregunta y, a la vez, una afirmación.

—Estoy aquí —confirmó Pax.

Sus alientos se entremezclaron. Cliff estaba tan cerca, que todo el vello del cuerpo de Pax se erizó pidiendo atención.

—¿Y qué pasa con el concierto de tus sueños?

Pax alzó la barbilla.

—Creo que acabo de darlo.

Cliff le pasó los brazos por la cintura y le levantó contra su pecho. Pegó sus labios calientes y seguros a los de Pax, que se agarró a su cuello y se lo bebió entero. Fue un beso que duró lo mismo que dos redondas ligadas, lo que traducido a un idioma no musical equivaldría a un beso muy, muy largo.

Cuando se separaron, Pax le recolocó las gafas mientras Cliff regaba su cara con pequeños besos.

Sus cuerpos seguían pegados el uno al otro y Pax sonrió.

—Cliff —dijo—, contrólate, que estamos en la casa del Señor.

Cliff enredó los dedos en el pelo de Pax.

—Ven que te enseñe lo poco que me importa.

Cliff volvió a unir sus labios.

Capítulo Veintiocho

P ax no tenía ni idea de cómo habían logrado llegar a casa.

Lo único que sabía era que ahora estaban subiendo las escaleras a trompicones mientras se arrancaban la ropa el uno al otro y Cliff le susurraba al oído que no tirara nada. Con los pantalones desabrochados y ya sin zapatos, Pax arrastró a Cliff hasta su habitación y siguió desnudándole allí. La ropa empezó a volar por la habitación: una camisa en la televisión, calcetines sobre las maquetas de los pájaros y los vaqueros de ambos tirados por el suelo.

Cliff le quitó la camiseta y tapó el corcho con ella, cubriendo su póster. Sonrió.

Pax, divertido, le placó contra la cama y se sentó a horcajadas sobre él. Era tan cálido y tan sólido... y, gracias a Dios, se había dejado las gafas puestas.

Estando así, cara a cara, Pax se cernió sobre él y le acarició los labios con la lengua, provocando un gemido que hizo que su polla se endureciera más de lo que creía posible.

Cliff le agarró por el pelo y empujó con la lengua en su

boca. Sabía a menta y a calor, y Pax gimió queriendo más, necesitando más.

El beso se convirtió en algo desesperado. La lengua de Cliff entraba impaciente en su boca mientras con una mano seguía tirándole del pelo y con la otra le agarraba de la cadera. Ambos jadeaban entre besos cada vez más profundos, más pecaminosos. Sus pollas se frotaban juntas y eso, junto con la unión salvaje de sus lenguas, estaba volviendo loco a Pax, que notaba cómo cada una de sus terminaciones nerviosas cobraba vida, despertando, a su vez, a las mariposas en su estómago y animándolas a volar más alto. Esto era música. Así era como Pax sentía la música cuando tocaba.

Se apartó.

Los labios de Cliff estaban en carne viva y tenía los párpados medio cerrados por la lujuria. Joder, era perfecto. Y verle incorporarse en busca de otro beso, hizo que Pax maldijera en voz alta de puro placer. Además, el movimiento hizo que la polla dura de Cliff se rozara con la suya una vez más.

—Esto no es un romance de verano, Cliff.

—Por supuesto que no lo es.

—Y cada frase de la canción la he dicho de corazón.

Cliff cerró los ojos y la suave sonrisa que se dibujó en sus labios fue como música para Pax.

—Cuando has subido al escenario he estado a punto de marcarme un solo al piano.

Pax le mordisqueó la barbilla.

—Prométeme que lo harás algún día. Me encantaría ver cómo improvisas y te sales de la pauta marcada.

Cliff rozó su nariz con la de Pax y, con ojos hambrientos, centró su intensa mirada en él.

—Tu boca.

Pax sonrió y le dio un beso.

—¿Qué pasa con mi boca?

—Que es lo mejor de tu cara.

—Es que mis sonrisas engreídas enamoran, ¿a que sí?

—Lo que enamora… —Cliff tragó saliva y se rindió a un beso brutal. Sus lenguas batallando, las manos de Cliff acariciándole el culo.

Pax embistió contra él, sus pechos pegados el uno al otro.

—Lo que enamora es… ¿qué? —preguntó Pax mientras ambos trataban de recobrar el aliento.

—Cada insolencia que sale de tu boca. —Cliff arrastró los labios por la mandíbula de Pax, acercándose a su oído, donde susurró—: Chúpamela.

Madre del amor hermoso. Ahora mismo.

Una enorme ola de deseo le bajó hasta la polla y, poniendo una mano sobre el pecho de Cliff, le empujó contra la almohada.

Empezó besándole la garganta y se deleitó en el gemido que obtuvo como respuesta. Empezó a bajar a un ritmo lento, explorando su pecho, sus pezones, su abdomen. Le lamió la cadera y dejó un suave beso en la punta purpúrea de su polla. Sonrió.

—¿Mi boca te enamora? Pues prepárate para entrar en una nueva y desconocida dimensión.

Agarró la base de la polla dura de Cliff y respiró hondo, absorbiendo su aroma almizclado. Con la punta de la lengua probó y lamió con delicadeza el húmedo glande. El profundo gemido que salió de Cliff fue como una caricia en la polla de Pax… y en su ego.

Pax se lo llevó a la boca, disfrutando su suavidad y su calor. Cliff no paraba de balbucear, de gemir, de urgirle para que fuera más allá. Y Pax lo hizo, se la metió entera en la boca.

Agarrándole del culo, animó a Cliff a que le follara la

garganta. Le dolía la mandíbula de tanto abrir la boca y era delicioso. Quería que cada segundo durara para siempre.

Y quería que Cliff pensara lo mismo.

Que quisiera que esto durara para siempre.

Cliff jadeó, corcoveó y se salió de la boca de Pax, a punto de correrse. Se agarró a las sábanas y la vena hinchada de su cuello reveló lo intensamente que estaba luchando contra el orgasmo.

—Quiero que te corras dentro de mí.

Pax no se había movido así de rápido en su vida. Cliff se rio de la prisa con la que buscaba condones y lubricante; y se rio más aún cuando, por las prisas, falló en ponerse el preservativo a la primera. Pero no se rio tanto cuando Pax le metió un par de dedos lubricados.

Cliff se retorcía de placer, dándole órdenes, indicándole cómo le gustaba. Los gruñidos salvajes que salían de él, eran lo más ardiente que Pax hubiera oído en su vida y necesitaba más. Restregando su polla por el cuerpo de Cliff, se posicionó en su entrada.

Y se enzarzaron en un beso lleno de necesidad y desesperación.

Cliff abrió más las piernas y urgió a Pax para que se pegara más a él.

El deseo entre ellos no hacía sino aumentar. Entonces, sus miradas se encontraron.

Cliff tragó con dificultad, como sintiendo lo importante que era este momento y Pax sintió cómo le cosquilleaba todo el cuerpo. Esto era más que sexo. Era un dúo armonizado a la perfección. En cuerpo y alma.

Pax le acarició los labios con dulzura.

—Tú y yo —susurró.

Jadeando, empujó en el estrecho canal de Cliff, que se contrajo a su alrededor.

—Tú y yo —dijo este en un gemido—. Ahora, empieza con tu *riff*.

Y vaya si lo hizo.

Fue un *riff* delicioso, en el que tocó y se deleitó en cada nota musical conocida.

Fue un *riff* tan increíble que parecía que podría unirles para siempre.

Fue el *riff* de un hombre ahogándose en placer, en amor. Y acompañado por los dulces sonidos de Cliff perdiéndose y abandonándose bajo él, cediendo a la diversión.

Pax le metía la polla a un ritmo vertiginoso. Estaba al borde del precipicio. Su caída desde lo más alto era inevitable. Agarró la polla de Cliff y empezó a acariciarle frenéticamente, lleno de necesidad.

Cliff gimió y sus miradas se encontraron. Una fuente de semen se derramó sobre la mano de Pax, que embistió una última vez y, perdido en esos ojos verdes y en las gafas que los enmarcaban, él también se corrió, su orgasmo sacudiéndole de pies a cabeza.

La mañana de Navidad, Pax se despertó envuelto en el calor de Cliff, con la cara escondida en su cuello y con la dulce sensación de una mano acariciándole la cadera desnuda. Era tan agradable… Era perfecto, tanto, que no pudo evitar el ruidito de satisfacción que se le escapó.

Cliff cambió de postura, arrastrando la nariz por la frente de Pax y dejando un beso en su pelo.

A modo de respuesta, Pax le dio un beso en el pecho, donde pudo saborear un leve rastro de sudor; recuerdo de las tres veces que habían follado la noche anterior. Y es que habían estado incansables en su necesidad de estar lo más cerca posible el uno del otro. El deslizarse en el interior de Cliff una y otra vez, y el hacerle gemir y jadear de esa forma, habían llevado a Pax a un orgasmo tan intenso que había sido como un culmen musical, como reunir lo mejor de Beethoven en un solo instante.

Pero ¿este momento?

¿Despertarse cubierto de la calidez de Cliff y oírle susurrar «feliz Navidad»?

¿Saber que una vida entera de navidades felices les esperaba a partir de ahora?

Era como tocar a Beethoven, Mozart, y Chopin en la puta guitarra eléctrica.

∾

—Deberías mover el póster a la columna de «conseguido» —sugirió Pax, levantándose de la cama.

Cliff soltó una risotada, pero se levantó detrás de él y movió su foto según lo sugerido.

Pax se contuvo, a duras penas, de placarle de nuevo contra la cama.

—Tengo que ir a casa a recoger unas cosas —dijo.

Se fue antes de que sus más bajos instintos se apoderaran de sus actos.

Ya en su habitación, se arrodilló en la alfombra, frente a la cómoda, y sacó los regalos que había comprado hacía unos días. Estaban envueltos en un papel con dibujos de minipohutakawas y, cuando se disponía a levantarse con ellos en brazos, oyó el piano procedente de la casa vecina y los paquetes aterrizaron en su regazo.

Cliff estaba tocando *Carol of the Bells*.

Y esta vez estaba haciéndolo sin dudas ni titubeos. Con un entusiasmo que hizo que Pax se tambaleara en su camino hacia la ventana desde donde pudo ver a Cliff sentado al piano. Cogió el ángel, que parecía estar dedicándole la más astuta de las sonrisas y murmuró:

—No más ángeles caídos. Ha llegado la hora.

Cliff miró al ángel, a Pax y al ángel otra vez.

Pax se sentó en la banqueta junto a su novio y, sosteniendo la preciosa figurita por la base, puso ambas manos sobre las teclas centrales del piano.

Los dedos de Cliff empezaron a bailar sobre el piano, desde un extremo hacia el centro, hacia las manos de Pax. Cuando estuvo tan cerca que el único posible movimiento era coger al ángel, sonrió con valentía y lo rodeó con la mano.

Pax, que seguía sosteniendo la figurita por un extremo, notó cómo una corriente de electricidad le recorría todo el cuerpo. Y, a juzgar por cómo se sobresaltó Cliff, haciendo retumbar las teclas del piano, él debía estar sintiendo lo mismo. El momento estaba cargado de calidez, de ternura y de significado. Era como si, de alguna manera, el ángel estuviera uniendo sus almas.

—Creo que te echa de menos —dijo Pax—. Y creo que tú también a él.

Pax soltó el ángel y Cliff lo rodeó con la mano, estudiándolo con detenimiento.

—Creo que tienes razón.

Bajaron las escaleras y se dirigieron al salón, donde se oían las risas de Luca y Bianca. Pero, una vez abajo, sonó el timbre y ambos cambiaron el rumbo de sus pasos para ir a abrir.

Pax se adelantó y abrió la puerta.

Henry les miraba desde el porche, con ojos implorantes. Era como un cachorrito que volvía a casa a recibir su castigo después de haber hecho alguna travesura. Y daba igual lo muchísimo que el chaval cabreara a Pax —que lo hacía—, porque lo cierto era que no le caía mal. Tampoco demasiado bien, pero no le caía mal.

Henry se desabrochó uno de los botones de la chaqueta y se aclaró la garganta, su mirada yendo de uno a otro.

—Perdonadme, amigos míos. Si un dolor verdadero es bastante para expiar mi falta, os lo ofrezco aquí mismo, pues la amargura de mis remordimientos iguala a mi crimen[3].

—Lo que va a expiar tu falta es no volver a decir ni una sola frase de Shakespeare en mi presencia —murmuró Cliff.

—¿Y a qué se debe todo esto? —preguntó Pax.

—Me he despertado solo en mi enorme casa y es Navidad. No he podido evitar preguntarme si lo único que tendría de regalo este año sería carbón. —Henry miró a Pax a los ojos—. Bianca me dijo que creía que ella era la mala de la película, pero no lo es. Soy yo, lo sé. Te amenacé con lo de Lone Whistle y te obligué a hacer cosas que si no fuera por mi culpa, nunca hubieras hecho.

Henry tenía la vista fija en el suelo, pero levantó la mirada para ver la reacción de Pax.

Pax le dejó sufrir un rato antes de hablar.

Cliff le dio un codazo y dijo:

—¿Vais a poder arreglar las cosas? ¿O vais a necesitar intervención divina?

Pax soltó una carcajada y luego miró al pobre Henry.

—Dejemos clara una cosa. Mi forma de hacerme amigo de Cliff no fue la más acertada. De hecho, a pesar de lo que disfrutaba llamándole Furia, creo que yo también lo fui un poco.

Cliff enlazó sus dedos con los de Pax y dijo:

—¿Solo un poco?

Pax le dio un apretón en la mano.

—Pero… *la amargura de mis remordimientos* se ve compensada por la suerte de haberle llegado a conocer y por lo afortunado que soy de que me haya enseñado el significado de la verdadera amistad.

Los ojos de Henry fueron a sus manos unidas.

—Más que amistad, por lo que veo.

Cliff dijo algo en voz baja, soltó la mano de Pax y agarró a Henry por las solapas de la chaqueta, metiéndole dentro de casa.

—Bianca y Luca están en el salón. Ve.

Pax se quedó mirando a su novio.

—Míranos. Cómo hemos madurado.

Cliff puso los ojos en blanco y empujó a Pax hasta el árbol de Navidad, que brillaba lleno de espumillón dorado y docenas de relucientes adornos.

El trío feliz estaba en el sofá. Pax se puso frente a Cliff delante del árbol, feliz con el protagonismo. Era un poco como estar en el escenario y eso le encantaba.

Subió y bajó las cejas un par de veces y señaló el bulto en el bolsillo de Cliff.

—¿Llevas ahí un ángel o es que te alegras de verme?

Cliff se sacó la figurita del bolsillo y le miró con cara de paciencia.

—Ay, Dios mío…

—Prefiero Apolo, pero bueno.

Cliff negó con la cabeza y miró al ángel.

—Menuda aventura me espera con él, ¿eh? —preguntó a la figurita, colocándola en una pequeña rama en lo más alto del abeto.

Toda la habitación se iluminó.

Cliff se aclaró la garganta antes de hablar:

—Ahora, los regalos —dijo sacando una cajita rectangular de su otro bolsillo y tendiéndosela a Pax.

Pax lo desenvolvió: una caja de CD vacía. En la cartulina que llevaba por dentro estaban escritos los títulos de las canciones que había escrito.

—Si empiezas tu propio grupo, tienes todo mi apoyo —dijo Cliff.

El calor que llenaba el pecho de Pax salió a la luz en forma de una resplandeciente sonrisa.

Ni habían desayunado aún y Pax ya estaba más que listo para arrastrar a Cliff a la cama y no salir de la habitación en todo el día. ¿Se acostumbraría alguna vez a este sentimiento? ¿A este estado de inquietud y nerviosismo que se filtraba por su piel con cada respiración que daba?

—Pues serías un representante cojonudo —dijo Pax.

—Mi idea es no darte ni un respiro.

—Me encanta cómo suena eso.

Cliff contuvo la risa.

—A mí también. ¿Qué me has comprado?

Pax hizo un gesto hacia el árbol de Navidad.

—¿Aparte de mis bolas, quieres decir?

Bianca se rio.

Cliff se mantuvo impasible ante la broma. Pax se agachó junto al abeto y sacó un pequeño paquete.

—Feliz Navidad —le dijo.

Cliff lo desenvolvió con calma y sacó unos *boxers* blancos.

—Son de algodón del bueno —dijo Pax.

Cliff se quedó mirando la parte trasera de los calzoncillos durante un rato y luego soltó una risotada.

—¿Ropa interior firmada?

—Para mi fan número uno.

—Me has dejado sin palabras.

—De nada.

Desde el sofá llegó otra serie de carcajadas. Bianca estaba pasando páginas a un libro sobre música del Renacimiento que le había regalado Luca. Henry estaba comiendo un trozo de pastel de carne, con una mano bajo la barbilla para no hacer migas y con la otra sacudiendo uno de los cojines del sofá, por si se le había caído alguna.

—No busquéis mi regalo debajo del árbol —dijo Bianca dirigiéndose a Cliff y a Pax—. Yo ya os he dado el mío.

—¿Qué se supone que nos has dado? —preguntó Pax.

Ella dejó de pasar páginas y les miró con cara de «sois tontos, ¿o qué?».

—A ver si os creéis que fue fácil persuadir al chico que iba a tocar todos los instrumentos en la obra y convencerle para que no lo hiciera.

Pax se irguió.

—¿Te deshiciste de él a propósito?

—Quería que tocarais juntos y también tenía que comprobar que eras lo suficientemente bueno para mi hermano. Y me hiciste sudar, ¿eh? Que por un momento creí que no aparecerías.

Pax se frotó la mandíbula, incrédulo.

—Pero qué ingeniosa y lista eres.

Bianca sonrió con orgullo y miró a su hermano.

—Me pregunto de quién lo habré sacado.

Pax dirigió la mirada hacia el ángel y le dijo:

—Esta familia es tan mi rollo… —Luego, dirigiéndose a Cliff, añadió—: Bésame.

—¿Delante de nuestra familia y amigos? ¿Esos que hacen como que no están pendientes de cada detalle?

Henry hizo un aspaviento.

—¿Qué dices? ¡Esto es indignante! No os estoy prestando la más mínima atención.

Luca rodeó el cuello de Henry con el brazo y dirigió a Cliff y a Pax una sonrisa de oreja a oreja. Henry se giró hacia el italiano y se quedó mirándole. Cuando Luca se dio cuenta y le devolvió la mirada, Henry se quitó su brazo de encima como si quemara.

Murmuró algo como que le iba a estropear los rizos y se centró en Bianca, que estaba abriendo más regalos.

Pax devolvió la atención a su novio. A su superpijo y guapísimo novio.

—Bésame como si se te fuera la vida en ello.

Al acercarse, el papel de regalo entre ellos crujió. Cliff le agarró por la barbilla, obligándole a levantar la cara, y le acarició el labio inferior con el pulgar.

—Apolo, estoy… —Le tembló la voz.

A Pax le gustaba hacia dónde iba la cosa, así que le alentó:

—¿Sí?

—Estoy deseando tocar contigo otra vez.

Pax se cruzó de brazos.

—En ese caso, cuando intentes y logres decirme que estás enamorado de mí, podemos subir y tocar la *Quinta Sinfonía* de Beethoven juntos.

Cliff alzó una ceja.

—¿Y por qué vamos a tocar esa, precisamente?

—Cuando me digas que me quieres tanto como yo te quiero a ti.

Cliff se rio.

—¿Por qué vamos a tocar la *Quinta Sinfonía* cuando te diga que te quiero?

—Ya sabes por qué.

—Porque es nuestra canción.

—Porque es nuestra canción y porque también se la conoce como la *Sinfonía del destino*. Me atrevería a decir que hemos estado bajo su efecto desde el principio.

Las miradas de ambos fueron directas al ángel. Cliff le dio un beso en el pelo; luego le acarició con los labios su famoso lunar; y terminó dejando un suave beso en la comisura de su boca.

—Te quiero, Apolo.

Pax se giró hacia los labios de Cliff con una sonrisa engreída.

—Yo también te quiero, Furia. —Cliff le dio una colleja y Pax se rio—. *Furiabulosamente* mucho.

Epílogo

—Apolo, como te sigas parando en cada escaparate de cada tienda, vamos a llegar tarde.

—Solo estoy mirando.

El sonido de las campanas de una plaza cercana —la *piazza*, como la llamaban Luca y Bianca— llegó hasta ellos zigzagueando contra las paredes de piedra de la estrecha calle en la que se encontraban. Varias personas pasaron junto a ellos, hablando animadamente en italiano.

Los ojos de Cliff se encontraron con los suyos en el reflejo del escaparate de una tienda de antigüedades y Pax casi suelta una carcajada al ver la cara de paciencia que estaba poniendo.

—Tienes el pelo bien, tu lunar sigue en el mismo sitio y estás más bueno que nunca. Así que, venga, vamos, que quiero llegar a tiempo para llevar a Bianca al altar.

—Pero si quedan horas para la boda. Llegaremos puntuales.

—Ya, ¿igual que llegamos al concierto que diste en Berlín el año pasado?

—Eso no fue culpa mía. El peluquero tardó una eternidad.

—Porque le hiciste volverte a peinar. Tres veces.

—Estaba nervioso. Era Berlín. Nunca había dado un concierto tan multitudinario.

Cliff se quedó callado unos segundos.

—Y lo bordaste, eso te lo tengo que reconocer.

—Porque tenía el pelo perfecto.

Cliff puso cara de incredulidad, pero los ojos le brillaban divertidos, llenos de cariño, llenos de amor.

—Vale, tú sigue mirando tu reflejo todo lo que quieras, pero como lleguemos tarde, voy a ser yo quien te haga de peluquero en el próximo concierto.

Pax se rio. Estaba seguro al cien por cien de que Cliff no iba en serio.

Cliff alzó una ceja.

Vale, seguro al ochenta por ciento.

Pax volvió a centrarse en el escaparate y vio en el cristal que Cliff estaba negando con la cabeza. Mmm… seguro en un sesenta por ciento.

—No estoy mirando mi reflejo —dijo Pax y, por una vez en la vida, lo decía en serio. Apoyó la frente contra el frío cristal del escaparate y echó un vistazo al interior: marcos dorados, tocadores antiguos, muñecas que parecían haber sido cosidas a mano en otro siglo…

—Estoy buscando el sitio perfecto.

Cliff se acercó a él y Pax se apartó del cristal, que había empañado con su respiración.

—El sitio perfecto ¿para qué? —preguntó Cliff con un tono de voz más suave, como si quizá supiera de qué hablaba, pero quisiera que Pax se lo explicara igualmente.

—Para nuestro ángel —dijo Pax—. Ese que sugeriste que nos trajéramos a Italia con nosotros para «ponerlo a disposición del mundo», a pesar de lo mucho que rogué para que nos lo quedáramos.

Eso fue recibido con una suave risa.

—El que escondiste antes de que saliéramos.

—Está en el fondo de mi maleta.

Cliff se acercó más a él y, poniendo un dedo bajo su barbilla, le dio el más dulce de los besos. Porque sabía lo mucho que desprenderse del ángel significaba para Pax.

Al fin y al cabo, era el hombre más perspicaz del mundo.

Pax se fundió contra su cuerpo duro y reconfortante. ¿Dejaría de sorprenderse alguna vez de lo acojonantemente increíble que era Cliff? Que eso no quitaba que a veces fuera un mandón y superperfecto en todo lo que hacía, sobre todo cuando se trataba de llevar el grupo de Pax y compaginarlo sin problema con su carrera como criminólogo. Pero es que incluso dando órdenes era perfecto y compensaba a las mil maravillas los vicios de Pax.

Seis años juntos y, cada día, la conexión entre ellos se hacía más profunda. Era la mejor sinfonía de su vida.

—La ciudad natal de Luca —murmuró Pax—. Y ahora también el hogar de Bianca… Creo que deberíamos dejar que el ángel viva aquí. Que otros puedan encontrar el amor como lo hicimos nosotros. Como Bianca y Luca. Como Henry y… mira, hablando del rey de Roma.

Por encima del hombro de Cliff, Pax vio cómo Henry y su alto acompañante cruzaban en dirección a la *piazza*.

Cliff se giró y miró en la dirección hacia la que miraba Pax.

—No, no estoy enfadado. Solo estoy seguro de que estos adoquines me quieren asesinar.

El ladrido cínico y familiar de Buster llenó la estrecha calle. Cliff negó con la cabeza.

Pax se rio.

—Vaya suerte la nuestra, a medio mundo de distancia de casa y nuestros vecinos nos siguen hasta aquí.

—No nos han seguido. Bianca y Luca les han invitado.

—Anoche le oí practicar el brindis para los novios. Que sepas que Shakespeare hace su aparición.

Cliff gimoteó.

—Deberíamos comprar otra casa y mudarnos.

—Sospecho que nos seguirían.

—Sí, yo también lo creo.

Pax se puso de puntillas y se pegó a Cliff, que le rodeó con los brazos, envolviéndole en su calidez.

—Pero es bonito, ¿verdad? —le susurró al oído, aún pegado a él.

—¿A qué te refieres? —le preguntó Cliff.

—A que sigamos siendo amigos.

Cliff se echó para atrás y le miró a los ojos. Su mirada estaba cargada de esa sinceridad que Pax tanto adoraba.

—Sí, muy buenos amigos.

—Sí —estuvo de acuerdo Pax con una enorme sonrisa—. Los mejores.

~ Fin ~

Notas finales

---

[1] *NdeT: Contesta en italiano. El personaje dice varias frases en italiano a lo largo del libro que, o bien aclara él mismo, o bien no se encuentran traducidas tampoco en el original.*

---

[2] *NdeT: Del inglés «I burn, I pine, I perish», frase de Lucencio en* La doma de la furia/La fierecilla domada *(acto 1, escena 1ª) y de Cameron en* 10 razones para odiarte.

---

[3] *NdeT: Adaptación de una cita procedente de* Los dos hidalgos de Verona *(acto V, escena IV), de William Shakespeare.*

¡Dale amor a este libro!

Si te ha gustado la historia, te agradecería mucho una reseña en Amazon o en Goodreads para que se corra la voz y llegue a más gente.

Gracias <3

Sobre la autora

Soy una grandísima fan de los romances que se cuecen a fuego lento y es que me encanta leer y escribir sobre personajes que se van enamorando poco a poco.

Algunos de mis temas favoritos son: historias cuyos protagonistas van de amigos —o enemigos— a amantes; chicos despistados que no se enteran de nada y en sus romances todo el mundo es consciente de lo que pasa menos ellos; libros con personajes bisexuales, pansexuales, demisexuales; romances a fuego lento y amores que no conocen fronteras.

Escribo historias de diversa índole, desde Romance Contemporáneo gay con una buena dosis de tormento y dolor de corazón, a romances totalmente desenfadados e, incluso, algunos con un toque de fantasía.

Mis libros se han traducido al alemán, italiano, francés, tailandés y español.